Christa Canetta

Das Leuchten der schottischen Wälder

Roman

Weltbild

Besuchen Sie uns im Internet:
www.weltbild.de

Genehmigte Lizenzausgabe für Verlagsgruppe Weltbild GmbH,
Steinerne Furt, 86167 Augsburg

Redaktion: Sabine Thiele
Umschlaggestaltung: Atelier Seidel – Verlagsgrafik, Teising
Umschlagmotiv: istockphoto; Fotolia; Thinkstockphoto
Druck und Bindung: CPI Moravia Books s.r.o., Pohorelice
Printed in the EU
ISBN 978-3-86365-787-1

2017 2016 2015 2014
Die letzte Jahreszahl gibt die aktuelle Ausgabe an.

Kapitel 1

Im Kelvingrove Park von Glasgow waren die Feiern zum Osterfest in vollem Gange, vor allem in jenem Teil des Parks, in dem Lena Mackingtosh und Daniel Finerfield mit Freunden ausgelassen feierten. Sie begrüßten mit Tanz und Irish Ale den Frühling, der hier immer etwas später anfing als im übrigen Land. Das lag natürlich nicht am Klima und auch nicht am Kalender, sondern daran, dass man erst jetzt im Overland Hospital von Glasgow mit den Frühlingsinventuren und den Osterrenovierungen fertig war und ein paar Tage zum Luftholen hatte.

Lena und Daniel arbeiteten mit acht anderen Ärzten zusammen in der Inneren Abteilung, und mit ihnen und ihren Partnern oder Freunden begingen sie in jedem Jahr das Osterfest im Kelvingrove Park. Ein Ritual, das sehr beliebt war. Jeder brachte Snacks oder Getränke mit, eine batteriebetriebene Stereoanlage sorgte für ausgelassene Stimmung, und dass niemand vor dem Sonnenaufgang das kleine Fest verließ, war Ehrensache.

Lena und Daniel tanzten wie die anderen fröhlich und barfuß auf der taunassen Wiese und genossen das enge Beieinander, die verführerischen Berührungen, das Gefühl der Zusammengehörigkeit und die heimliche Lust der kleinen Sinnlichkeit.

Auf den Stationen waren intime Beziehungen verboten, Professor Trabensting duldete keine Affären zwischen seinen Ärzten und Angestellten, und wer Wert auf die begehrte

Stellung legte, hielt sich zurück. So hatten Lena und Daniel nicht oft Gelegenheit, unbekümmert die Anordnungen des Chefs zu umgehen.

»Kommt doch noch mit zu mir«, lud Daniel die Kollegen ein. »Ich habe einen guten Kaffee, und der Bäcker an der Ecke hat bestimmt schon geöffnet.« Aber alle schüttelten die Köpfe. »Nein, lass mal, jetzt muss ich den Schlaf nachholen, der mir heute Nacht verloren gegangen ist«, witzelte Domian. »Ich muss heute Nachmittag eine Visite mit dem Chef zusammen machen. Wehe, wenn ich da unausgeschlafen erscheine.«

Auch Lena lehnte, wie die anderen, die Einladung ab. »Ist nett von dir, aber ich muss mich auf einen Vortrag vorbereiten, den ich übermorgen vor Studenten vom Chef halten soll.«

»Schade.« Daniel schüttelte enttäuscht den Kopf. »Jedes Jahr dasselbe, erst die ausgelassene Stimmung, und dann geht jeder seiner Wege.«

»Irgendwann muss Schluss sein«, erklärte William. »War doch ein toller erster Ostertag, und nächstes Jahr gibt's wieder einen.«

»Bist du verrückt?«, empörte sich Daniel. »Willst du mit der nächsten Feier etwa ein ganzes Jahr warten?«

»Nein, war doch bloß ein Scherz.«

Alle verabschiedeten sich, jeder ging in eine andere Richtung, nur Daniel und Lena verließen den Kelvingrove Park gemeinsam. »Ich bringe dich nach Hause«, erklärte Daniel und schob sein Rad neben das von Lena. Sie waren beide begeisterte Sportler, und wenn es irgend möglich war, ließen sie die Autos in den Garagen und benutzten die Räder.

Langsam fuhren sie durch den morgendlichen Park, überholten die ersten Jogger, winkten Frühaufstehern zu, die ihre Hunde ausführten, und erreichten wenig später Lenas Wohnung in der Argyle Street. Eigentlich wartete Daniel auf eine Einladung, aber Lena hatte keine Lust, das Zusammensein zu verlängern, das spürte er genau. Schade, dachte er, warum ist sie bloß so reserviert? Eine Tasse Kaffee, ein bisschen Schmusen auf dem Sofa oder ein gemeinsames Bad, aber darauf warte ich bei Lena wohl vergeblich.

Lena wusste genau, was Daniel dachte. Aber sie ging sehr sorgfältig mit ihren Gefühlen um. Und für Daniel gab es keine Gefühle. Noch nicht! Er war ein netter Kollege, ein guter Kumpel, ein bisschen auch ein Freund, mehr aber noch nicht.

Lena war vorsichtig. Sie hasste Risiken, und sie hasste Enttäuschungen. Zweimal hatte sie ein solches Desaster bereits erlebt, und das genügte ihr. Sie schob ihr Rad in den Vorgarten, nahm das Gepäck vom Halter und winkte Daniel lächelnd zu. »Danke fürs Heimbringen. Bis morgen also, eine Mütze Schlaf wird uns jetzt gut tun.« Und schon war sie in der Haustür verschwunden.

Aber aus dem Schlaf wurde nichts. Lena hatte kaum ihre kleine Wohnung in der dritten Etage erreicht, als das Telefon klingelte. Am Apparat war ein Sergeant Marloff von einem Polizeirevier in Barcaldine, der sie dringend persönlich zu sprechen wünschte.

»Aber Mr. Marloff, ich bin hier in Glasgow. Um was geht es denn?«

»Ja, aber«, stotterte der Sergeant, »ich habe hier Ihre Telefonnummer, ich – wir – müssten Sie dringend und persönlich sprechen, bitte … es ist wichtig.«

»Was ist passiert? Von wem haben Sie meine Nummer?«

»Also, Miss Mackingtosh, ich – wir haben Ihre Nummer in den Papieren gefunden.«

»In welchen Papieren?«

»Ja, also, ich habe eine traurige Mitteilung für Sie, Miss Mackingtosh. Ich würde Sie Ihnen gern persönlich sagen und nicht am Telefon.«

»Bitte, was ist passiert?

»Miss Mackingtosh, es hat einen Autounfall gegeben. In der Nähe von Glasdrum, und aus den Papieren haben wir ersehen, dass es sich um einen Dr. Mackingtosh und seine Ehefrau handelt, die dort verunglückt sind.«

»Ja … aber … was ist mit meinen Eltern, sind sie verletzt, wo sind sie jetzt?«

»Ihre Eltern sind in der Klink von Barcaldine, aber es sieht gar nicht gut aus. Bitte kommen Sie doch so schnell wie möglich nach Barcaldine.«

»Ich bin schon unterwegs.«

Lena zog sich hektisch um, raffte ihre Papiere, etwas Wäsche, ihre Schlüssel vom Elternhaus und alles Geld, das sie gerade daheim hatte, zusammen und stürmte die Treppen hinunter in die Tiefgarage. Zum Glück sprang der alte Mini Cooper sofort an. Ein Blick auf die Benzinuhr, und schon war sie mit kreischenden Reifen aus der Ausfahrt hinaus und auf der Ausfallstraße zum River Clyde, die sie direkt nach Norden über Arden und Tarbet, dann nach Tyndrum und von dort nach Westen über Connel nach Barcaldine bringen würde.

Sie kannte die Strecke auswendig. Wie oft war sie während ihres Studiums auf dieser Straße unterwegs gewesen. Tagsüber oder in der Nacht, bei Eis und Schnee, im Regen und im Sonnenschein, war sie durch die Berge von Loch Lomond und am Ufer vom Loch Awe und später über die Brücke bei Connel gefahren. Mal mit Herzklopfen, weil eine Prüfung bevorstand, mal mit Freude, weil eine Prüfung bestanden war. Mein Gott, überlegte sie, wie oft hatte ich Angst, wie oft war ich glücklich. Mal habe ich vor Tränen den Straßenrand nicht gesehen, weil mich ein Freund versetzt hatte, wie oft habe ich vor Freude gesungen, weil ich einen neuen Typen kennengelernt habe. Und jetzt? Mein Gott, was erwartet mich jetzt in Barcaldine? Und was hatten Mutter und Vater überhaupt in Glasdrum zu tun? Und das mitten in der Nacht? Waren sie auf dem Viehmarkt von Creagan? Wollte Mutter Alpakas verkaufen oder neue abholen? Oder suchten sie nach einem neuen Scherer? Der alte von früher hat sie schon ein paar Mal versetzt, und dann gab es Schwierigkeiten mit dem Wollhändler. Ach Mama, dachte Lena, du und deine Alpakas. Und Papa lässt dich nie im Stich, er kann als Landarzt noch so viel zu tun haben, er lässt dich nie allein fahren.

Lena erinnerte sich, wie das mit den Alpakas angefangen hatte. Sie war gerade sechs Jahre alt und noch nicht in der Schule, als ihr Vater, der seit Jahren keinen Urlaub gehabt hatte, und ihre Mutter die lang ersehnte Urlaubsreise nach Chile antraten. Sie wollten mit Lena durch die Anden wandern, auf Eseln reiten und in Zelten schlafen. Es gab da Treckingtouren, die sie sich leisten konnten. Das Teuerste war die Hin- und die Rückreise. Aber ihr Vater kannte einen

Kapitän, der mit seinem Schiff Guano, diese Mixtur aus Exkrementen, Vogelkadavern und Federn, von den Chincha-Inseln vor Peru holte und nach Europa brachte, wo dieses überaus geschätzte Düngemittel hoch im Kurs stand. Dieser Kapitän nahm die Familie mit. Lena erinnerte sich an den Gestank des Vogelmistes, der die Rückreise fast unerträglich gemacht hatte und den sie bis heute in der Nase hatte, wenn sie nur daran dachte.

Auf dieser Treckingtour durch die Berge haben uns Lamas begleitet um das Gepäck zu tragen, und ich durfte darauf reiten, weil ich noch so klein und leicht war, dachte sie. Ja, und dann hat Mama die Alpakas gesehen und sich in die weißen und braunen, schwarzen und gefleckten Tiere verliebt. Als wir die Rückreise mit dem stinkenden Frachter antraten, hatten wir zehn von diesen sanftmütigen Wollknäueln dabei, und Papa hat zwei Jahre lang den Kapitän und seine Familie umsonst behandelt, um die Rückreise abzuzahlen.

Lena lächelte in Erinnerung an den Anfang der Alpakazucht. Ihr Vater hatte im Laufe der Zeit das ganze Land in Weiden umgewandelt, und ihre Mutter hatte inzwischen eine richtig gute, anerkannte Alpakazucht auf *Paso Fernando* aufgebaut. Lena lächelte, sogar die kleine Farm hatte er nach dem Pass benannt, auf dem Mutter sich in die ersten Alpakas verliebt hat. Aber was um Himmels willen war jetzt passiert? Was hatten die Eltern gemacht, dass sie plötzlich in einer Klinik lagen und dass die Polizei bat, Lena möge sofort kommen? Sie waren doch beide so gute Autofahrer, sie hatten doch noch nie einen Unfall.

Am späten Nachmittag erreichte Lena Barcaldine. Sie missachtete unterwegs alle Geschwindigkeitsbegrenzungen und holte alles aus dem alten Kleinwagen heraus.

Aber sie kam zu spät. Ihre Eltern waren bereits am Unfallort bei Glasdrum verstorben, wo ein schwerer Holztransporter ihren Wagen von der Straße abgedrängt und in eine Schlucht geschoben hatte.

»Miss Mackingtosh, es tut mir so leid«, empfing sie Sergeant Marloff, der im Eingangsbereich der Klinik auf sie gewartet hatte.

Lena nickte nur. Sie hatte keine Worte, sie hatte auch keine Tränen, sie war nur am Ende ihrer Kräfte. Müde ließ sie sich auf eine Bank fallen und starrte auf ihre Knie, die so stark zitterten, dass sie sie mit beiden Händen festhalten musste. Der Sergeant holte einen Becher Kaffee für sie aus einem Automaten und setzte sich neben sie. »Bitte, trinken Sie den, er ist stark und heiß, und vielleicht hilft er Ihnen ein bisschen.«

»Danke.« Es dauerte lange, bis Lena sich so weit beruhigt hatte, dass sie fragen konnte: »Kann ich meine Eltern sehen? Wo sind sie?«

»Sie liegen hier in einem ›Raum der Stille‹, wo die Angehörigen Abschied nehmen können. Wenn Sie wollen, begleite ich Sie.«

»Ja, bitte.« Lena stand langsam auf, der Sergeant stützte sie und führte sie einen langen Korridor entlang. »Sie dürfen nicht erschrecken«, erklärte er vorsichtig, »die Ärzte haben versucht, die Wunden zu schließen und die Verletzungen abzudecken, aber es war ein sehr schwerer Unfall, und wenn Sie Ihre Eltern so im Gedächtnis behalten wollen, wie Sie sie gekannt haben, sollten Sie auf den Anblick verzichten.«

»Ich bin selbst Ärztin, und ich kann mit solchen Anblicken umgehen«, schluchzte sie, »ich muss mich doch verabschieden.«

Der Sergeant reichte ihr ein Taschentuch und blieb vor der Tür zum Raum der Stille stehen. »Soll ich mit hereinkommen, Miss Mackingtosh?«, fragte er vorsichtig.

Lena schüttelte den Kopf. »Danke, aber ich glaube, ich möchte jetzt mit meinen Eltern allein sein.«

»Gut, ich warte hier draußen auf Sie. Aber bitte, bleiben Sie nicht zu lange.«

»Warum? Sie brauchen nicht auf mich zu warten.«

»Bitte, Miss Mackingtosh, Sie haben heute noch weitere Aufgaben vor sich.«

»Es gibt nichts, was jetzt wichtiger für mich wäre.«

»Einhundertzwanzig hungrige, unversorgte Tiere warten auf der Farm *Paso Fernando* auf Sie. Ein Ranger hat uns angerufen und um Hilfe gebeten.«

»Ach Gott, die Alpakas ...«

Dann betrat Lena den Raum der Stille im Krankenhaus von Barcaldine.

Die beiden Toten lagen auf getrennt stehenden Bahren. Lena schob sie zusammen, dann hob sie vorsichtig die Tücher, die die Körper bedeckten. Aber beide waren mit weißen Mullbinden bandagiert, und Lena konnte nur ahnen, wer ihre Mutter und wer ihr Vater war. Weinend deckte sie die Toten wieder zu und suchte nach den Händen. Als sie sie gefunden hatte und ganz fest hielt, sagte sie leise: »Auf Wiedersehen, Mama, auf Wiedersehen, Papa.« Dann legte sie die Hand der Mutter in die des Vaters und verließ den Raum der Stille.

Draußen bat sie den Sergeant: »Bitte sagen Sie dem Beerdigungsunternehmer, dass meine Eltern Hand in Hand und in einem gemeinsamen Sarg beerdigt werden sollen. Ich komme morgen und bespreche alles mit ihm. Jetzt muss ich nach Hause und Mutters Alpakas versorgen. Und dann muss ich mich um Vaters Praxis kümmern. Da wird es bestimmt Menschen geben, die auf seinen Besuch warten.«

Kapitel 2

Die Fahrt auf der engen, kurvenreichen Landstraße war in der Dunkelheit nicht ungefährlich. Auch wenn Lena jede Biegung kannte, die Tränen verschleierten ihren Blick, und die zitternden Hände zerrten am Lenkrad. Zum Glück hatte Sergeant Marloff sich bereit erklärt, Lena zu begleiten. Er wusste, in welcher Verfassung die junge Frau war, und erklärte seinem Kollegen: »Ich kann sie jetzt nicht allein lassen, wir wollen doch nicht, dass die gesamte Familie beerdigt werden muss.«

»Nein, nein, nur das nicht. Fahr mit und kümmere dich um die Frau. Ist ja schrecklich, was sie jetzt durchmachen muss.«

So nahm der Sergeant sein Motorrad und erklärte Lena: »Ich begleite Sie, Miss Mackingtosh. Ich fahre langsam vor Ihnen her, und Sie brauchen mir nur zu folgen.«

Lena nickte dankbar, für Worte hatte sie noch keine Kraft. Sie setzte sich hinter das Steuer und folgte dem Sergeant die lange, einsame Strecke von Barcaldine bis zum Benderloch, wo im Schutz der Berge Broadfield und am hinteren Dorfrand die kleine Farm der Eltern lag. Als sie *Paso Fernando* erreichten, sah sie im Schein der Autolampen die dicht gedrängte Schar der Alpakas am Ausgangsgatter stehen, wie immer bewacht von Lilly und Bully, den beiden Border Collies, die es gewohnt waren, die Herde am Abend zum Auslaufgatter zu treiben und in Schach zu halten, bis die Herrin kam und die Tiere versorgte.

Mein Gott, dachte Lena, diese vielen Tiere, was mache ich denn nur damit? Sie stieg aus und ging im Licht der Scheinwerfer zur Koppel, wo die Herde sie laut blökend empfing. Die Hunde, die die Alpakas ständig leise knurrend umkreisten, kamen immer wieder in ihre Nähe, um durch leises Kläffen ihre Freude, dass endlich jemand gekommen war, zu bezeugen.

Lena wusste, dass ihre Mutter bis in die ersten Maiwochen hinein die Herde tagsüber im Freien hielt und nachts in den großen Laufstall sperrte, wo sie vor der Kälte Schutz fanden. Ich muss die Gatter also so öffnen, dass die Tiere in den Stall laufen können und mir nicht entwischen, überlegte sie.

Als Sergeant Marloff sie fragend ansah, erklärte sie: »Wenn Sie mir noch helfen würden, die Gatter so zu stellen, dass die Tiere dort in den großen Stall laufen, dann wäre ich Ihnen sehr dankbar. Und danach bitte gleich wieder schließen.«

Der Sergeant stellte sein Motorrad so, dass dessen Scheinwerfer den zweiten Teil des Durchgangs beleuchteten und half dann, die Gatter in die richtige Stellung zu bringen. Erst ganz zum Schluss öffnete Lena das letzte Tor und ließ die grummelnde Herde mit den wachsamen Hunden zum Stall hindurchlaufen. Dann schlossen sie die Zwischenzäune, und Lena bedankte sich. »Sonst treibt meine Mutter die Herde bei Tageslicht hinein, heute war das alles etwas schwieriger. Vielen Dank, dass Sie mir geholfen haben.«

»Und wie geht es jetzt weiter, Miss Mackingtosh?«

»Ich stelle meinen Wagen so ab, dass die Scheinwerfer den Stall beleuchten, dann gebe ich den Tieren Heu und vor allem Wasser, und dann kümmere ich mich um das Haus.«

»Und was werden Sie selbst machen, Miss Mackingtosh? Werden Sie hierbleiben oder nach Glasgow zurückfahren?«

»Ich weiß es noch nicht, Sergeant Marloff. Ich muss mich um die Praxis meines Vaters kümmern, denn ich weiß, dass es sehr schwer ist, hier draußen geeignete Ärzte zu bekommen – und dann die Tiere, ich habe keine Ahnung von der Tierhaltung und von der Landwirtschaft, andererseits ist *Paso Fernando* alles, was mir meine Mutter hinterlassen hat. Irgendwie muss ich mich doch darum kümmern. Die Tiere sind ja keine Möbel, die man irgendwo in einem Lager abstellen kann.«

Der Sergeant spürte, dass Lena den ersten Schock überwunden hatte und dass Haus und Hof und die Praxis sie erst einmal von der Trauer ablenken würden. »Wann soll die Beerdigung stattfinden?«

»Ich komme morgen nach Barcaldine und bespreche alles mit dem Beerdigungsunternehmer und mit dem Pfarrer.«

»Werden Sie eine Trauerfeier organisieren?«

»Nur das Übliche, Sergeant Marloff. Wir haben keine Verwandten, die benachrichtigt werden müssten.«

»Na ja, Sie werden wissen, was nötig ist, der Beerdigungsunternehmer wird Sie unterstützen, und ich bin ja auch noch da. Sehen wir uns morgen?«

»Ja, natürlich, und vielen Dank für Ihre Hilfe. Kommen Sie gut zurück. Ich werde jetzt erst einmal die armen Tiere füttern und tränken, und dann werde ich überlegen, was aus *Paso Fernando* wird.« Sie reichte dem Polizisten dankbar die Hand und winkte ihm kurz nach, als er wendete und zur Dorfstraße hinunterfuhr.

Als der schwere Motor nicht mehr zu hören war, drehte sie sich ratlos um und schaute zum Stall hinüber. Sie sah, dass die Alpakas ruhelos umherliefen und nach Futter suchten. Mein Gott, dachte sie, was mache ich denn bloß? Die kranken Leute in dieser abgelegenen Gegend, die auf den Arzt angewiesen sind, und einhundertzwanzig Alpakas und zwei Hunde – und ich muss doch so schnell wie möglich nach Glasgow zurück, wir haben so viele Patienten im Krankenhaus, dass Überstunden für uns alle an der Tagesordnung sind. Die Verwaltung wirft mich raus, wenn ich die Klinik jetzt im Stich lasse. Die Beerdigung meiner Eltern wird man wohl dulden müssen, aber dann?

Als sie an ihre Eltern dachte, die nun tot und Hand in Hand im Raum der Stille lagen, liefen ihr wieder die Tränen über die Wangen. Die Hunde, als hätten sie ein Gespür dafür, kamen und liefen um sie herum und stupsten sie zärtlich an den Händen, rieben ihre Köpfe an ihren Beinen und winselten schwach vor sich hin.

»Ja, ja«, tröstete Lena sie leise, »ich weiß, ihr habt auch Hunger. Die Alpakas hatten ihr frisches Gras auf der Weide, aber das konntet ihr nicht fressen. Ihr bekommt gleich euer Futter, beruhigen wir erst mal die Herde da drinnen im Stall.«

Von den Hunden unmissverständlich an ihre Aufgaben erinnert, ging Lena hinüber zum offenen Laufstall, verteilte im Licht der Scheinwerfer Heu, wie sie es bei der Mutter gesehen hatte, und füllte mit einem Schlauch die Wassertröge, damit die Tiere ihren Durst löschen konnten und sich beruhigten.

Dann ging sie hinauf zu dem großen Cottage, öffnete mit zitternden Händen und Angst vor der Stille im Haus die Tür, machte Licht an und löschte die Scheinwerfer des Mini Coopers.

Im Haus war es kalt und dunkel. Lena schaltete im Wohnteil das Licht an und ließ die Praxisräume im Dunklen. In der Speisekammer fand sie Dosen mit Hundefutter, das sie in die Näpfe verteilte und den Hunden vor die Tür stellte, dann füllte sie Wasser in die anderen beiden Näpfe, damit die Border Collies nicht bei den Alpakas ihren Durst löschten, sondern die Herde in Ruhe ließen. Und dann setzte sie sich an den großen Tisch, legte den Kopf auf die auf der Tischplatte verschränkten Arme und ließ den Tränen freien Lauf.

Sie dachte an die geliebten Eltern, denen sie mit ihrem Wunsch, als Ärztin in der Großstadt zu leben und zu arbeiten, eine große Enttäuschung bereitet hatte, die dann aber alles getan hatten, damit ihre Pläne in Erfüllung gingen. Sie dachte an ihre Kindheit, als *Paso Fernando* noch ein kleines Landgut war und »Wacholder-Land« hieß, weil die Hügel mit den struppigen Sträuchern übersät waren.

Und dann kam die Reise nach Chile, und alles änderte sich, als ihre Mutter sich in die Alpakas verliebte. Und nun ändert sich auch mein Leben.

Lena trocknete die Tränen und stand auf. Sie hatte Hunger und suchte in der Küche nach Brot und Butter. Dabei fiel ihr der Terminkalender des Vaters in die Hände. Sie blätterte in den Seiten und fand neben den Notizen für die fälligen Krankenbesuche auch die Eintragung des letzten Tages. »Fahrt nach Fasnacloich«, stand da. »Auktion besuchen und Zehenschneider für nächste Woche bestellen.«

Ach ja, erinnerte sich Lena, einmal im Herbst und einmal im Frühjahr muss ein Mann kommen und den Alpakas die Zehen kürzen. Sie haben ja keine Hufe wie Pferde, sondern weiche Schwielensohlen wie Kamele, die den Weiden gut tun, weil sie die Grasnarbe nicht zerstören.

Der kommt also in der nächsten Woche, überlegte sie und schrieb das Datum in den Kalender. Mein Gott, ich fange schon an, mich an den Rhythmus dieser Landwirtschaft zu gewöhnen.

Sie löschte die Lampen und ging in die obere Etage, wo sich die Schlafzimmer und das Bad befanden. Müde machte sie Licht in ihrem Zimmer, das noch immer genauso aussah wie in ihrer Kindheit und das ihre Mutter absichtlich nicht verändert hatte, damit »du immer weißt, hier wartet dein Zuhause auf dich«, wie sie bei jedem Besuch betont hatte. Ach Mutter! Die Tränen kamen zurück, und Lena kroch schnell ins Bett und zog sich die Decke über den Kopf.

Die helle Sonne und das Bellen der Hunde weckten sie am nächsten Morgen. Lena stand auf, ging unter die Dusche und zog sich an. Die Tiere müssen als Erstes raus, überlegte sie, dann müssen die Hunde gefüttert werden, und dann brauche ich wenigstens einen starken Kaffee, bevor ich nach Barcaldine fahre. Sie ging hinunter und schaute in die Küche mit dem großen Herd. Um Himmels willen, den kann ich doch nicht für eine Tasse Kaffee anmachen, besser, ich frühstücke in der Stadt. Sie ging nach draußen, öffnete die Gatter so, dass ein Durchgang zur großen Weide entstand, und ließ die Alpakas aus dem Laufstall. Fröhlich und ausgelassen galoppierten die Tiere in die Freiheit. Die Hunde tobten hinterher. Als Lena das Weidetor verschloss, liefen sie mit ihr zurück zum Cottage, wo sie ihr Futter erwarteten. »Komm, Lilly, na los, Bully, wer ist als Erster beim Haus?« Sie klatschte in die Hände, und zum ersten Mal seit vielen Stunden lachte sie, als sich die Hunde beim Wettlauf fast überschlugen. Sie füllte ihnen die Näpfe und jagte sie dann wieder hinunter zur Weide, wo sie bis zum Abend die Herde bewachen würden.

Ich muss bei Tageslicht zurück sein, dachte Lena und schüttelte den Kopf. Wie soll das bloß in Zukunft werden? Vielleicht bekomme ich ein paar Tage oder ein paar Wochen Urlaub. Als Erstes muss ich versuchen, einen Nachfolger für Vaters Praxis zu finden. Und dann, die Herde zu verkaufen und das Land zu verpachten. Aber wer übernimmt schon diese abgelegenen Weiden? Und wer kauft eine so große Herde? Und wer will schon als Landarzt eine Praxis in der Abgeschiedenheit der Highlands übernehmen? Vater hat schon öfter davon gesprochen, sich zur Ruhe zu setzen, aber er konnte keinen Nachfolger finden. Und aus Verantwortungsgefühl seinen Patienten gegenüber hat er schließlich doch weitergemacht. Deshalb war er ja auch so enttäuscht, dass ich keine Landärztin werden wollte, sondern die Großstadt und ihre vielen Vorzüge mehr schätzte als das Leben hier in den Highlands. Ihm selbst war es ja auch nicht leicht gefallen, seine Praxis hierher zu verlegen, als Mutter das Cottage mit dem umliegenden Land erbte und er ihretwegen seine Praxis in Barcaldine aufgab. Da der Boden sich nicht als Ackerland eignete, war Mutters Idee von der Alpakazucht direkt ein Segen. Die Wolle ist nach wie vor sehr begehrt und auch die Hengstfohlen lassen sich sehr gut verkaufen.

Sie sah zurück zur Weide, wo mehr als dreißig Fohlen übermütig herumsprangen. Meine Güte, ich weiß ja nicht einmal, welches Fohlen ein Männchen und welches ein Weibchen ist, dachte Lena.

Sie schaute auf die Uhr. Schon nach neun, sie musste sich umziehen und nach Barcaldine fahren. Erschrocken stellte sie fest, dass sie nicht einmal Trauerkleidung besaß.

Sie zog Jeans und T-Shirt aus, die Reisekleidung vom Vortag an, bürstete den sandigen Schmutz von den Schuhen und verschloss das Haus. Dann hängte sie ein Schild mit der Aufschrift: »Die Praxis ist vorübergehend geschlossen« an die Eingangstür zu den Praxisräumen und fuhr ab.

Die Besprechungen beim Beerdigungsunternehmer und beim Pfarrer waren etwas schwierig, weil Lena auf einem Doppelsarg, der erst hergestellt werden musste, und auf einem Doppelgrab, das nicht in die gewohnten Reihen passte, bestand. Wegen dieser Extrawünsche konnte die Beerdigung erst in drei Tagen stattfinden.

Nach einem starken Kaffee und einem Sandwich in einem Coffeeshop kaufte Lena sich einen schwarzen Rock, eine schwarze Bluse und ein schwarzes Schultertuch, das man während der Trauerfeier um den Kopf trug.

Zum Schluss fuhr sie zur Polizeistation, um sich bei Sergeant Marloff noch einmal für seine Hilfe zu bedanken.

»Wie geht es Ihnen? Sind Sie mit allem zurechtgekommen?«, fragte er höflich und schaute Lena besorgt an.

»Es geht, aber nur von einem Tag bis zum nächsten, nicht weiter.«

»Wie meinen Sie das?«

»Ich habe keine Ahnung, was ich machen soll. Ich habe einen Beruf in Glasgow, der mir sehr wichtig ist, auch weil ich Geld verdienen muss. Und nun habe ich eine Arztpraxis, über hundert Alpakas und zwei Hunde im Dorf Broadfield, die ich nicht allein lassen kann.«

»Warten Sie erst einmal die Beerdigung ab, danach werden Sie ruhiger und übersehen die Zukunft vielleicht etwas besser.«

»An den Problemen wird sich nichts ändern.«

»Ja, ich fürchte, die bleiben. Haben Sie denn schon mal mit Ihrem Chef gesprochen?«

»Nein, das habe ich noch vor mir.«

»Wenn Sie jetzt mit ihm telefonieren wollen, können Sie das von unserem Büro aus erledigen.«

»Danke, das wäre sehr nett. Vor dem Gespräch habe ich richtig Angst.«

»Aber warum denn?«

»Vielleicht werde ich auf der Stelle entlassen.«

»Unsinn, das gibt es doch gar nicht.«

»Doch, es gibt viele junge Ärzte, die nur auf eine freie Stelle warten, da ist man nicht auf mich angewiesen. Wir sind zwar ein eingespieltes Team auf unserer Station, aber das spielt keine Rolle, wenn es um dringende Arbeit geht.«

»Ja, ja, die Menschlichkeit muss dann dem Business weichen, das ist leider überall so.«

Sie hatten beide recht. Lena mit ihrer Angst um den Arbeitsplatz und Sergeant Marloff mit seinem Wissen um die fehlende Menschlichkeit.

Lena wurden zehn Urlaubstage zugestanden, kam sie dann nicht in die Klinik zurück, würden ihr die Entlassungspapiere zugestellt, erklärte man ihr in der Verwaltung.

Als sie sich später verabschiedeten, versicherte ihr der Polizist: »Bei der Beerdigung werde ich neben Ihnen stehen, Miss Mackingtosh, Sie sind dann nicht allein.«

»Danke, Sergeant Marloff.« Sie reichte ihm erleichtert die Hand. »Ich heiße Lena.«

»Und ich bin Robert, aber Sie können Bob zu mir sagen.«

In einem Supermarkt kaufte Lena Lebensmittel und Hundefutter und wusste tief in ihrem Herzen, dass sie *Paso Fernando* nicht verlassen konnte.

Kapitel 3

Die Beerdigung von Dr. Martin Mackingtosh und seiner Frau Emily verlief ganz anders, als Lena sie sich vorgestellt hatte. Der kleine Friedhof von Barcaldine konnte die Menschenmenge kaum fassen, die gekommen war, um Abschied von einem sehr beliebten Arzt zu nehmen und seiner Tochter in dieser schweren Stunde beizustehen.

Wie versprochen stand Robert Marloff, der Sergeant, am Grab neben ihr. An ihrer anderen Seite stand Dr. Daniel Finerfield und hinter ihm alle Kollegen und Freunde mit ihren Partnern aus Glasgow. Sogar Professor Trabensting war gekommen, und wie Lena später erfuhr, hatte er für die anschließende Zusammenkunft aller Teilnehmer im Hotel Creach Bheinn gesorgt.

Auf der anderen Seite hinter dem Sergeant hatten sich die Dorfbewohner von Broadfield und zahlreiche Patienten aus dem Umland vom Benderloch geschart, um ihrem geschätzten Arzt die letzte Ehre zu erweisen. Sogar Alpakazüchter aus Fasnacloich waren gekommen.

Lena hatte keine Möglichkeit, sich mit Kollegen oder Freunden zu unterhalten. Es gab zu viele Hände zu schütteln, Beileidsbekundungen entgegenzunehmen und Fragen zu beantworten. Fragen, auf die sie selbst keine Antwort wusste. Erst ganz zum Schluss, als der Sonderbus aus Glasgow, der die Kollegen nach Barcaldine gebracht hatte, schon vorgefahren war, nahm Professor Trabensting sie kurz zur Seite. »Ich weiß, das ist heute nicht der richtige Augenblick um über Ihre Zukunft zu entscheiden, Dr. Mackingtosh, ich möchte nur darauf hinweisen, dass wir nicht allzu viel Zeit haben. Bitte entscheiden Sie sich bald, ob Sie bei uns bleiben. Sie wissen, wir leiden unter einem großen Ärztemangel und können einen Posten wie den Ihren nicht lange unbesetzt lassen.«

Lena, die wusste, dass diese Frage auf sie zukommen würde, hatte sich bereits entschieden, nicht zuletzt nach den kurzen Gesprächen mit Patienten ihres Vaters.

»Professor Trabensting, ich danke Ihnen für Ihr Verständnis und vor allem für Ihr Engagement heute. Ohne Sie hätte ich das alles nicht geschafft und auch nicht finanzieren können. Deshalb will ich eine Entscheidung über meine Zukunft nicht lange hinauszögern. Ich bin gebeten worden, in Broadfield zu bleiben und die Praxis meines Vaters zu übernehmen. Außerdem muss ich mich um die Alpakazucht meiner Mutter kümmern, obwohl ich keine Ahnung habe, wie ich damit fertigwerden soll.«

Der Professor legte ihr eine Hand auf die Schulter und sagte eher väterlich denn als Vorgesetzter: »Dr. Mackingtosh, Sie sind eine gute Ärztin, das weiß ich aus eigener Erfahrung. Sie sind verantwortungsbewusst und zuverlässig, energisch und konsequent, ich bin sicher, Sie werden Ihren Weg gehen. Wie das allerdings mit den kleinen Kamelen läuft, das weiß ich auch nicht. Aber auch da werden Sie einen Weg finden.«

Drei Tage später zog Lena ihren weißen Arztkittel an, nahm das Schild von der Tür und öffnete die Praxis. Sie hatte die Zeit genutzt und eine Speditionsfirma mit dem Umzug beauftragt, sich in Glasgow im Krankenhaus verabschiedet, bei

Ämtern, Banken und Versicherungen ab- und in Barcaldine und in Broadfield angemeldet sowie die Ärztekammer von ihrem Wechsel in Kenntnis gesetzt.

Jetzt stand sie vor der Tür und sah hinunter auf die grünen Hügel der Highlands, auf die Dächer des Dorfes, auf die Gärten und Felder, die trotz aller Arbeit immer nur eine geringe Ernte versprachen. Nein, dachte sie, reich wird hier kein Mensch. Es reicht immer nur für das Nötigste. Von meinen Träumen, eine bekannte Ärztin zu werden, einen berühmten Namen zu haben und ein gutes Gehalt zu bekommen, muss ich mich verabschieden. Ohne Mutters Alpakazucht hätten meine Eltern mir das Studium nicht finanzieren können, denn von den verschiedenen Naturalien oder den Weihnachtsputen, mit denen die Dörfler oft genug Vaters Rechnungen bezahlten, hätte ich nicht studieren können.

Sie dachte einen Augenblick nach. Im Krankenhaus in Glasgow habe ich meine Träume einfach vergessen, wenn uns die Arbeit beschäftigte und man das erlösende Gefühl hatte, alles wird gut. Wir waren ein wunderbares, eingespieltes Team, in dem sich einer auf den anderen verlassen konnte. Aber das ist nun vorbei. Hier bin ich allein, hier muss ich ohne die Hilfe der Kollegen die Diagnosen stellen, die Krankheiten beurteilen und die Hilfe einsetzen, die ich für richtig halte. Ich hoffe, ich kann das.

Lena hatte Angst vor der Verantwortung und Angst vor den Menschen, die ihr so unbekannt waren und so fremd.

Würden sie überhaupt zu ihr kommen, ihr vertrauen und sich helfen lassen? Eine Frau als Ärztin, das war für die einfachen Leute hier draußen eine unbekannte Situation. Die zwei alten Männer, die mit ihr gesprochen hatten, vertraten bestimmt nicht die Meinung der Mehrheit, als sie sagten, sie bräuchten einen Arzt, und sie solle bleiben.

Dann sah sie hinüber zu der friedlich grasenden Alpakaherde, bewacht von den Border Collies und umgeben von den fröhlich herumspringenden Fohlen. Nächste Woche kommt der Zehenschneider, ich werde ihn fragen, ob er einen Gehilfen kennt, der mir die Arbeit mit der Herde abnimmt und für die Tiere sorgt, wenn ich unterwegs bin. Ein Landarzt muss viele Hausbesuche machen. Da kann ich nicht immer pünktlich daheim sein. Außerdem brauche ich einen Geländewagen, dachte sie erschrocken und sah hinauf zu den noch immer schneebedeckten Gipfeln der Highlands. Mit meinem kleinen Cooper kann ich nicht in die Berge fahren. Aber wovon soll ich so einen Geländewagen bezahlen? Mein Konto ist leer, der Umzug hat alles aufgebraucht. Also muss ich, wie Mutter das in jedem Frühjahr gemacht hat, die kleinen Hengstfohlen verkaufen. Und davon verstehe ich überhaupt nichts. Der Zehenschneider muss mir die Fohlen aussuchen, und dann werde ich ihnen Halsbänder umlegen, damit ich wenigstens weiß, welche Tiere verkauft werden können. Hoffentlich hilft mir der Zuchtverein dann dabei. Mein Gott, ist das alles kompliziert. Ich brauche als Ärztin ein Auto, aber ich kann es erst kaufen, wenn ich als Viehzüchterin Geld eingenommen habe. Und die Wolle muss auch geschoren und verkauft werden, hoffentlich kann mir der Zuchtverein einen Scherer schicken.

Lena ging nach drinnen. Da auf dem Weg herauf zum Haus niemand zu sehen war, setzte sie sich ans Telefon und besprach mit dem Zuchtverband die nächsten nötigen Schritte. Man versprach ihr, einen zuverlässigen Scherer zu schicken und würde sich dann auch um den Verkauf der Wolle kümmern. »Die Alpakazucht Ihrer Mutter hat einen guten Ruf, Sie werden davon profitieren«, versicherte ihr der Mann am anderen Ende der Leitung, und Lena legte leicht beruhigt den Hörer zurück in die Station.

Sie sah sich in der Praxis um. Alles blitzte vor Sauberkeit. Lenas Mutter hatte als Sprechstundenhilfe und Putzfrau für Ordnung gesorgt. Auch hier werde ich Hilfe brauchen, dachte Lena erschrocken und zählte im Stillen zusammen, welche Ausgaben auf sie zukommen würden. Unmöglich, dachte sie schließlich, das schaffe ich nie.

Kapitel 4

Patrick McDoneral durchstreifte die Hänge am Barcaldine Forest und beobachtete die neu angesiedelte Mufflonherde, die er aus dem Hochland von Glen Lochsie herübergeholt hatte, um den Bestand in seinem Revier zu vergrößern. Patrick war ein begeisterter Ranger und zum Leidwesen seiner alten, adligen Eltern nicht bereit, den Titel Earl of McDoneral zu tragen und zu präsentieren. »Lasst mich mit der High Society in Ruhe, ich interessiere mich nicht für die Bälle und Empfänge und die verdammten Fuchsjagden und die Audienzen im Schloss Archestown. Ich gehöre in den Wald und in die Berge, und damit müsst ihr euch abfinden«, erklärte er seinen Eltern, wenn sie ihn wieder einmal an Traditionen und Verpflichtungen erinnerten.

Er war ein hochgewachsener, gut aussehender und mit seinen vierzig Jahren auch ein begehrter Mann, dem der weibliche Hochadel gern näher gekommen wäre. Aber Patrick unterhielt sich lieber mit seinen Mufflons als mit heiratsfähigen Damen und zog die Stille in den Eulenwäldern dem Amüsement in den Schlössern vor.

Schon seit dem frühen Morgen hatte er die Wildschafe beobachtet und hoffte bei ihrem Anblick, dass sie sich heute Abend in den schützenden Wald zurückzögen, sonst würde es zu kalt für die Lämmer.

Er zählte die Tiere und freute sich über die kräftigen Böcke mit den kreisrunden Hörnern, die den Winter gut überstanden hatten und auch in Zukunft für Nachwuchs sorgen würden.

Als er vor fünf Jahren die ersten Paare wieder in der Gegend angesiedelt hatte, waren viele seiner Kollegen skeptisch und befürchteten, die Tiere, in Wildgehegen gezogen, würden die Auswilderung nicht überleben. Aber er war zuversichtlich, denn er hatte Beweise aus früheren Zeiten, wo große Rudel die Highlands bevölkerten, bevor sie gejagt und – bis auf ganz wenige Tiere, die man dann einfing um sie in schützenden Gehegen zu erhalten –, ausgerottet wurden.

Er nahm das Fernglas herunter und strich den Hunden zu seinen Füßen beruhigend über das Fell. Die beiden Pointer standen auf, sahen ihren Herrn erwartungsvoll an und folgten ihm, als er langsam den Abhang verließ. Einer rechts neben ihm, der andere links neben ihm. Er liebte diese britischen Vorstehhunde, die er während seiner Ausbildung in England kennen und schätzen gelernt hatte. Und als er endlich sein erstes Revier bekam, reiste er sofort in den Süden um zwei Welpen zu kaufen. Die beiden, die ihm jetzt folgten, kamen aus seiner eigenen Zucht, auf die er sehr stolz war.

Unten im Tal war es wärmer. Der Wind zerrte hier nicht mehr an Sträuchern und Heidekraut, und Patrick knöpfte seine Wachsjacke auf. Er ging zum Wald hinüber, wo er seinen Wagen abgestellt hatte.

Patrick McDoneral war hauptamtlicher Ranger in dem großen und zum Landschaftsschutzgebiet erklärten Benderloch. Er liebte seine Arbeit, den Frieden der Natur und die Tiere, die er hegte und pflegte. Er war ein ruhiger, harmoniebedürftiger Mann, und nach dem Schulabschluss, als die Zukunft Entscheidungen forderte, entschloss er sich gegen den Willen seiner schockierten Eltern, Wildhüter zu werden. Er studierte in Edinburgh Forstwirtschaft, absolvierte nach dem bestandenen Diplom eine zweijährige Betriebspraxis im Cairngorms National Park und in England und legte die Staatsprüfung für den Ranger ab. Damals war er 25. Nach fünf Jahren Dienst im Wester Ross wurde er zum offiziellen Wildhüter befördert. Und dann bekam er das Angebot aus Glasgow, das Gebiet um Benderloch zu übernehmen. Das war jetzt acht Jahre her. Acht wunderbare Jahre, dachte er dankbar und öffnete die Hecktür, damit die Hunde in den Land Rover springen konnten. Als er die Tür schließen wollte, merkte er, dass die Hunde unruhig wurden und leise knurrten. Er sah sich um und beobachtete den Waldrand. Und dann sah er sie.

Sie kam mitten aus dem Gebüsch, einen Schuh in der Hand, das Haar zerzaust und im Gesicht einen Kratzer. Sprachlos starrte er die junge Frau an. Hier gab es weit und breit keinen Ort, keine Straße, wo kam sie nur her?

»Mein Gott, ich dachte schon, ich müsste die Nacht im Wald verbringen.« Sie reichte ihm die Hand. »Ich bin Lena Mackingtosh, und ich habe mich total verfahren.«

Er nickte ihr nur zu und übersah die Hand. »McDoneral«, antwortete er zugeknöpft, denn Leute, die die Ruhe seines Waldes störten, hasste er. »Wie kommen Sie überhaupt in diese Gegend? Hier ist weit und breit Fahrverbot.«

»Das ist ja das Problem. Ich habe mich nach einer Straßenkarte gerichtet und sorgfältig darauf geachtet, nur öffentliche Wege zu benutzen. Und auf einmal war die Straße mitten im Wald zu Ende, und ein Schild verbot die Weiterfahrt. Ich wollte auf dem schmalen Grasstreifen wenden, und dabei ist mein Wagen in den Morast gerutscht. Es tut mir schrecklich leid. Sie sind der Wildhüter hier, nicht wahr?«

Er nickte. Dumme Person, das sieht man doch, dachte er, schließlich habe ich eine Uniform an. Und dann rutscht sie auch noch in einen Graben. »Sie sollten erst mal fahren lernen, bevor Sie sich in so eine Wildnis begeben«, brummte er und fuhr etwas lauter fort: »Wo genau ist das passiert?«

»Das wüsste ich selbst gern.« Lena war nun auch verärgert. Statt seine Hilfe anzubieten, war er unverschämt. Sie holte ihre Karte aus der Tasche und strich sich das Haar zurück. »Ich war auf dem Weg zu einem kranken Patienten. Bis hierhin bin ich auf einer Asphaltstraße gefahren, dann ging sie in einen Sandweg über, und mitten im Moor war Schluss.«

»Und warum sind Sie nicht zur Straße zurückgelaufen statt mitten durch das Moor?« Er legte seine Büchse und das Fernglas auf den Rücksitz des Wagens und sah sich erst dann die Karte an, die sie ihm hinhielt.

»Ich bin auf der Straße nicht einem einzigen Menschen oder Auto begegnet. Da dachte ich, quer durch den Wald käme ich schneller zu einem Dorf.«

»So ein Unsinn. Steigen Sie ein, ich weiß, wo Ihr Wagen steht.«

»Warum sind Sie so unfreundlich?«

»Weil ich für solche Dummheiten kein Verständnis habe. Schauen Sie sich Ihre Karte mal genauer an, dann sehen Sie, dass sich dieses Waldgebiet kilometerweit erstreckt, wie kann man denn da nach einem Dorf suchen.«

Lena zuckte mit den Schultern. »Ich bin zum ersten Mal

in dieser Gegend unterwegs, und viel Übung im Landkartenlesen habe ich auch nicht. Ich bin, wenn Sie so wollen, ein Großstadtmensch und kenne mich nur mit Busfahrplänen aus.« Sie ging um den Wagen herum und stieg schnell ein, bevor dieser Grobian ohne sie abfuhr. Mühsam kletterte sie mit dem engen Kostümrock auf den Sitz. Unhöflich ist er auch noch, dachte sie und zog die Tür ins Schloss.

»Und warum haben Sie Ihren Schuh in der Hand?«

»Die Verschlusslasche ist abgerissen, ich habe ihn dauernd verloren.«

Patrick beruhigte die Hunde, die wieder leise knurrten. Dann startete er den Motor und fuhr am Waldrand entlang bis zu einer kaum sichtbaren Spur, die vom Wald in das Moor führte.

»Was machen Sie eigentlich hier? Touristenattraktionen gibt es nicht.«

»Ich muss Land und Leute kennenlernen«, erwiderte Lena ebenso kurz angebunden. »Ich übernehme die Arbeit meines Vaters in Broadfield und wollte einen Patienten besuchen.«

Verblüfft sah Patrick die junge Frau an. »Dann sind Sie die Person, die ihre Alpakas unversorgt auf der Weide stehen lässt.«

»Ich arbeitete in einer Glasgower Klinik und hatte keine Ahnung von dem Unfalltod meiner Eltern. Aber, wenn es Sie beruhigt, die Alpakas haben ihren unversorgten Zustand, wie Sie das nennen, gut überstanden.«

Wenig später hatten sie Lenas Wagen erreicht.

»Wie kann man denn mit so einem Stadtwägelchen in die Berge fahren?« Patrick war verblüfft, als er den Mini Cooper sah, der nur noch mit dem Verdeck aus dem trockenen Moor ragte.

»Ich bin durch halb Europa damit gefahren, aber so ein Gelände ist er nicht gewohnt.«

»Man sieht's. Steigen Sie ein, und lösen Sie alle Bremsen.«

»Ich kann die Türen nicht öffnen, sie stecken im Morast fest.«

»Und wie sind Sie rausgekommen?«

»Durch das Verdeck.«

»Na bitte.«

Lena war frustriert. Wollte er etwa zuschauen, wie sie sich durch das kleine Verdeck quälte? Vorhin hatte sie den Rock ausgezogen um sich besser bewegen zu können. Sie konnte doch nicht im Beisein dieses fremden Mannes hier im Höschen herumklettern.

Unschlüssig sah sie auf das kleine Verdeck.

»Na, was ist? In einer halben Stunde wird es dunkel.«

»Drehen Sie sich bitte um, ich muss meinen Rock ausziehen.«

»Ich weiß, wie die Beine einer Frau aussehen«, erwiderte Patrick brummig, drehte sich aber um.

Lena zog den Rock aus und schob ihn mit dem Schuh zusammen durch das Verdeck. Dann kletterte sie hinterher, löste die Handbremse und kontrollierte, dass kein Gang eingelegt war. »Alles bereit«, rief sie ihm zu.

Der Wildhüter hatte ein Abschleppseil aus seinem Wagen geholt, befestigte es hinten an der Abschlepphalterung des Mini Coopers, prüfte den Boden und ging ein Stück am Moorrand entlang.

»Hier vorn wird das Gelände flacher, ich ziehe Sie bis hierher und dann aus dem Sumpf. Halten Sie das Lenkrad gerade, bis ich seitwärts blinke, dann lenken Sie den Wagen nach links. Verstanden?«

»Ich bin nicht schwerhörig.«

»Aber ein Großstadtmensch, wie Sie vorhin sagten.«

Lena sparte sich die Antwort und konzentrierte sich auf den Wagen. Der Rover fuhr langsam an, bis das Seil spannte. Dann zog er, und ihr Mini kratzte durch das Moor. Wurzeln, Steine und Sand schrammten an den Seiten entlang. Du meine Güte, dachte Lena entsetzt. Der Wagen ist Schrott, wenn ich hier jemals herauskomme. Ich kann ihn nicht einmal mehr in Zahlung geben, wenn ich einen anderen Wagen kaufe. Dann wurde der Boden flacher, der Rover blinkte links, Lena steuerte in die gleiche Richtung, und dann war sie draußen.

Befreit atmete sie auf. »Danke«, rief sie dem Ranger zu.

»Fahren Sie hinter mir her, ich bringe Sie zur Brücke von Connel, und dann haben Sie freie Fahrt in Ihre Großstadt.«

»Könnte ich mir erst noch meinen Rock anziehen? Außerdem: Ich fahre nicht nach Connel. Ich muss zurück und mich um meine Alpakas in Broadfield kümmern. Danke, dass Sie mich vorhin an die Herde erinnert haben.«

»Wurde ja höchste Zeit, dass sich jemand darum kümmert.«

»Ich weiß, ich habe nur im gleichen Augenblick erfahren, dass meine Eltern tot sind, das war dann erst einmal wichtiger als die Versorgung von hundertzwanzig lebenslustigen Tieren.«

»Tut mir leid, dass es so gekommen ist. Das konnte ich nicht wissen.«

»Ist schon gut, Mr. McDoneral. Sind Sie öfter in den Bergen hinter unserem Dorf?«

»Hin und wieder, ich habe ein großes Gebiet zu betreuen.«

»Wenn es Sie nach Broadfield verschlägt, dann würde ich mich freuen, Ihnen zum Dank ein Glas Wein anbieten zu können.«

»Und wo finde ich Sie?«

»Bei den Alpakas natürlich. Ich bin übrigens der neue Arzt im Dorf.«

»Sie sind Arzt?«

»Ja, ich habe die Praxis meines Vaters übernommen. Die Praxis ist also gleich neben dem Alpakastall.«

»Ich bin mehr in der Wildnis unterwegs.«

»Trotzdem, ich lade Sie herzlich ein. Und vielen Dank für Ihre Hilfe heute.«

Er stieg in seinen Wagen, wartete einen Augenblick, dann fuhr er los. Lena streifte in aller Eile ihren Rock über, stieg ebenfalls ein und folgte ihm. Als sie den Wald verließen, war es dunkel. Schade, dachte Lena, so ein attraktiver Mann und so unhöflich, wer hat ihn bloß so verletzt.

Sie ahnte nicht, dass dieser attraktive, unhöfliche Mann gleich hinter der nächsten Kurve ausstieg und ihrem Wagen nachblickte.

Dummes Ding, dachte der Ranger, aber irgendwie bezaubernd. Schade, dass ich nicht aus meiner Haut heraus kann, wenn Frauen im Spiel sind. Die hätte mir gefallen, wenn sie nur nicht so dumm gewesen wäre.

Patrick hatte keine Erfahrung mit Frauen. Seine von den Gouvernanten und Erziehern einst anerzogene Zurückhaltung duldete keine Gefühlsausbrüche vor anderen Menschen. Seine Internatskameraden und später die Kommilitonen neckten ihn, nannten ihn gehemmt und introvertiert, und er zog sich noch weiter zurück. Er suchte keine Gesellschaft, das Alleinsein war ihm lieber. Dabei fühlte er sich nicht einsam, und ihm fehlte nichts, denn er hatte die Natur, die Tiere in der Wildnis und im Haus, die seinen Lebensrhythmus bestimmten. Dabei war er ein mutiger Mann, jemand, der keine Angst kannte, der beherzt zugreifen konnte und der vielen Menschen, die ihm begegneten, ein Vorbild wurde. Seinen Mitarbeitern, den Kollegen und den Waldarbeitern gegenüber war er aufgeschlossen und ein kompetenter Chef, der gerecht war und von allen respektiert wurde.

Nachdenklich fuhr er zurück in sein Cottage. Er freute sich auf den Kamin, in dem ein Feuer prasseln und Wärme verbreiten würde, und auf ein Glas Rotwein nach dem Abendessen, das fertig im Kühlschrank war und nur noch aufgewärmt werden musste. Er freute sich auf Shaica, die Hündin, die zu Hause sechs kleine Welpen versorgte. Und er freute sich auf das geruhsame Alleinsein mit einem guten Buch. Bezaubernd oder nicht, überlegte er und dachte kurz an die Fremde im Wald, nichts könnte mir diese Harmonie meines Lebens ersetzen.

Aber ein Stachel war geblieben, und der störte ihn, immer genau dann, wenn er nicht damit rechnete, wenn er gar nicht daran dachte, dann sah er sie wieder vor sich, wie sie aus dem Wald kam und wie sie sich im Höschen durch das Autofenster zwängte. Sein Rover hatte schließlich einen Rückspiegel.

Kapitel 5

Lena verbrachte eine unruhige Nacht, nicht zuletzt wegen der Erinnerung an die Irrfahrt am späten Nachmittag.

Selten habe ich mich so blamiert, dachte sie, dann schlief sie ein. Doch ein Albtraum plagte sie die ganze Nacht: Ein Ungeheuer in Uniform drohte sie übers Knie zu legen und zu verprügeln, und zwei Hunde, die eher Wölfen glichen, knurrten sie mit gefletschten Zähnen und großen, blitzenden Augen an.

Das kann ja heiter werden, dachte sie, als sie in der Morgendämmerung schließlich aufstand und unter die Dusche ging, um den Albtraum abzuwaschen und wach zu werden.

Auf Lenas Terminplan für den Beginn ihrer Arbeit in Broadfield stand für diesen Tag das Vorstellungsgespräch beim Bürgermeister, das erstaunlich positiv verlief. Der Bürgermeister, ein dicker alter Herr mit tränenden Augen und einem Kinnbart, begrüßte sie erfreut und hoffnungsvoll. »Wir waren schon sehr besorgt, keinen neuen Arzt zu finden«, erklärte er und drückte ihr dankbar die Hand. »Die jungen Leute mögen die Abgeschiedenheit hier hinter dem Benderloch nicht. Der Einsamkeit kann heutzutage keiner mehr etwas abgewinnen. Ich hoffe, Sie akzeptieren diese Abgeschiedenheit, Sie kennen das Leben hier ja seit Ihrer Kindheit. Und dazu kommt die Weitläufigkeit des Gebietes, in dem Sie arbeiten müssen. Die Dörfer sind hier nicht so geschlossen wie draußen im Flachland, hier liegen die Gehöfte weit verstreut, und viele sind nur schwer zu erreichen. Aber das wissen Sie ja.«

Als Lena zustimmend nickte, fuhr er fort: »Broadfield ist der zentrale Ort, der Mittelpunkt sozusagen. Hier laufen alle Fäden zusammen«, versicherte er stolz, während er einen Plan auf dem Tisch ausbreitete und mit dem Finger auf der Karte erklärte, wie weit das Gebiet der ärztlichen Betreuung reichte.

Er redete und lobte und präsentierte, würdigte und pries seine Gemeinde fast eine Stunde lang, und Lena dachte erschrocken, dass sie ihn bald unterbrechen sollte, wenn sie noch Fragen stellen wollte. Und so nahm sie selbstbewusst den Verlauf dieser kleinen Konferenz in die Hand und sagte plötzlich: »Verehrter Herr Bürgermeister, ich danke Ihnen, dass Sie mich mit Broadfield so intensiv vertraut gemacht haben. Ich war in den letzten Jahren immer nur zu kurzen Besuchen hier bei meinen Eltern, da ist es gut, dass Sie mir die Gegenwart deutlich gemacht haben. Aber jetzt möchte ich gern ein paar Fragen stellen.«

Verblüfft schwieg der dicke alte Mann, aber dann lachte er und erklärte: »Verzeihen Sie, aber ich liebe unsere Gemeinde und lasse mich gern etwas hinreißen.«

Nun lachte auch Lena und zog ihren Zettel mit den Fragen aus der Tasche. »Darf ich anfangen?«

»Aber bitte sehr. Nur heraus damit.«

»Zunächst möchte ich wissen: Suchen Sie einen Arzt, der von der Gemeinde angestellt ist, oder der frei arbeiten kann? Ich weiß nicht, wie das bei meinem Vater gehandhabt wurde.«

»Ich suche natürlich einen eigenständigen Arzt, der mit

der Gemeinde als Institution kaum etwas zu tun hat. Nur wenn es um eine allgemeinmedizinische Arbeit geht, habe ich als Bürgermeister ein Mitspracherecht.«

Verblüfft sah Lena den Mann am Schreibtisch gegenüber an. »Was verstehen Sie darunter?«

»Schuluntersuchungen zum Beispiel oder Maßnahmen, die das Gesundheitsamt in Barcaldine vorschreibt, Impfungen und solche Sachen.«

»Ich verstehe. Danke, das deckt sich mit meinen Vorstellungen. Eine andere Frage: Gibt es hier in der Umgebung andere Mediziner, ich meine Laien, die auf der Basis von Naturheilkunde arbeiten? Ich weiß, dass das auf dem Land oft üblich ist.«

»Es gibt eine irische Heilerin die, wie die Leute sagen, über Naturheilkräfte verfügt, zu ihr gehen sie manchmal. Und eine Hebamme haben wir in Bonawe.«

»Danke, ich wollte nur wissen, ob es eine unmittelbare Konkurrenz für mich gibt.« Lena blickte ihr Gegenüber nachdenklich an.

»Nein, nein, ganz bestimmt nicht.«

»Wie sieht es mit der Bevölkerung aus, Broadfield macht einen sehr ruhigen, um nicht zu sagen, verlassenen Eindruck, wer lebt hier noch? Sind es nur die Alten, die sich von ihrer Heimat nicht trennen können, oder gibt es auch junge Leute hier?«

»Ja, da haben wir ein Problem. Die Wirtschaftskrise verschont auch die Highlands nicht. Die Landwirtschaft ist unrentabel geworden. Die Bauern verlassen ihre Höfe und verdingen sich als Saisonarbeiter oder suchen Arbeit in der Stadt. Zurück bleiben die Frauen mit ihren Kindern und alte

Leute, die versuchen dann mit den Resten von Vieh und mit etwas Feldarbeit die notwendigen Lebensmittel zu erwirtschaften. Die Männer kommen an den Wochenenden, spielen dann den großen Macker, und oft kommt es zu Streitereien. Alkohol ist da auch ein großes Problem. Sie sehen, ich bin ganz ehrlich, leicht wird es hier nicht sein. Ihr Vater hat sich oft genug bei mir beklagt. Und arm ist Broadfield auch.«

»Ja, diese Probleme sind mir bekannt. Meine Mutter hat nicht umsonst mit der Alpakazucht angefangen.«

»Oh, das war eine vorzügliche Idee. Ich wünschte, wir könnten diese Zucht auf das Dorf ausweiten, das ergäbe eine Einnahmequelle für alle.«

»Darüber können wir sprechen, ich allein kann mich sowieso nicht darum kümmern. Und welche Möglichkeiten gibt es in Broadfield sonst noch, um Land und Leuten ein wenig auf die Sprünge zu helfen?«

»Wir haben zwei Schafherden, um die Heide zu verbeißen. Wenn wir die Felle schön verarbeiten und auch die Wolle verkaufen, kommt etwas Geld herein, aber es ist eigentlich nicht der Rede wert. Und wir bieten Kutschfahrten an, das mögen die Touristen, und die bringen Geld mit. Nicht viel, aber es reicht für das Nötigste«, unterstrich der Bürgermeister.

Lena nickte. »Ich verstehe. Und wo sind die jungen Leute? Der Nachwuchs, sozusagen?«

»Die sind längst nach Glasgow oder Edinburgh oder Inverness abgewandert. Erst wenn sie arbeitslos sind und keine Unterstützung mehr bekommen, tauchen sie hier wieder auf, lassen sich durchfüttern und verschwinden wieder.«

Nachdenklich sah Lena den Bürgermeister an. So schwierig hatte sie sich das Leben hier nicht vorgestellt. Andererseits reizte sie diese Misere. Sie konnte nicht nur als Ärztin helfen, sondern sich mit Leib und Seele einbringen. Mit sozialem Engagement konnte sie vielleicht Auswege finden.

»Ich denke, ich könnte, nach einer gewissen Zeit der Eingewöhnung, mit der Situation fertigwerden«, versicherte sie selbstbewusst. »Aber als Erstes muss ich mich um die Praxis meines Vaters kümmern. Ich fürchte, das wird nicht ganz leicht, denn eine Ärztin ist nicht unbedingt der Mensch, den die Bauern sehen wollen und dem sie vertrauen.«

»Das könnte schwierig werden, da haben Sie recht, aber man wird sich an Sie gewöhnen, Miss Mackingtosh, man muss es, denn die Krankheiten und die Gebrechen lassen leider nicht auf sich warten, und nach einer Weile wird man froh sein, Sie hier zu haben.«

»Davon bin ich überzeugt, sonst würde ich nicht bleiben.«

Der Bürgermeister war verblüfft. So eine selbstbewusste, intelligente und dabei so schöne junge Frau hatte er in seiner Amtszeit noch nicht erlebt.

Lena war zufrieden. Nicht glücklich, dafür war die Trauer zu intensiv und die äußeren Verhältnisse noch zu problematisch, aber zufrieden. Sie würde erreichen, was sie wollte: eine gut besuchte Praxis mit einer anerkannten, später vielleicht sogar beliebten Ärztin. Aber das musste die Zeit entscheiden. Vor der Arbeit fürchtete sie sich nicht, wohl aber vor der sozialen Situation in den abgelegenen, weit verstreuten Gehöften. Doch alles Nachdenken nutzte nichts, erst einmal musste sie anfangen, und dann würde man weitersehen.

Auf der Rückfahrt dachte sie noch einmal an ihr Gespräch mit dem Bürgermeister. Da habe ich ja mächtig angegeben, als ich erklärte, was ich für Vorstellungen von meiner Arbeit habe und wie ich die angehen werde. Aber der Bürgermeister, und hinter ihm steht natürlich das ganze Dorf, soll nicht denken, ich bin eine junge, unbedarfte Frau, mit der man machen kann, was man will. Ich bin zwar nur die Tochter meines Vaters, den sie alle schätzten, aber ich bin auch eine selbstständige Frau, die ein anspruchsvolles Studium hinter sich und mit Erfolg promoviert hat und jahrelang eine angesehene Ärztin im bekanntesten Krankenhaus von Glasgow war.

In ihrem Cottage angekommen, telefonierte Lena als Erstes mit Daniel Finerfield. Sie wusste, dass er auf ihren Anruf wartete, und sie wollte die Freundschaft auf jeden Fall erhalten.

Er meldete sich nach dem ersten Klingeln, und als er ihre Stimme erkannte, unterbrach er sie sofort mit den Worten: »Du fehlst uns!«

Verblüfft fragte Lena. »Wem? Wer ist uns?«

»Na ich, deine Kollegen, deine Freunde, deine Patienten, und ich glaube, in der Chefetage ist man auch nicht glücklich, dass man deiner frühen Kündigung so schnell zugestimmt hat.«

»Ihr werdet darüber hinwegkommen.«

»Glaube ich kaum«, brummte Daniel. »Jetzt erzähl erst mal, wie es dir geht. Ich habe ein paar Mal versucht dich anzurufen, aber dein Handy war immer ausgestellt. Warst du unterwegs?«

»Ja, ich war in den Highlands. Das Dorf hat eine weitreichende Gemeinde, und die Gehöfte liegen sehr verstreut in den Bergen.«

»Und – wie ist der erste Eindruck?«

»Ich glaube, ich werde das schaffen.«

»Erzähl.«

Lena berichtete von ihrer Fahrt, von dem Dorf und dem Gespräch mit dem Bürgermeister. Nur den Ranger verschwieg sie. Der war bedeutungslos bei der Suche nach ihrer Zukunft. Zumindest dachte sie das.

»Ich habe bald ein freies Wochenende, wenn du willst, komme ich dich besuchen. Ich bin doch daran interessiert, wie und wo meine Lena lebt und arbeitet. Hast du Zeit? Würdest du dich über meinen Besuch freuen?«

»Ich werde mir die Zeit nehmen. Und ich freue mich natürlich, dich zu sehen. Aber besorg dir eine gute Straßenkarte, Broadfield ist nicht auf jeder eingezeichnet.«

»Ich werde dich finden, du entgehst mir bestimmt nicht«, versicherte er lachend.

Lena atmete auf. Sie wusste, dass sie sich auf Daniel verlassen konnte. Und dieses Wissen war wichtig für sie. Ich brauche ihn bestimmt sehr oft, wenn ich hier medizinisch nicht weiterkomme, überlegte sie. Er und die Kollegen werden mir sicherlich helfen, wenn ich mit komplizierten Fällen zu tun habe. Es ist nicht leicht, so ganz allein die richtigen Diagnosen zu stellen, da braucht jeder Arzt einen Kollegen oder Freund, den er um Rat fragen kann. Offiziell kann ich mich bestimmt nicht mehr an die Klink wenden, aber inoffiziell würde mir Daniel immer helfen. Sie sah ihn vor sich, erschrocken und nachdenklich, als er erfahren hatte, dass sie nach Broadfield ziehen würde. Sie wusste, dass sich ihr Freund ernsthaft Sorgen um ihre Zukunft machte.

Er zeigt es nicht, aber er ist zutiefst enttäuscht, dass ich Glasgow und damit auch ihn verlassen habe. Er hat sich von unserer Freundschaft mehr erhofft, als ich zu geben bereit war. Umso netter, dass er mich jetzt nicht im Stich lässt, dachte sie voller Zuversicht.

Kapitel 6

Lena schaute auf die Uhr. Siebzehn Uhr vorbei, dachte sie, die Sprechstunde ist zu Ende. Wie an jedem Tag ist auch heute niemand gekommen. So kann das nicht weitergehen. Ich muss ins Dorf und dort nach alten Freunden suchen. Sie überlegte. Ellen vom Pub, früher hatten wir doch einen ganz guten Kontakt, vielleicht kann ich an die alten Zeiten anknüpfen. Dann ist da Leo, mit dem haben wir manchmal Fahrradtouren in die Berge gemacht, vielleicht hat der noch gute Verbindungen zu den alten Kumpels. Die sind doch alle hier geblieben. Vielleicht haben sie es mir übel genommen, dass ich damals nach Glasgow gegangen bin um Medizin zu studieren, während sie hier im Hinterland stecken geblieben sind. Wenn ich dann mal in den Ferien hergekommen bin, waren alle sehr reserviert, dabei hatte ich mich doch überhaupt nicht verändert. Oder doch? In Glasgow habe ich andere Menschen kennengelernt, gebildete Leute, junge Männer mit Weitblick und Frauen mit Niveau, die mich als Kind vom Land zuerst ziemlich mitleidig in ihren Kreisen aufgenommen haben.

Da bin ich angekommen, und hier bin ich verschwunden. Und jetzt will ich, dass man mich wieder akzeptiert. Ist das zu viel verlangt? Schließlich bin ich hier, um zu helfen. Sie müssten auf einen Arzt verzichten, wenn ich nicht bliebe, sie müssten bis nach Barcaldine fahren, wenn das Kind Keuchhusten hat oder der Mann sich ein Bein bricht.

Aber so war es schon immer. Ich weiß noch, dass Mutter sich manchmal darüber ärgerte, wie nachtragend manche Frauen waren, nur weil sie sich hin und wieder Rat in der Stadt geholt hatte oder sich nicht überschwänglich genug bedankte, wenn die Frauen kamen und ihre Rechnungen mit Butter und Brot statt mit Pfund und Penny bezahlten.

Na ja, überlegte Lena, leicht war das Leben hier draußen nicht. Obwohl Mutters Familie aus dieser Gegend stammte und Vaters Hilfe als Arzt dringend gebraucht wurde, so richtig heimisch waren sie hier wohl nie.

Lena zog den Arztkittel aus, streifte Jeans und ein T-Shirt über, verschloss die Türen und setzte sich in ihren Mini Cooper. Sie fuhr die schmale Straße nach Broadfield hinunter und hielt vor Ellens Pub. Hier hat sich überhaupt nichts verändert, dachte Lena enttäuscht. Die armseligen, verwitterten Stühle und Tische, lieblos und abstoßend vor die Eingangstür gestellt, die grauen, uralten Gardinen hinter den kleinen Fenstern, die bröckelnde Farbe an den Mauern – ich verstehe Ellen nicht. Sie könnte doch wirklich ein nettes Lokal aus dem alten Pub machen, aber anscheinend hat sie überhaupt kein Interesse daran, ein paar Gäste anzulocken.

Lena stellte den Wagen neben den letzten Tisch und ging in das Gebäude. Die Tür quietschte beim Öffnen, und irgendwo im Inneren ertönte eine Klingel. Lena sah sich um und setzte sich schließlich an einen kleinen Tisch, den eine karierte Decke und ein Strohblumenstrauß zierten. Dann kam Ellen und begrüßte sie mit einem verhaltenen Lächeln. »Hallo, was verschafft mir die Ehre?«

»Bekomme ich einen Tee bei dir?«

»Hast du keinen eigenen Herd?«

»Doch, aber ich wollte ihn gern in deiner Gesellschaft trinken.«

Ellen schaute an sich herunter und strich über die dunkelblaue Kittelschürze. »Ich bin mitten in der Gartenarbeit.«

»Oh, das wusste ich nicht. Betreibst du das Pub nicht mehr?«

»Hierher kommen sie nur noch am Wochenende. Die Leute haben kein Geld zum Ausgehen und auch keine Lust. Die meisten lassen sich nur volllaufen, streiten und verschwinden wieder, denn die Gespräche würden sich nur noch um die Misere des täglichen Lebens drehen, und wer will die schon hören.«

»Ich würde mich gern mit dir unterhalten.«

»Da bist du eine Ausnahme. Hast du nichts zu tun mit deiner Praxis und mit deinen Viechern?«

»Genau darüber wollte ich mit dir reden.«

»Na, ich bin weder in der Medizin noch in der Kamelzucht eine Expertin, aber für ein paar Minuten könnte ich mir Zeit nehmen. Du bekommst gleich deinen Tee.« Damit verschwand Ellen in einem der hinteren Räume. Lena war entsetzt. Nicht nur von dem ungemütlichen Pub, sondern vor allem von dem abweisenden Verhalten der früheren Freundin. Sie stand auf und sah sich in dem Raum um. An der Wand hingen ein paar Zeitungen in ihren Haltern. Sie waren vergilbt und staubig, eine war ein halbes Jahr alt. Der Tresen schien lange nicht mehr benutzt worden zu sein. In einem Regal an der Wand standen bunte, verstaubte Flaschen, aber nur noch die Etiketten zeugten von den ehemaligen Inhalten. Die Hocker vor dem Tresen waren staubig, das Leder der Bezüge zerschlissen. Hier hat schon lange niemand mehr gesessen und seinen Whisky getrunken, dachte Lena und setzte sich wieder an ihren Tisch.

Früher war es hier um diese Uhrzeit meist brechend voll. Die Bauern kamen von den Feldern, die Arbeiter aus der Stadt, die Frauen aus ihren Häusern, und die Kinder tobten um die hochbeinigen Hocker herum. Man diskutierte das Wetter, die Arbeit, die Regierung und die Zukunft. Oft gab es laute Streitereien und nicht selten Verletzte, die dann Hilfe bei Dr. Mackingtosh suchten. Ob die Diskussionen friedlich verliefen oder feindlich, sie brachten Leben in das Dorf. Heute ist es still, zu still, dachte Lena und schüttelte den Kopf. Es ist einfach schade. Broadfield ist so ein hübsches kleines Dorf inmitten einer wunderschönen Landschaft, und nun ist es irgendwie gestorben. Ein totes Dorf, dachte sie und fühlte, wie eine Gänsehaut ihren Rücken überzog.

Dann kam Ellen mit dem Tee. Sie hatte zwei Tassen auf das Tablett gestellt, eine Teekanne, Zucker, Zitronensaft, Sahne und eine kleine Schale mit Haferflockenplätzchen.

»Bitte sehr, da ich nicht weiß, wie du den Tee trinkst, habe ich alles mitgebracht.«

»Danke, ich nehme nur ein Stück Zucker.«

Nachdem Ellen den Tee eingeschenkt hatte, sah sie die frühere Freundin fragend an. »Und? Wie geht es dir da oben? Nicht viel zu tun, was?«

»Die Praxis ist leer, die Alpakas umso lebendiger. In den nächsten Tagen höre ich mit dem abendlichen Heimtreiben auf. Dann können sie nachts draußen bleiben. Das erleichtert mir die Arbeit.«

»Wie kommst du denn überhaupt zurecht? Die Praxis … irgendwann werden auch die Leute wiederkommen; die

Herde, das Grundstück, das Haus, das ist doch eine ganze Menge für eine einzelne Person.«

»Ich brauche Hilfe. Das ist auch ein Grund, weshalb ich zu dir gekommen bin. Ich brauche einen Mann, der sich um das Grundstück, die Tiere und im Winter auch um den Stall kümmert. Und ich brauche eine Frau, die mir im Haus und in der Praxis hilft, wenn es da endlich losgeht.«

»Du brauchst also einen Mann«, kicherte Ellen. »Hört sich interessant an.«

»Ellen, ich brauche einen älteren Mann als Aushilfe, einen Knecht sozusagen. Wenn es mit der Praxis endlich läuft, bin ich viel unterwegs, dann brauche ich jemand, der sich um das Vieh und um das Grundstück kümmert.«

»Willst du die Herde behalten?«

»Erstens weiß ich nicht, wie ich sie loswerden soll, eine Alpakazucht ist nicht gerade eine Schafherde, die man schnell mal verkaufen kann. Zweitens sind die Tiere eine gute Einnahmequelle, vorausgesetzt, ich kümmere mich um sie, und der Zuchtverein hilft mir dabei. Und das tut er nur bei vorbildlicher Haltung und optimaler Pflege, da sind die Leute sehr kritisch.«

»Und was muss die Frau tun, vorausgesetzt, du findest eine?«

»Sie muss sich um das Haus kümmern, mir eventuell in der Praxis helfen und für meine Verpflegung sorgen.«

»Eine Haushälterin sozusagen.«

»Als Haushaltshilfe würde ich sie betiteln. Eine Haushälterin kann ich mir gar nicht leisten.«

»Müsste sie bei dir wohnen?«

»Nein, auf keinen Fall. Sie könnte zu Hause leben und müsste nur stundenweise kommen.«

»Ich habe eine Cousine, die Arbeit auf Stundenbasis sucht. Soll ich sie bei dir vorbeischicken?«

»Das wäre nett. Die Bezahlung regeln wir schon. Ich denke, ich zahle erst mal stundenweise, und wenn die Arbeit zunimmt, was ich sehr hoffe, dann bekäme sie einen festen Lohn.«

»Gut, ich werde ihr das sagen. Sie heißt Anne, ich schicke sie morgen vorbei.«

»Danke, das wäre eine große Hilfe. Und so einen Mann, kennst du den auch?«

»Nein, im Augenblick nicht, aber vielleicht kennt Anne einen. Vielleicht bringt sie sogar ihren Mann mit. Der ist arbeitslos und hilft mal hier und da. Im Augenblick arbeitet er auf der Brownsen-Farm, aber das gefällt ihm nicht, die Feuchtigkeit schadet seinem Rheuma.«

»Danke, Ellen, du bist mir eine große Hilfe.« Lena sah sich im Raum um. »Aber was ist mit deinem Pub los? Früher herrschte um diese Zeit hier Hochbetrieb.«

Ellen zuckte mit den Schultern. »Die meisten Leute sind fortgezogen, und die, die hier geblieben sind, haben kein Geld zum Ausgehen. Sie kaufen ihr Bier im Supermarkt und dösen auf der Bank vor dem eigenen Kamin herum.«

»Schade, dass das Dorf einen so toten Eindruck macht.«

»Das Dorf ist tot, Lena, das wirst du auch noch merken.«

»Umso nötiger ist es, dass meine Praxis wieder zu leben beginnt.«

»Was hast du vor?«

»Ich werde die Leute besuchen. Ob sie krank sind oder nicht. Ich werde mit ihnen reden, sie ermuntern, ihnen Mut machen, irgendwie werde ich sie schon rausholen aus ihren vier Wänden.«

»Na, da wünsche ich dir viel Erfolg. Du kennst doch die Highlander, sie gehören nicht gerade zur fröhlichsten Menschengattung.«

»Sie sind verschlossen, wenn es um Fremde geht, aber sie sind wie ein Urgestein, auf sie ist immer Verlass.«

»Ja, das stimmt. Verlassen kann man sich auf sie. Das siehst du ja an uns, wir beide kennen uns nur von früher, aber wir verstehen uns noch immer.«

»Gott sei Dank, wenn ich ehrlich bin, bist du auch die Einzige, die ich um Rat fragen wollte.«

»Klar, zu mir kannst du immer kommen, selbst wenn ich dir nicht helfen kann.«

»Danke, Ellen.«

Lena ging nach draußen und sah sich um. Broadfield war kein geschlossenes Dorf mit einem Mittelpunkt, sondern eine breit gefächerte Ansiedlung mit weit verstreuten Gehöften. Am Rand der Dorfstraße gab es das Pub. Etwas entfernt davon das Gemeindehaus und fast versteckt hinter einem neumodischen Futtersilo eine Kapelle, in der hin und wieder Gottesdienste abgehalten wurden – wenn der Pfarrer von Barcaldine einmal Zeit dafür hatte. Und das ist nun meine Heimat, dachte sie traurig. Wird das auch meine Zukunft sein? Sie stieg in ihren Mini Cooper und startete. Es wird an mir liegen, dachte sie, entweder packe ich diese Zukunft jetzt und sofort an, oder ich verzichte auf ein Leben in dieser so genannten Heimat und gehe nach Glasgow zurück.

Kapitel 7

Tausend Gedanken gingen Patrick McDoneral durch den Kopf und ließen ihn nicht schlafen, bis er schließlich verärgert aufstand. Draußen kreischten Krähen, und ein paar Wildtauben gurrten am Waldrand. Müde öffnete er das Fenster. Die Luft war frisch, und nach dem gestrigen Regen roch die feuchte Erde nach Moos und Kiefernnadeln. Die Hunde unten in der Diele schüttelten sich, tappten die Treppe herauf und winselten leise vor seiner Tür. Daniel ging hinaus, streichelte sie kurz und lief über den Flur zur Dusche. Wenn er wiederkam, das wusste er, hatten sie sich auf seinem Bettvorleger zusammengerollt und taten so, als schliefen sie tief und fest. Es war jeden Morgen das gleiche Ritual. Heute war er froh darüber, denn Jogas und Basco verscheuchten den Ärger. Während das warme Wasser auf seinen Körper prasselte, dachte er an den Grund für die schlaflose Nacht.

Wie an jedem Samstagabend war er nach Creagan in das Pub gefahren, um mit seinen Waldarbeitern ein Ale zu trinken. Er hatte die Erfahrung gemacht, dass bei einem Umtrunk alles behandelt werden konnte, was die Männer bewegte. Während in den Hügeln und im Wald immer nur gefachsimpelt und die Arbeit besprochen wurde, verloren die Männer im Pub eher ihre Zurückhaltung und wurden gesprächig. Und als Vorgesetzter legte er großen Wert auf persönliche Kontakte.

Aber gestern war das Pub so voll, dass man kaum sein eigenes Wort verstand. Die Männer aus dem Dorf, die nur am Wochenende nach Hause kamen, ein paar Gemeinderäte, der Wirt und zwei Großbauern aus Barcaldine hatten nur ein Thema. Im April würde jemand Neues auf der Mackingtosh-Farm einziehen und die Praxis übernehmen. Doch nicht ein Arzt, wie immer wieder verächtlich betont wurde, sondern eine Ärztin.

»Eine Zumutung.«

»Ein katastrophaler Zustand.«

»Eine hirnlose Idee.«

So tönte es von allen Seiten.

Ab und zu mischte sich ein Gemeinderatsmitglied ein und betonte: »Aber wir brauchen einen Arzt. Der alte ist tot, jetzt muss ein Ersatz her. Und die Ärztin ist schließlich seine Tochter. Sie ist hier aufgewachsen, sie kennt Land und Leute, und das ist doch am wichtigsten. Wer würde denn sonst in Broadfield eine Praxis aufmachen.«

»Aber doch nicht ein Weib. Seid ihr von allen guten Geistern verlassen?«

Der Wirt mischte sich ein. »Eine ganze Gegend ohne einen einzigen Arzt, das ist unmöglich, was sollen die Touristen sagen, wenn sie sich wirklich mal in die Gegend um Benderloch verlaufen und medizinische Hilfe brauchen?«

Der Ranger, verblüfft und verwirrt von der aufgebrachten Stimmung im Pub, erinnerte sich an die Frau, der er aus dem Graben geholfen und die ihm gesagt hatte, dass sie Ärztin sei. Er zuckte mit den Schultern, ihm konnte das egal sein. Er brauchte keinen Arzt, ihn heilte die Natur und allenfalls ein Tee von Colleen in ihrem kleinen Cottage. Er setzte sich zu seinen Arbeitern an den Tisch, bestellte sein Ale und fragte den Wirt, als der den Krug vor ihn hinstellte: »Warum regen sich die Männer so auf? Die sind doch sowieso nie hier. Und den Frauen und Kindern wird es vielleicht sogar lieber sein, wenn eine Frau sie behandelt.«

»Na ja, am meisten ärgern sie sich, dass sie nicht gefragt wurden und dass der Gemeinderat so begeistert ist, ohne ihre Zustimmung eine Nachfolgerin gefunden zu haben.«

Patrick wurde hellhörig. Das Barometer stand also auf Krieg. Da wird dieses Stadtpüppchen auf einiges gefasst machen müssen, dachte er, bezahlte sein Bier und stand auf, ohne mit seinen Arbeitern geredet zu haben.

»Chef, wohin willst du denn so schnell?«

»Ist mir zu laut hier, wir sprechen uns nächste Woche.«

Daheim wusste er schließlich, warum er eine schlaflose Nacht hinter sich hatte. Diese Großstadtpflanze will sich hier einnisten, dachte er aufgebracht, und ich kann sie dann ständig irgendwo aus dem Morast ziehen.

Verärgert drehte er den Wasserhahn ab, wickelte sich ein Handtuch um die Hüften und ging zurück ins Schlafzimmer. Aber als er die Hunde vor seinem Bett sah, musste er dennoch lachen und schickte sie hinunter in die Diele.

Er sah die junge Frau wieder in ihrem Höschen mitten auf dem Waldweg stehen und dann, wie sie sich durch ihr Wagenfenster zwängte. Gelenkig ist sie ja, dachte er. Ich mit meiner Größe von fast zwei Metern und neunzig Kilo hätte das niemals geschafft.

Er ging zum Schrank, suchte seine Wäsche heraus und zog sich saloppe Freizeitkleidung an. Es war Sonntag und der einzige Tag, an dem er auf die Uniform verzichten konnte, wenn nicht besondere Ereignisse auf dem Terminplan standen. Dankbar dachte er an Miss Lilly, die sich um den Haushalt kümmerte und immer dafür sorgte, dass das Essen pünktlich auf dem Tisch stand oder zum Aufwärmen fertig im Kühlschrank war, die sein Haus sauber hielt und die die Wäsche besorgte. Dabei wusste sie genau, dass er, wenn er im Försterhaus ankam, seine Ruhe haben wollte. Sie fuhr meist gerade mit dem Fahrrad davon, wenn er in die Einfahrt einbog.

Patrick ging nach unten und fütterte die beiden Hunde, dann brachte er seinem Pferd Hafer und Wasser. Als Letztes fütterte er die Hündin mit den Welpen. »Vielleicht könnt ihr nachmittags, wenn es wärmer wird, in den Zwinger«, tröstete er Shaica, die ihren Kopf an seinem Knie rieb.

Er sah sich im Stall um. Der Verschlag, in dem er oft verletzte Tiere pflegte, war leer. In diesem Winter hatte er nur ein junges Reh mit einer Wunde am Bein gefunden, das er wegen der Kälte und zum Entsetzen von Miss Lilly in seiner Küche untergebracht hatte, bis das Bein verheilt war. Er sah kurz hinauf zu dem Boden, auf dem das Heu für die Winterfütterung gelagert wurde. Die letzten Reste werden in den nächsten Tagen verteilt, überlegte er, es ist inzwischen warm genug, das Wild findet draußen sein Futter. Aber der Boden muss für den kommenden Winter gefegt und gereinigt werden. Das kann gleich morgen einer der Männer machen.

Draußen blieb er stehen und atmete tief ein. Wie Zuckerwatte hing feiner Nebel in den Baumkronen. Der Wald duftete und verströmte einen herben Geruch nach nassem Laub und Moos. Am Rand, wo die Sonne den Boden erreichte, begannen erste Farntriebe die Erde aufzubrechen. Er freute sich, wie an jedem Morgen, dass er hierhergezogen war. Das Forester's House war sein Refugium: das gemütliche Haus, ein kleiner Garten mit Kräuterecke und Gemüsebeeten, die Miss Lilly versorgte, eine Bank mit einem Tisch gleich neben der Haustür und in der Morgensonne, rundherum nur Wald und Heide – hier war er zu Hause.

Er ging hinein, als im Büro das Telefon klingelte. Die Polizei meldete einen toten Rehbock auf der B 845.

»Hat er eine sichtbare Wunde?«

»Ja, ist halb aufgerissen.«

»Ist er ausgeblutet?«

»Ja, nach dem vielen Blut auf dem Asphalt ist er das wohl.«

»Dann bringen Sie ihn bitte zum Metzger nach Quarries, der weiß damit umzugehen. Und lassen Sie sich eine Keule mitgeben.«

»Wird gemacht, und danke, Ranger.«

»Nichts für ungut.« Patrick machte sich Notizen. Er würde später den Verlust und den Verbleib eintragen. Heute war Sonntag, da war sowieso Schreibarbeit angesagt. Beinahe die Hälfte meiner Zeit verbringe ich im Büro, dachte er, dabei zieht es mich von morgens bis abends nach draußen. Aber das habe ich vorher gewusst. Ein Viertel Wald- und Holzwirtschaft, ein Viertel Landschaftspflege, ein Viertel Büroarbeit und Verwaltungskram und nur ein Viertel Zeit fürs Wild. Er verließ das Büro, um sich in der Wohnküche sein Frühstück zu machen. Aber heute Nachmittag sattle ich Lady. Die muss genau so bewegt werden wie ich, und dann geht's ab in die Highlands.

Es war ein schöner Nachmittag. Er ließ die Hündin mit ihren Welpen in den Außenzwinger, putzte und sattelte Lady, die es kaum erwarten konnte, und erlaubte Jogas und Basco, ihn zu begleiten. Die Pointer gehorchten ihm aufs Wort, sie würden unterwegs kein Wild stören.

Lady buckelte vor Übermut und mochte es gar nicht, die ersten fünfhundert Meter im Schritt zu gehen. Aber Patrick hatte seine Prinzipien: fünfhundert Meter Schritt, fünfhundert Meter Trab und dann erst Galopp. Und genau so würde es auf dem Rückweg sein, nur in umgekehrter Reihenfolge. Das Pferd musste langsam an das Tempo gewöhnt werden, und nach dem Heimweg sollte es nicht verschwitzt im Stall ankommen.

Dann aber gab er Lady die Zügel frei, und im Galopp stürmte die Stute über die Heidehügel. Vögel flogen kreischend aus den Birken am Wegrand, ein Wildkaninchen stob davon, und die Hunde hatten Mühe, ihm zu folgen. Aber wenigstens einmal in der Woche brauchte Patrick McDoneral so einen Ritt, der dumme Gedanken verscheuchte und sein Blut in Wallung brachte. Auch Lady musste einmal ihre Kraft loswerden, denn wenn er in der Woche mit dem Pferd im unwegsamen Waldgelände unterwegs war, wo er mit dem Rover nicht hinfahren konnte, musste er Lady im Schritt reiten, um Wild und Pferdebeine zu schonen.

Als sie den Ginsterhügel erreichten, drosselte er das Tempo. Er stellte fest, dass er vollkommen unbewusst den Weg nach Broadfield eingeschlagen hatte. Unbewusst? Er grinste. War wohl eher ein unterschwelliges Bewusstsein, das da die Zügelführung übernommen hatte.

Er warf einen letzten Blick von der Hügelkuppe über die Heide. Ein paar Wanderer waren unterwegs. Die ersten Touristen kommen, dachte er zufrieden, die Bauern können wieder ein bisschen Geld verdienen. Andererseits hatte er auch viel Ärger mit den Tagesgästen, die die Vorschriften im Wald nur allzu oft missachteten. Aber daran wollte er heute nicht denken. Vorsichtig lenkte er die Stute den Abhang hinunter und dann in Richtung Broadfield. Mal sehen, was sich im alten Arzthaus tut, überlegte er und ritt gemächlich durch den Wald. Mit dem Pferd konnte er Abkürzungen nehmen, die mit dem Auto nicht befahrbar waren, und er kam fast hinter dem Garten des Anwesens heraus. Es muss ja nicht jeder sehen, dass mich das Haus interessiert, dachte er in Erinnerung an die heftigen Debatten vom Vorabend.

Er band das Pferd an eine Birke und befahl den Hunden, sich zu legen. Dann sah er sich um. Die Alpakas sind also schon draußen, überlegte er, der Garten ist allerdings noch die reinste Wildnis, da sollte eine Schafherde durchlaufen, dann ist das gröbste Unkraut wenigstens weg. Vorsichtig öffnete er das kleine Tor, das vom Grasland direkt auf das Grundstück mit den alten Obstbäumen und den Beerensträuchern führte. Im Haus schien niemand zu sein. Langsam ging er über den ausgetretenen Kiesweg zur Hintertür. Das Land rechts und links war uneben und mit Unkraut überwachsen. Nicht mal ein unverbesserlicher Optimist hätte diese Fläche als Wiese bezeichnet. Aber die Frau des Arztes hatte nie Zeit für Gartenpflege gehabt, überlegte er, die Alpakas, die Hilfe in der Praxis, das große Haus und der Farmbetrieb, wo sollte sie die Kraft für Gartenarbeit hernehmen?

Je näher er dem Haus kam, umso dichter wurde das Gestrüpp, in dem verholzte Beerenbüsche, dornige Schlingpflanzen, wild wuchernde Kräuter und erste Frühlingsblumen ums Überleben kämpften. Es roch durchdringend nach modrigen Pflanzen und feuchter Erde. Dornröschens Schloss, dachte er, als er sich den so genannten Garten besah. Dafür hat die junge Frau natürlich auch keine Zeit. Er ging zurück.

Obwohl er sich dagegen sträubte, entwickelte er ein Gefühl von Sympathie für die fremde Frau, die hier nun eingezogen war.

Mut hat sie, dachte er, sonst würde sie sich nicht auf dieses Abenteuer mit Alpakafarm und Arztpraxis einlassen. Sie kennt die alten Highlander nicht, sie hat ja keine Ahnung von der Sturheit der meisten Menschen. Die gehen doch nicht zu einer fremden Großstadtärztin. Die doch nicht! Ich lebe jetzt seit Jahren hier, aber persönliche Kontakte habe ich nur zu meinen Waldarbeitern und ein paar Männern wie dem Pfarrer, den Großbauern und den Bürgermeistern, die etwas weiter sehen als bis zu ihrem Tellerrand. Erstaunlich, dass die mit der Frau handelseinig wurden. Aber sie brauchen einen Arzt hier in der Nähe, und die Gemeinde hat kein Geld, um eine moderne Praxis anzubieten, kein Wunder also, wenn sie die Erste nehmen, die sich hier anbietet. Sie ist zwar hier groß geworden, aber man hätte sie warnen müssen. Er zuckte mit den Schultern. Ihn ging es ja zum Glück nichts an.

Das Geräusch der kleinen Steine unter seinen Stiefeln erschien ihm überlaut. Dann hatte er den Garten wieder verlassen, bestieg sein Pferd und sah sich noch einmal nach dem Haus um. Das tief heruntergezogene Dach versprach Geborgenheit und Wärme. Er nickte, als wollte er sein Einverständnis signalisieren, dann ritt er davon.

Der Briefkastenzeiger am Eingangstor war auf »Post« gestellt. Er öffnete die kleine Klappe und entnahm dem Gehäuse einen Brief. Schon am Papier erkannte er, dass das Schreiben von seiner Mutter kam. Das gelbliche, fein gemusterte Büttenpapier war eines ihrer Markenzeichen und sollte dem Empfänger die Hochachtung zeigen, die sie für ihn empfand. Patrick grinste, faltete den länglichen Umschlag respektlos zusammen und steckte ihn in die Jackentasche. Dann nahm er sein Pferd am Zügel und führte die Stute in den Stall. Nachdem er sie abgesattelt, die Hufe kontrolliert und Futter in den Trog gefüllt hatte, rief er die Hunde und ging mit ihnen ins Haus.

Erst am Abend, als er seine Hausjacke suchte, fiel ihm der Brief wieder ein. Er öffnete den Umschlag umstandslos mit einem Küchenmesser und entfaltete den Bogen. In ihrer feinen, zierlichen Schrift mit einem richtigen Federhalter – sie legt Wert auf Stil, dachte er –, schrieb sie:

Dear Patrick,
wie Du weißt, erlebt Dein Vater am 1. Juli seinen siebzigsten Geburtstag. Wir gedenken, diesen Tag mit einem großen, dreitägigen Fest zu feiern und erwarten Dich spätestens am 28. Juni im Schloss.
Wenn Du Deinem Vater ein Geschenk zukommen lassen möchtest: Er sammelt alte schottische Seekarten.
Es grüßt Dich, Deine Mutter

Verärgert warf Patrick den Bogen auf den Küchentisch. »Typisch Mutter«, sagte er laut, »das ist keine Einladung, sondern ein Befehl. Und was ich mitzubringen habe, steht auch gleich dabei. Wo um Himmels willen soll ich hier am Benderloch antike Seekarten herbekommnen? Das bedeutet mindestens einen Tag Glasgow oder Edinburgh, um so etwas zu beschaffen. Und das mitten in der Hegezeit der Jungtiere.«

Jogas und Basco verließen mit eingeklemmten Ruten die Küche und legten sich unter den großen Eichentisch in der Halle. Wenn der Chef laut wurde, suchte man sich besser einen geschützten Platz, das wussten die beiden sehr genau. Es passierte nicht oft, dass er so verärgert war, aber wenn, brachte man sich lieber in Sicherheit.

Doch der Ärger dauerte bei Patrick McDoneral nicht lange. Er grinste bereits, als er die Hunde beobachtete und warf den Brief achtlos in den Mülleimer. Während er das Futter für die Pointer zubereitete, sah er das Schloss vor sich, wie es mächtig und dominant auf der Ebene über der Steilküste von Rattray Heat thronte. Ein grauer Klotz mit zahllosen Türmen, Zinnen und Wehrgängen, denn jeder Herrscher hatte im Laufe der Jahrhunderte Anbauten hinzugefügt. Ein stilloses, abweisendes Gemäuer ohne Harmonie und Schönheit. Mein Zuhause, dachte er und stellte den Hunden ihr Futter hin.

Kapitel 8

Lena hatte große Probleme. Die Dorfbewohner mieden ihre Praxis, Ellen hatte noch keinen Gehilfen für die Farm gefunden, und die Alpakaherde wartete dringend auf den Zehenschneider, aber, und das war das Schlimmste, Lena hatte keinen Penny mehr im Portemonnaie, um den Mann oder andere Ausgaben bezahlen zu können.

In ihrer Verzweiflung rief sie Mr. Bruneel, den Vorsitzenden vom Züchterverband, an und bat ihn um Hilfe. Sie hatte seine Anschrift und die Telefonnummer in den Unterlagen ihrer Mutter gefunden. Sie erklärte ihm die Situation und fragte schließlich: »Mr. Bruneel, was soll ich machen?«

»Miss Mackingtosh, beruhigen Sie sich. Ich habe Ihnen doch angeboten, mich um den Verkauf Ihrer Jungtiere zu kümmern, Ihre Mutter hatte schon fünf Jährlinge ausgesucht. Wenn Sie wollen, schicke ich morgen einen Züchter, der an dem Kauf sehr interessiert ist, vorbei. Zeigen Sie ihm die Tiere, die ganze Herde am besten, damit er sieht, dass es sich um gepflegte, wohlgenährte Tiere handelt, und halten Sie die Papiere bereit, damit er sie einsehen kann.«

»Danke, Mr. Bruneel. Ich werde alles vorbereiten. Kann ich mich auf den Mann und sein Angebot verlassen?«

»Wir haben festgelegte Preise, Sie können sich ganz bestimmt auf ihn verlassen. Wir sind ein kleiner, aber sehr exquisiter Verband, bei uns wird Vertrauen und Ehrlichkeit ganz groß geschrieben.«

»Danke, Mr. Bruneel. Sie müssen mich verstehen, denn

ich habe keine Ahnung von solchen Verkäufen und Verhandlungen.«

»Verlassen Sie sich auf mich. Ich habe aber auch eine Frage. Werden Sie die Herde behalten? Gute Zuchtalpakas sind sehr gefragt.«

»Darauf kann ich Ihnen noch keine Antwort geben, Mr. Bruneel. Im Augenblick habe ich große Probleme mit der Arztpraxis, und wenn diese sich nicht lösen lassen, werde ich auf die Farm angewiesen sein, dann muss ich mit der Herde die Praxis finanzieren.«

»Das kann ich verstehen. Und ich rate Ihnen, sich für die Überlegungen und Entscheidungen genügend Zeit zu nehmen.«

»Ja, die werde ich brauchen. Im Augenblick befasse ich mich mit Lehrbüchern über die Zucht und die Haltung von Alpakas, und ich bin sehr froh, dass der Winter vorbei ist und die Herde draußen sein kann.«

»Wenn Sie Ratschläge brauchen, wenden Sie sich an mich, wir vom Verband haben da so unsere eigenen Vorstellungen von der Zucht, die in den offiziellen Lehrbüchern nicht unbedingt vertreten sind.«

»Danke, Mr. Bruneel, ich bin sehr froh über Ihre Unterstützung. Wie heißt der Interessent, der morgen herkommt?«

»Mr. Galiere aus der Nähe von Fort William. Er hat eine neue Herde aufgebaut und braucht dringend Jährlinge, ich hatte ja schon im Interesse Ihrer Mutter mit ihm gesprochen.«

»Das ist gut, dann weiß ich Bescheid. Und vielen Dank für Ihre Mühe.«

»Gerne, und rufen Sie mich jederzeit an, wenn Sie Rat

und Hilfe brauchen. Wir Alpakazüchter sind ein eingespieltes Team, hier unterstützt jeder jeden, weil wir diese aparten Tiere so mögen.«

Nachdenklich stellte Lena den Hörer in die Station zurück. Wenn das so weitergeht, muss ich mich auf die Farm konzentrieren, dachte sie, doch warum bin ich dann Ärztin geworden? Medizin zu studieren, anderen Menschen helfen zu können, das war mein Lebenstraum, und nun stehe ich hier im weißen Kittel und überlege, wie ich mit dem Verkauf von Alpakas die Arztpraxis am Leben erhalte.

Enttäuscht und trotzig knöpfte sie den Kittel auf, zog ihn aus und Gummistiefel an. Dann klebte sie einen Zettel an die Praxistür und schrieb darauf: »Bin im Stall!« Sie ging hinüber, um den großen Laufstall zu reinigen und für die Herde vorzubereiten, die abends zurück in die Unterkunft musste, damit der eventuelle Käufer von Jährlingen am nächsten Morgen die Tiere besichtigen und der Zehenschneider mit der Arbeit beginnen konnte.

Mit Schubkarre, Schaufel und Besen begann Lena, den Mist zusammenzufegen und nach draußen zu bringen. Zum Glück verrichten die Alpakas alle an einer bestimmten Stelle ihr Geschäft, dachte sie, und Gott sei Dank habe ich es nicht mit Kühen zu tun, deren Dung zu entfernen wäre wirklich eine Mistarbeit.

Gegen Mittag rieb sie sich stöhnend den Rücken und die Arme und sah sich um. Fertig, dachte sie, jedenfalls mit dem Ausmisten. Sie ließ Wasser in die Getränkewannen laufen, verteilte das restliche Stroh und kletterte auf den Heuboden, um das letzte Futter durch die Luke nach unten zu schieben. Wenn das so weitergeht, überlegte sie, muss ich, falls ein Patient in die Praxis kommt und tatsächlich die Behandlung auch bezahlen will, darum bitten, statt mit Eiern und Milch lieber mit Heu zu bezahlen. Der Winter ist lang und die Herde groß, da brauche ich eher einen gutgefüllten Heuboden als eine gutgefüllte Speisekammer, das ist ganz sicher.

Als sie am späten Nachmittag zurück ins Haus ging, hatte sie Mühe, die Beine zu heben und die Arme zu bewegen. Jetzt eine Dusche und dann runter und die Herde reinholen, überlegte sie, aber ob ich den Hügel dann noch einmal hochkomme, weiß ich nicht. Es gibt keinen Knochen in meinem Körper, der mir nicht wehtut.

Trotzdem freute sie sich, als sie ihr Zuhause betrat. Die Eltern haben das wirklich gut gemacht, dachte sie, die Aufteilung ist praktisch und das Haus gemütlich.

Innen war es in zwei Bereiche geteilt. Links vom Flur, der von der Haustür bis zur Hintertür führte, befand sich die Praxis, rechts davon die Wohnung. Von dem großen Wohnzimmer, das fast das ganze Erdgeschoss einnahm und nur noch Platz für die Küche und zwei Wirtschaftsräume ließ, führte die Treppe ins Obergeschoss mit dem elterlichen Schlafzimmer, ihrem Kinderzimmer und einem großzügigen Bad. Am besten gefiel Lena die Verbindung von Küche und Wohnzimmer, die durch eine breite Falttür voneinander getrennt werden konnten, sonst aber eine gemütliche Einheit bildeten. Durch die Fenster mit den Butzenscheiben, die das Sonnenlicht brachen und tausend bunte Funken auf den Boden warfen, wirkte der Raum mit dem honighellen Holz der Decke und der Dielen behaglich und bequem.

Lena hatte seit ihrer Studienzeit keine richtige Gemütlichkeit mehr erlebt. Hier, in ihrem alten, neuen Zuhause fühlte sie sich vom ersten Augenblick an wohl.

Nach dem Duschen zog sie sich Jeans und eines der alten Arbeitshemden ihres Vaters an und ging nach draußen. Inzwischen wusste sie, welche Gatter geöffnet und welche geschlossen werden mussten, um die Herde in den Stall zu holen. Dann ging sie hinunter, rief die beiden Border Collies und befahl ihnen, die Herde nach oben in den Stall zu treiben. Stolz stellte sie fest, dass die Tiere gehorchten und die Herde langsam, vielleicht sogar etwas unwillig in den Stall trottete. Dann verschloss sie die Gatter und fütterte die Hunde, die sich zufrieden vor das Tor zum Laufstall legten und die Nachtwache übernahmen.

Lena kochte sich einen großen Topf Spaghetti, öffnete eine Dose fertige Tomatensoße und setzte sich dann mit dem fertigen Essen auf einem Tablett und einem Glas Wein auf die Gartenbank hinter der Küche. Gott sei Dank haben die Eltern immer einen gewissen Vorrat an Lebensmitteln in der Speisekammer, dachte sie zufrieden und betrachtete den verwahrlosten Garten hinter dem Haus. Die reinste Wildnis, aber die musste noch warten. Der Anblick der Vorderfront ist wichtiger als das Hinterland, tröstete sie sich. Ich muss vor dem Haus einen guten Eindruck machen, was dahinter ist, geht niemanden etwas an. Der Abend wurde kühl, vom Benderloch herunter kam ein frischer Wind, der die Kälte der letzten Schneereste mitbrachte.

Lena beschloss, noch einmal hinunter ins Dorf zu fahren um Ellen zu fragen, ob sie noch immer keinen Gehilfen für sie gefunden hätte. Da ihr kleiner Wagen einige Probleme auf der alten Dorfstraße hatte, fuhr sie sehr langsam. Etwa fünfzig Meter von Ellens Pub entfernt beobachtete sie, wie eine kleine Gänseherde gemächlich quer über die Dorfstraße watschelte. Sie hielt den Wagen an, um den Gänsen den Vortritt zu lassen, denn sie wusste von alten Redensarten, dass man eine Kuh ruhig überfahren könne – aber wer wagte das schon? –, dass man einer Gans aber niemals Schaden zufügen dürfe. Während sie geduldig wartete, kam aus einer Hofeinfahrt ein kleiner Junge auf seinem Fahrrad geschossen und fuhr ungebremst in die Gänseherde hinein. Der Junge fiel vom Rad, die Gänse stoben auseinander, und eine stürzte sich auf das Kind. Wild mit den Flügeln schlagend stieß sie mit dem harten Schnabel immer wieder auf den schreienden Jungen ein. Lena hastete aus dem Wagen, rannte auf die beiden zu und versuchte, mit Geschrei und wedelnden Händen das aufgebrachte Tier von dem Kind wegzutreiben. Als sie die beiden erreichte und der schwere Vogel endlich von dem Kind abließ und davonstob, sah sie, dass der Junge mehrere stark blutende Wunden am Kopf und im Gesicht hatte. Lena rannte zum Auto, holte ihren Arztkoffer, griff nach einer Decke und lief zu dem schreienden Kind zurück.

»Ruhig, ganz ruhig, gleich tut's nicht mehr weh.« Sie bettete den Kopf auf die Decke und gab dem Jungen eine Beruhigungsspritze.

Im gleichen Augenblick kam eine Bäuerin aus dem Haus gerannt und schrie: »Was machen Sie da? Halt, lassen Sie das! Das dürfen Sie nicht, das ist mein Kind.«

Lena zog die Spritze heraus und verpflasterte die Einstichstelle. »Beruhigen Sie sich. Ich bin die Ärztin. Ist der Junge gegen Tetanus geimpft?«

»Gehen Sie weg, hauen Sie ab.« Die Frau warf sich auf den Jungen und nahm ihn in die Arme. »Bob, mein Bobby, was macht die Frau mit dir, was ist denn bloß passiert?«

Inzwischen kamen andere Frauen aus ihren Häusern, Kinder liefen herbei, und im Handumdrehen hatte sich ein Kreis laut debattierender Menschen um das Kind und die Mutter gebildet.

Lena richtete sich auf. »Bitte helfen Sie, das Kind in mein Haus zu tragen. Ich bin Ärztin, ich muss die Wunden versorgen.«

»Nein«, schrie die Frau, »nein, mein Junge bleibt bei mir. Ruft Colleen. Die soll sich um die Wunden kümmern. Die da«, sie zeigte auf Lena, »die da hat ihm was gespritzt. Das darf sie doch gar nicht.« Die Frau brach in Tränen aus, andere trösteten sie, zwei liefen davon um Colleen zu holen, andere hoben den weinenden Jungen hoch und trugen ihn in das Bauernhaus. Kinder lachten und schrien: »Der Gans hat ihn gebissen, die Gans hat ihn gebissen«, und hüpften im Kreis um die Stelle, an der man das Blut des kleinen Jungen auf dem Sand erkennen konnte.

Lena griff nach ihrem Koffer und der Decke und wollte den Frauen ins Haus folgen, doch die verwehrten ihr den Eintritt. »Nichts da«, rief eine. »Die Mutter bestimmt, und die hat nach Colleen gerufen.«

»Aber wer ist diese Colleen? Ich bin die neue Ärztin, der Junge muss unverzüglich behandelt werden, die Wunden sind schmutzig, vielleicht mit Gänsekot infiziert, das ist sehr gefährlich.« Sie versuchte sich mit Gewalt an den Frauen vorbeizudrängen, kam aber nicht weiter.

»Sie haben ihm was gespritzt, das ist verboten, wenn die Mutter nicht zustimmt.«

»Es war keine Zeit zu verlieren. Der Junge hatte starke Schmerzen.«

Eine andere Frau schrie: »Gehen Sie endlich weg. Wir brauchen Sie nicht.«

Auf der Straße hielt ein Wagen, aus dem Sergeant Marloff stieg. »Was ist hier los? Was ist passiert?« Er kam die Hofeinfahrt herauf und sah die Frauen an. Bevor eine antworten konnte, erklärte Lena:. »Bob, ein Glück, dass Sie kommen, ich sah, wie eine Gans einen kleinen Jungen angegriffen hat. Das Kind blutet stark, ich will ihm helfen, aber man lässt mich nicht. Man holt stattdessen eine Heilerin, während die Wunden unversorgt sind. Wenn der Junge nicht schnellstens behandelt wird, können sie lebensgefährlich werden.«

»Sie hat ihm was gespritzt, ohne die Mutter zu fragen«, unterbrach sie eine der Frauen.

Robert Marloff zögerte nicht. »Macht Platz, ich will mir den Jungen ansehen, und die Ärztin kommt mit.«

Unwillig murrend traten die Frauen zur Seite. Im Haus roch es muffig und nach Essensresten. »Macht mal Licht an und ein Fenster auf, hier erstickt man ja.«

Bobby lag im Wohnzimmer auf dem Sofa, unter seinem verletzten Kopf dicke, gestrickte Wollkissen. »Platz da.« Sergeant Marloff bückte sich zu dem Kind. »Wie geht's dir denn, mein Kleiner?«

Aber der Junge sah ihn nur verstört an, Tränen liefen ihm über die Wangen.

»Kommen Sie bitte her, Lena, was kann man machen?«

»Wenn es die Mutter erlaubt«, Lena war vorsichtig geworden, »wenn es die Mutter erlaubt, sollte der Junge auf ein sauberes Laken auf den großen Tisch gelegt und die Lampe darüber angeschaltet werden, damit ich die Wunden versorgen kann.«

Die Mutter sah den Sergeant an, nickte respektvoll, holte ein sauberes Tischtuch aus der Anrichte, und Robert Marloff legte den Jungen auf den Tisch.

Lena beugte sich über ihn. »Es tut nicht weh«, erklärte sie dem verängstigten Kind, »ich wasche nur die Wunden mit etwas Wasser, und dann bekommen sie einen schneeweißen Puder und einen Verband.«

Sie sah den Sergeant an. »Bitte schicken Sie die Frauen nach draußen. Nur die Mutter kann bleiben.«

Murrend verließen die Nachbarinnen die Wohnstube, blieben aber vor der Tür stehen und debattierten weiter. Lena reinigte die Wunden am Kopf, desinfizierte sie und versorgte sie mit Puder und einem Verband. Die Wunden im Gesicht bekamen nach der Behandlung ein Pflaster.

»Ich möchte, dass der Junge ins Krankenhaus nach Barcaldine gebracht wird«, erklärte sie Robert Marloff. »Er muss beobachtet werden. Es könnte sein, dass trotz allem Infektionen auftreten, und gegen Tetanus ist er bestimmt nicht geimpft.«

»Bestimmt nicht«, nickte der Sergeant und sagte an die Mutter gewandt: »Packen Sie einen Schlafanzug und Waschzeug ein, ich rufe den Krankenwagen. Sie können mitfahren. Er muss nur ein paar Tage beobachtet werden, dann kommt er zurück.«

Die Frau schluchzte. »Ich kann nicht weg, ich muss mich um die anderen Kinder und ums Vieh kümmern.«

»Aber irgendjemand sollte schon mitfahren.« Marloff sah sich unschlüssig um.

»Ich fahre mit«, erklärte eine alte Frau spontan.

Während der Sergeant den Krankenwagen bestellte, die Mutter eine Tasche mit Kleidung für ihren Jungen packte und die aufgebrachten Frauen vor dem Haus über diese »kolossalen, unnötigen Umstände, wo Colleen doch schon unterwegs ist«, schimpften, ging Lena zu ihrem Auto, fuhr den Mini Cooper an die Seite und wartete neben Robert Marloff auf den Krankenwagen. »Ein toller Anfang in Broadfield«, sagte sie leise. »Nur gut, dass Sie gekommen sind.«

»Ich hatte in der Nähe zu tun, und da dachte ich, schau mal nach, wie es Lena geht, die hier so plötzlich einspringen muss.«

»Es ist mein erster Auftritt als Ärztin, die Bauern mögen mich nicht.«

»Was? Aber warum denn?«

»Sie mögen keine Frau als Arzt und gehen lieber zu einer Heilerin in den Bergen oder fahren nach Barcaldine.«

»Ach, das gibt sich schon. Heute war das doch sehr gut, dass eine Ärztin zur Stelle war.«

»Ohne Sie hätten die Frauen mich nicht mehr an das Kind herangelassen.«

»Na, da bin ich doch gerade zur rechten Zeit gekommen.«

»Wie immer, Bob, vielen Dank.«

»Ich freue mich, dass ich helfen konnte.«

Etwas zögerlich schaute Lena den Sergeant an. »Nun gut, Bob. Darf ich Sie zum Dank auf einen Drink einladen?«

Aber der Sergeant schüttelte den Kopf. »Heute nicht, ich muss nach Barcaldine zurück, aber wenn ich das nächste Mal in der Nähe bin, werde ich mich melden.« Er reichte ihr die Hand und sagte: »Bis bald also, Lena, und den Drink bringe ich dann mit.«

Mit etwas gemischten Gefühlen sah Lena ihm nach, als Robert Marloff in seinen Dienstwagen stieg und davonfuhr. Ich kenne ihn überhaupt nicht, dachte sie und fuhr zurück auf ihre Farm. Der Besuch bei Ellen musste warten, die Frage nach einem Gehilfen ebenfalls. Aber die löste sich am nächsten Tag von selbst.

Kapitel 9

Am nächsten Morgen, kurz nach Sonnenaufgang, fuhr der Zehenschneider mit einem schrottreifen kleinen Lastwagen auf den Hof. Lena hatte sich gerade fertig angezogen, als die Hunde laut kläffend den Wagen begrüßten. Mark Billon war ein korpulenter Zweimetermann, der Mühe hatte, das Auto zu verlassen.

Freundlich begrüßte er Lena, drückte ihr fest die Hand und erklärte: »Habe schon vom Tod Ihrer Eltern gehört, Miss. Tut mir mächtig leid. Aber das Leben geht weiter, ist nun mal so.« Dann drehte er sich zum Wagen um und zeigte auf zwei Männer, die von der Ladefläche herunterkletterten.

»Der eine gehört zu mir, den anderen, Tom, habe ich Ihnen als Gehilfen mitgebracht. Habe gehört, Sie brauchen einen, und der braucht eine Arbeit. Ist ein guter Mann und wenn nicht, rufen Sie mich an, Miss, dann mache ich ihm Beine.«

Lena hatte Mühe, selbst etwas sagen zu können. Als Erstes bedankte sie sich, dann erklärte sie leise, die Männer mussten ja nicht alles hören: »Mr. Billon, ich habe ein Problem.«

»Weiß ich schon, weiß ich schon. Macht nichts, wir kommen schon klar.«

»Ich meine das Problem mit meiner Bezahlung für Sie.«

»Klar, weiß ich schon. Da machen Sie sich mal keine Gedanken. Wir haben bis abends zu tun, und Sie werden sehen, bis dahin regelt sich alles von selbst.«

»Ich hoffe es, Mr. Billon. Möchten Sie jetzt einen Kaffee und ein kleines Frühstück?«

»Nein, Miss, nicht vor der Arbeit, dann kann ich mich ja nicht mehr bücken, und das gehört nun mal zu meiner Arbeit. Ich gehe jetzt in den Stall, die beiden Männer können mir helfen, und Sie nehmen bitte die Hunde mit ins Haus. Die stören nur.«

Lena brachte Lilly und Bully in die Küche und gab ihnen ihr Futter. Mr. Billon errichtete ein provisorisches Gatter im großen Laufstall, trieb die Jährlinge in einen kleinen Pferch und ließ dann mithilfe der beiden Männer die Alpakas einzeln an sich vorbeigehen, packte das jeweilige Tier und stutzte die hornigen Zehen, während sein Gehilfe das zitternde Alpaka festhielt und der zweite Mann die Tiere einzeln wieder auf die Weide entließ.

Lena staunte, wie gelenkig, schnell und doch gewissenhaft der schwere Mann bei der Arbeit war.

Gegen Mittag fuhr ein Land Rover mit einem Viehanhänger auf den Hof. Ein gut aussehender Mann im Reitdress stieg aus und begrüßte Lena, die ihm entgegenging. »Ich bin Marc Galiere. Mr. Bruneel hat mir Ihre Anschrift gegeben. Ihre Alpakazucht hat einen guten Namen, Miss Mackingtosh.«

»Danke, Mr. Galiere. Es ist die Zucht meiner Mutter, ich betreue zur Zeit nur die Tiere.«

»Ich habe von dem schrecklichen Unfall gehört. Mein herzliches Beileid.«

»Danke. Wir haben die Jährlinge, für die Sie sich interessieren, in einem besonderen Pferch untergebracht. Der Zehenschneider hat mir dabei geholfen. Wenn Sie mit mir kommen, zeige ich Ihnen die Tiere.«

Mr. Galiere folgte Lena in den Stall, begrüßte die Männer,

betrachtete die Herde, die zum großen Teil noch im Laufstall war, und wandte sich dann den Jährlingen zu. Neugierig kamen die Jungtiere an den Zaun und ließen sich kraulen.

»Sie sind ja sehr zutraulich«, begeisterte sich der Besucher.

»Sie haben noch keine schlechten Erfahrungen mit Menschen gemacht. Bis gestern sind die Fohlen in der großen Herde gelaufen, und es wäre schön, wenn sie sich schnell wieder an eine Herde gewöhnen könnten.«

»Ja, das denke ich auch. Ich möchte deshalb auch gleich sechs von Ihren Fohlen kaufen, damit das Zusammengehörigkeitsgefühl erhalten bleibt. Das macht das Eingewöhnen dann für sie leichter.«

»Ja«, erwiderte Lena erfreut. »Es sind sehr sensible Tiere, ich wäre sehr froh, wenn sie zusammenbleiben könnten.«

»Dürfte ich dann auch einen Blick in die Papiere werfen? Der Vorsitzende des Zuchtverbands hat mir gesagt, worauf ich achten soll, damit die Tiere in meine Zuchtlinien passen.«

»Ja, gern, bitte kommen Sie mit, ich habe die Papiere mit den entsprechenden Fotos im Haus.« Lena führte ihren Gast in den Wohnraum. »Darf ich Ihnen etwas anbieten?«

»Ein Kaffee wäre wunderbar.«

»Gut, dann gehe ich in die Küche und überlasse Ihnen die Papiere hier auf dem Tisch.«

Als sie später mit einem Tablett voller Gebäck und dem Kaffee zurückkam, saß Mr. Galiere über die Papiere gebeugt am Tisch und machte sich Notizen. »Ich habe mich für die braunen und die schwarzen Fohlen entschieden. Sie passen am besten zu meiner Herde, vielleicht nehme ich später weiße und gefleckte hinzu, aber ich will mich in der

Zucht nicht verzetteln und langsam mit der Vergrößerung der Herde beginnen. Wie ich sehe, sind die Fohlen geimpft und entwurmt, das erleichtert mir die Übernahme, und ich kann die Tiere sofort in die Herde integrieren. Ihre Mutter war eine sehr sorgsame Züchterin.«

»Ja, sie hatte einen guten Ruf!«, bestätigte Lena und schenkte Kaffee ein.

Eine Stunde später hatte sich Mr. Galiere für drei braune und drei schwarze Tiere entschieden. Er wollte je zwei Stutfohlen und zwei Hengstfohlen, und der Zehenschneider half ihm, die ängstlich gewordenen Tiere auszusuchen und zu verladen.

»Ich weiß vom Vorsitzenden unseres Zuchtverbandes, dass Sie durch den plötzlichen Tod Ihrer Eltern in eine schwierige finanzielle Lage geraten sind«, erklärte Mr. Galiere und ging mit Lena zurück zum Haus. »Wenn es Ihnen recht ist, bezahle ich Ihnen die Alpakas in bar. Das erspart Ihnen den Weg in die Stadt zu einer Bank, und Sie verfügen sofort über finanzielle Mittel.«

Lena nickte. »Es ist mir sehr peinlich, Mr. Galiere, aber diese ganze Situation hat mich auch beruflich aus der Bahn geworfen, und ich bin mit einer Barzahlung sehr einverstanden.«

»Gut, ich will auch nicht lange verhandeln, wir haben in der Alpakazucht feste Preise, und an die halte ich mich selbstverständlich.« Er legte die Pfundnoten eine nach der anderen auf den Tisch neben die Kaffeekanne, und Lena sah sprachlos zu, wie sich auf ihrem Tischtuch nach und nach ein stattlicher Stoß Geldscheine stapelte. Mein Gott, dachte sie, ich bin gerettet, meine Alpakas sind gerettet, meine Praxis, und ein neuer Gebrauchtwagen ist auch noch drin. Sie hatte Tränen der Dankbarkeit in den Augen, wusste aber auch, dass sie die nicht zeigen durfte. So bedankte sie sich förmlich, als sei täglich mit solchen Einnahmen zu tun, begleitete ihren Gast zu seinem Land Rover, schaute noch einmal in den Anhänger, um sich von den bildschönen Jährlingen zu verabschieden und winkte dem Wagen kurz und höflich nach, als er den Hof verließ.

Da in der Praxis nichts zu tun war, kochte Lena von den Resten, die sie in der Vorratskammer und in der Kühltruhe fand, einen Eintopf für die Männer. Als Marc Billon gegen Mittag eine Pause machte, bat sie die Männer nach drinnen zum Essen. »Nein, nein«, wehrte der Zehenschneider ab, »ein Essen im Haus ist nicht nötig. Wir sind schmutzig, verschwitzt, und wir stinken. Wir essen hier draußen auf der Bank, und einen Tisch brauchen wir auch nicht. Wir nehmen die Teller in die Hand, wir wollen auch keine Zeit verlieren.«

Die Männer wuschen sich am Brunnen Hände, Arme und Gesichter, Lena reichte ihnen Handtücher, und danach setzten sich alle vier auf die Bank vor dem Haus und genossen gemeinsam den Eintopf aus einem bunten Gemisch von Gemüseresten und einer Wildschweinkeule. Als Lena ein paar Flaschen Bier aus der Vorratskammer holte, winkte Marc Billon ab. »Kein Alkohol, Miss, wenn Sie einen Krug mit Wasser haben, dann reicht das und vielleicht einen Kaffee, bevor wir weitermachen.«

Kurz vor Sonnenuntergang waren die Männer fertig und die Tiere wieder auf der Weide. Zehn Alpakas mussten allerdings im Stall bleiben. »Die haben entzündete Schwielensohlen«, erklärte ihr Marc Billon, »ich habe die Sohlen eingefettet. Das muss dreimal am Tag gemacht werden, Tom weiß Bescheid und kümmert sich darum. Erst wenn die Wunden vernarbt sind, können die Tiere wieder auf die feuchten Weiden.«

Lena war erschrocken. »Aber wie konnte das passieren?«

»Ach«, tröstete der Zehenschneider die junge Frau, »das passiert leicht. Die Alpakas haben ja keine Hufe wie die Schafe oder die Pferde, sie haben weiche Sohlen, die schon mal einreißen, wenn die Tiere auf harte Steine oder schroffe Felskanten treten. Und die gibt's hier auf den steinigen Weiden ja zur Genüge. Ist nicht weiter schlimm, muss aber behandelt werden. In einer Woche können die Tiere wieder raus.«

Beruhigt ging Lena mit dem Mann ins Haus und bezahlte ihm seine Rechnung. »Welchen Lohn bekommt Tom?«

»Wenn er hier auf der Farm Essen und Trinken und eine Kammer zum Schlafen bekommt, sollten Sie ihm wenige hundert Pfund im Monat geben. Das ist ein üblicher Lohn für einen Hilfsarbeiter auf dem Land.«

»Danke, Mr. Billon, dann weiß ich Bescheid.«

Lena wusste, dass es oben im Stall neben dem großen Boden, auf dem im Winter Stroh und Heu gelagert wurden, zwei Kammern für Hilfsarbeiter gab. Sie hatte aber keine Ahnung, wie es dort aussah. So ging sie, als Tom zur Weide hinüberlief, um alle Durchlaufgatter zu schließen, die steile Stiege hinauf und besah sich die Kammern. Sie waren sauber, sparsam aber ausreichend möbliert und konnten sofort bezogen werden. Lena holte noch Bettwäsche und Handtücher aus dem Haus, legte eine kleine Decke auf den Tisch und

Seife in die Waschschüssel. Wasser würde sich Tom im Stall holen müssen, und essen konnte er bei ihr. Gott sei Dank, dachte Lena zufrieden, das Problem ist gelöst. Als sie ihm das Abendessen hinstellte, setzte sie sich zu ihm in die Küche und besprach mit ihm den Tagesablauf und die verschiedensten Arbeiten, die anfallen würden.

»Tom, die Tiere gehen immer vor. Wenn sie auf der Weide sind, müssen Sie sich um den Garten, den Stall und die Futtervorräte kümmern. Ich möchte, dass der Hof und der Anfahrtsweg immer gepflegt und sauber aussehen.«

»Selbstverständlich, Dr. Mackingtosh. Was passiert mit den Alpakas, die jetzt im Stall bleiben müssen?«

»Mr. Billon hat mir Salbe für die Beine gegeben. Sie müssen ihre Sohlen dreimal am Tag damit einreiben. Wenn Sie es allein nicht schaffen, rufen Sie mich, damit ich sie halte. Außerdem müssen die Tiere, solange sie im Stall stehen, natürlich gefüttert und getränkt werden. Zum Wohnen habe ich Ihnen oben über dem Stall eine Kammer eingerichtet. Um Ihre Wäsche wird sich eine Haushaltshilfe kümmern, ich hoffe, dass ich bald jemanden bekomme, die das dann übernehmen kann.«

»Wird sie auch hier wohnen?«

»Nein, ich möchte eine Frau aus dem Dorf beschäftigen, die morgens kommt und abends geht.«

»Was ist mit den Hunden, sind die friedlich?«

»Ja, sie sind sehr gut erzogen und trainiert. Morgen übe ich mit Ihnen die Kommandos für die Hunde, damit sie lernen, dass Sie der Chef im Stall sind.«

Tom lächelte still vor sich hin. »Chef im Stall, das hört sich richtig gut an.«

»Das ist auch richtig gut, vorausgesetzt, Sie kommen mit der Arbeit zurecht.«

»Ich komme aus der Viehwirtschaft, ich habe immer auf Höfen mit Kühen oder Schafen gearbeitet, ich mag Tiere.«

»Das ist am wichtigsten, denn die Alpakas sind sehr sensible, gutmütige und intelligente Tiere.«

»Was gibt es denn bei Alpakas an besonderen Arbeiten, mit solchen kleinen Lamas kenne ich mich natürlich noch nicht aus. Spucken die nicht dauernd auf mich?«

»Nein, Tom, diese Alpakas spucken nicht auf Menschen, höchstens untereinander, wenn sie um ihre Rangordnung kämpfen. Sie werden sich an Sie gewöhnen. Sie lassen sich gern kraulen und sind sehr zutraulich. Nur wenn sie sich angegriffen fühlen, treten sie nach ihren Feinden.«

»Wenn sie draußen sind, worauf muss ich da aufpassen?«

»Die Stuten sind das ganze Jahr über geschlechtsreif. Sie können also auch das ganze Jahr über Fohlen bekommen. Das machen sie am liebsten am Tage, wenn die Sonne sie und das Fohlen wärmt.«

»Du meine Güte, dann kann ja dauernd so ein Kälbchen dazukommen.«

»Bei den Alpakas heißt ein Junges Fohlen. Auf die müssen Sie dann natürlich besonders aufpassen und mir gleich sagen, welche Mutter ein Fohlen bekommen hat.«

»Aber wie merke ich mir das denn, die haben doch keine Namen?«

Lena lachte. »Ach, Tom, in den Papieren haben sie schon ihre Namen, aber da draußen, da weiß ich selbst nicht, wie sie heißen. Wir prüfen das dann an den Nummern der Ohrenmarken, die sie tragen.«

»Meine Güte, wie bei den Schafen und den Kühen.«

»Alles muss seine Ordnung haben. Aber wir werden das schon schaffen. Auf jeden Fall jetzt, denn den Sommer über sind die Tiere auf der Weide. Sie müssen natürlich auch kontrollieren, ob die Zäune in Ordnung sind, die Gatter richtig schließen, kein Tier fehlt und die Hunde wachsam sind. Übrigens, den Hunden müssen Sie zweimal am Tag Futter auf die Weide bringen, aber das zeige ich Ihnen morgen.«

»Ich habe gehört, die Wolle ist sehr kostbar. Wann werden die Tiere geschoren?«

»Ja, neben Kaschmir und Seide liefern sie das edelste Garn. Sie werden einmal im Jahr geschoren, aber das hat meine Mutter noch machen lassen, solange die Herde im Winterstall war. So, und jetzt ist Schluss mit der Einweisung, Tom. Wir haben einen langen Tag hinter uns, und morgen ist Zeit für neue Fragen und neue Antworten.«

Aber da irrte Lena sich.

Kapitel 10

Dr. Lena Mackingtosh hatte wirklich einen schlechten Start in Broadfield. Ihr erster Einsatz bei dem sechsjährigen Bob Merling war tagelang das Gesprächsthema in der ganzen Gegend. Obwohl das Krankenhaus in Barcaldine bestätigte, wie korrekt und richtig die Ärztin gehandelt hatte und wie wichtig es war, die Gesichtswunden von einem Chirurgen nähen zu lassen, waren die Highlander der Meinung, sie habe sich unbefugt in dörfliche Angelegenheiten eingemischt, die Wünsche der Mutter ignoriert und die Heilung durch Colleen, die doch schon so oft die Dörfler bestens kuriert hatte, verhindert.

Lena war traurig über diese Entwicklung. Dennoch hielt sie die Praxis täglich geöffnet, verteilte Flyer in den Dörfern mit ihrer Anschrift, Telefonnummer und den Sprechstundenzeiten, und dann brachte sie, wie sie es sich erträumt hatte, ihr Praxisschild neben der Haustür an.

Dr. Lena Mackingtosh
Landärztin

Danach, noch mit dem Schraubenschlüssel in der Hand, rief sie Daniel Finerfield an und lud ihn ein, ihr neues Zuhause und die Praxis endlich mit ihr einzuweihen. Plötzlich sehnte sie sich nach einem Menschen, den sie kannte, der sie verstand, der ihr wohlgesinnt war und dem sie vertrauen konnte. Es war so ein schönes Haus, das sie ihm zeigen wollte, ihr Zuhause seit frühester Kindheit, sie fühlte sich wohl, sie genoss das Gefühl von Geborgenheit – aber sie war immer allein.

Daniel Finerfield, überrascht von dem zweiten Anruf innerhalb weniger Tage – denn er hatte damals beim Abschied nach der Beerdigung ihrer Eltern den Eindruck, dass Lena einen Schlussstrich ziehen wollte –, versprach, sie zu besuchen. »Aber ich kann erst am nächsten Wochenende. Ich fahre übermorgen zu Freunden und habe dann die ganze Woche Bereitschaftsdienst. Du weißt ja, wie das ist.«

Lena, enttäuscht, weil er eigentlich immer kam, wenn sie rief, zeigte ihre Gefühle natürlich nicht. »Fein«, sagte sie, »ich warte dann mit dem Mittagessen auf dich. Bring schönes Wetter mit, damit ich dir am Sonntag die Gegend zeigen kann. Und nimm Wanderstiefel mit, denn jenseits der Eulenwälder wird das Land zwar derb und unwirtlich, aber auch geheimnisvoll und schön.«

Daniel, der noch immer über den Abschied verbittert war, wollte, dass Lena spürte, dass er nicht mehr wie früher zur Verfügung stand, wenn sie winkte. Ich habe auch meinen Stolz, sagte er sich und schrieb das Datum in seinen Terminkalender. Und dann fügte er hinzu: Schönes Geschenk besorgen!

Lena, die wusste, dass sie der Arbeit in Praxis, Haushalt und Farm nicht gewachsen war, falls irgendwann einmal die Patienten das Wartezimmer füllten, wollte endlich eine Haushaltshilfe einstellen. Sie konnte mit der Suche nicht warten, bis der Betrieb lief. Also musste sie noch einmal zu Ellen fahren und sie an ihr Versprechen, ihr bei der Suche zu helfen, erinnern.

Sie fuhr zum Pub hinunter, um mit der alten Freundin zu reden. Ellen, überrascht von dem erneuten Besuch und gleichzeitig geschmeichelt, bot ihr Platz in der leeren Wirtsstube an. »Ich mache uns rasch einen Kaffee, dann habe ich Zeit.« Lena sah sich in dem Raum um. Schade, dachte sie, dass Ellen überhaupt keinen Geschmack hat. Aber vielleicht lohnt es sich nicht mehr, hier mit einer netten Einrichtung, hübschen Gardinen und polierten Tischen eine gewisse Gemütlichkeit zu erzeugen. Die Männer, wenn sie am Samstag zurück ins Dorf kommen, lieben vermutlich ihr verräuchertes Pub, das sie dann mit alkoholisierten Stimmen füllen und in dem sie mit Nörgeln den Missmut ihres Lebens preisgeben können.

Als die Freundin mit dem Kaffee kam, sah Lena ihr traurig entgegen. »Hast du den Mut verloren, Ellen?«

»Na ja, wenn die Männer wirklich einmal hier sind und die ersten Gläser getrunken haben, sind Gemütlichkeit oder ein schönes Ambiente nicht mehr gefragt. Und um mich selbst wohlzufühlen, brauche ich das Pub nicht. Wie geht's denn bei dir in der Praxis?«

»Von ›gehen‹ kann keine Rede sein, mein Wartezimmer ist leer.«

»Das gibt sich. Mit den Highlandern muss man Geduld haben, ich kenne das, ich war ja auch fremd hier, als ich John heiratete.«

»Manchmal fahren draußen Autos vorbei, noble Autos mit fremden Nummernschildern, die fahren ganz langsam, manche halten auch, als wollten sie das Haus besichtigen, und dann fahren sie wieder weiter.«

»Das sind Patienten aus dem Sanatorium in Broklenbeg. Die langweilen sich hier am Benderloch, und dann fahren sie spazieren und kontrollieren die Veränderungen in unseren Dörfern.«

»Neugierige Leute.« Lena schüttelte den Kopf. »Wir sind doch keine Sehenswürdigkeiten.«

»Für Gelangweilte schon.«

»Was sind das für Patienten?«

»Genervte Großstadtmenschen aus Glasgow oder Inverness oder Elgin, depressive Manager, gelangweilte Reiche. Ist doch heute modern, Depressionen zu haben.«

»Aber Ellen, Depressionen sind eine ernsthafte Krankheit.«

»Komisch, Lena, früher kannte man solche Wehwehchen nicht, da wurde gearbeitet, da kam man nicht auf so seltsame Ideen.« Ellen schenkte Kaffee ein und reichte Lena einen Teller mit Plätzchen. »Greif zu, ich habe sie selbst gebacken.«

»Danke.«

»Weißt du, Lena, wenn ich an früher denke …«

Lena unterbrach sie. »Die Zeiten haben sich geändert, Ellen. Viele Krankheiten spielen sich heute im Kopf ab und nicht im Körper. Vor allem Menschen mit großer Verantwortung haben Probleme mit dem Leben.«

»Aber anscheinend sind es immer die Reichen, die damit nicht klarkommen. In dem Sanatorium wird garantiert kein einziger Arbeiter oder Bauer behandelt, da sind nur die feinen Herren und Damen drin, das sieht man an den Autos, die sie fahren.«

»Vielleicht kommen die Bauern und die Arbeiter nicht bis hierher, weil sie eben keine feinen Autos haben, und zu Fuß ist es doch ziemlich weit von Broklenbeg bis hier hin.«

»Ja, fünf Kilometer, da könntest du natürlich recht haben, obwohl ich glaube, dass die feinen Herrschaften lieber unter sich genesen wollen. Aber der Ranger hat sich dein Haus auch schon angesehen. Neugierig sind sie alle.«

»Der Ranger? Das habe ich gar nicht gemerkt.«

»Ja, da warst du wohl auf der Weide bei deinen Alpakas. Er war auch nicht drin, er hat nur durch die Fenster geschaut.«

»Hier im Dorf bleibt wohl nichts geheim?«

»Nein, überhaupt nichts, du müsstest mal Samstagabend hier sein, was da so alles erzählt wird. Ich weiß auch, dass der Ranger dich aus dem Graben gezogen hat.«

»Meine Güte, das war doch mitten im Wald und fast dunkel, wer sollte das denn beobachtet haben.«

»Wer weiß? Ich denke mal, der interessiert sich für dich.«

»Unsinn, wir kennen uns doch gar nicht. Wir haben keine drei Worte miteinander geredet.«

»Das glaube ich sogar«, Ellen kicherte, »reden tut der nämlich nicht gern. Mit dem ist noch keiner hier warm geworden. Ich denke mal, der redet nur mit den Tieren und mit seinen Hunden.«

Lena musste lachen. »Das könnte der Fall sein. Wenn man immer im Wald unterwegs ist, hat man eben keine Gesprächspartner.« Dann wurde sie wieder ernst. »Aber ich bin eigentlich hergekommen, weil ich immer noch Hilfe brauche.«

»Ja, ich weiß, aber es hat noch nicht geklappt.«

»Ich brauche, wie ich dir schon sagte, eine Haushaltshilfe, die auch mal in der Praxis mithelfen kann. Jemand, der im Dorf wohnt und abends nach Hause geht. Hast du mal darüber nachgedacht? Kennst du jemanden? Deine Cousine, von der du neulich gesprochen hast, ist leider nicht gekommen.«

»Das tut mir leid, sie hatte es mir versprochen, aber ich wüsste noch jemanden.« Ellen überlegte. »Ich könnte es noch mal bei Amy versuchen, die würde auch zu Hause wohnen wollen, weil sie noch einen Jungen zu versorgen hat.«

»Ja? Und ist sie zuverlässig?«

»Doch, ja, und sie braucht dringend Geld. Der Mann ist Saisonarbeiter. Mal bei einem Obstbauern, mal in einer Baumschule, was gerade so anfällt. Er kommt nur sonntags nach Broadfield, da kann sie dann nicht von zu Hause weg.«

»Das wäre mir recht. Und wie heißt sie?«

»Amy Carver von der Over-Farm, aber das ist schon lange keine Farm mehr. Ein bisschen Kleinvieh und ein Gemüsegarten, das ist alles, was davon übrig geblieben ist. Der Mann ist Alkoholiker, wenn du weißt, was ich meine und was das bedeutet. Da ist die Farm durch die Gurgel geflossen.«

»Aber sie ist zuverlässig und ehrlich?«

»Klar, ihre Schwester Lilly arbeitet seit zehn Jahren beim Ranger, auch nur unter Tags, da hat's noch nie Klagen gegeben.«

»Kannst du mir die Adresse geben und den Weg beschreiben?«

»Ist besser, ich spreche vorher mit ihr. So unverhoffte Besuche, da sind die Landfrauen pingelig.«

»Na gut. Sag ihr, acht Stunden am Tag und fünf Tage in der Woche sind in Ordnung. Über den Lohn spreche ich dann selbst mit ihr.«

»Und was soll sie machen?«

»Den Haushalt, die Wäsche, den Garten, und abends müssen die Praxisräume gereinigt werden.«

»Soll sie auch kochen?«

»Das wäre schön.«

»Gut, ich sag's ihr. Wenn sie einverstanden ist, kann sie morgen bei dir vorbeischauen und sich vorstellen.«

»Vielen Dank. Du hast mir sehr geholfen.«

»Mache ich gern.«

Lena stand auf. »Vielen Dank für den Kaffee und das Gebäck. Ich muss nach Hause, vielleicht gibt es ja doch mal einen wartenden Patienten.«

»Ich drücke die Daumen.« Ellen ging mit nach draußen. »Ist das dein Auto? Damit kommst du hier in den Bergen aber nicht sehr weit.«

»Ja, ich weiß. Ich brauche einen Geländewagen, mit dem Cooper komme ich hier nicht weiter. Außerdem muss ich auch Platz haben, falls ich mal einen Patienten transportieren muss.«

»Richtig mit einer Krankentrage?«

»Ja, wenn ich dann ein paar Sitze umklappe, reicht der Platz.«

»Das ist gut. Ein Krankenwagen braucht oft Ewigkeiten, bis er zu uns rauskommt. Ich freue mich, dass du da bist, und komm ruhig öfter mal vorbei.«

»Danke, mache ich gern, wenn es die Zeit erlaubt.«

Lena stieg ein, winkte kurz und fuhr davon.

Zeit, dachte sie, wenn ich weniger hätte, wäre mir wohler. Sie hatte sich den Anfang schwierig vorgestellt, aber nur mit ein, zwei Anlauftagen gerechnet, doch in der Praxis rührte sich überhaupt nichts, nicht einmal telefonisch hatte man bisher ihren Rat gesucht. Sie fuhr nach Hause, aber weit und breit war kein Mensch zu sehen. Sie stellte das Auto in den Schuppen und ging ins Haus. Der Anrufbeantworter blinkte. Sie drückte den Wiedergabeknopf.

»Hier spricht Robert Newborg, ich hätte gern einen Termin. Kann ich um 15 Uhr vorbeikommen?« Es folgte die Telefonnummer.

Lena lächelte. Na endlich, dachte sie, rief Mr. Newborg an und vereinbarte den Termin um 15 Uhr. Sie ging in die Küche, wärmte sich eine Dosensuppe und setzte sich mit dem Teller auf die Bank hinter dem Haus. Sie hatte den Platz auf der kleinen Terrasse schon als Kind gemocht. Im Frühjahr und im Herbst war es warm und sonnig, und im Sommer sorgte ein alter Apfelbaum für Schatten. Vor allem aber fühlte sie sich hier unbeobachtet. Sie sah einem Schäfer zu, der in einiger Entfernung seine Herde langsam über die Heide trieb, zwei Hunde umsprangen ihn bellend, und er tätschelte ihre seidigen Köpfe. Die Schafe, noch im wolligen Winterfell, weideten gemächlich und wedelten mit den dicken Schwänzen. Lämmer tobten um ihre Mütter herum. Ab und zu trieb einer der Hunde ein entferntes Schaf in die Herde zurück. Der Schäfer dirigierte seine Hunde mit kurzen, scharfen Pfiffen, sie gehorchten sofort. Als die Herde etwas näher kam, sah der Mann die Frau auf der Bank und winkte ihr kurz zu. Lena winkte zurück. Bald darauf waren Hirt und Herde hinter dem nächsten Hügel verschwunden.

Lena stand auf, wusch den Teller und den Topf ab und stellte beide auf die Ablage. Sie ging hinüber in die Praxis. Alles war sauber und hygienisch einwandfrei. Langsam strich sie über die raue, abgenutzte Platte des viel frequentierten Empfangstisches, berührte die Geräte, die benutzt aussahen und den Geruch von Medikamenten ausstrahlten, die ihr Vater noch verwendet hatte. Sie zuckte mit den Schultern. Es wird alles weitergehen. Sie musste einfach Geduld haben. Sie sah auf die Uhr. Gleich drei, überlegte sie. Ich muss mich umziehen, meinen ersten Patienten sollte ich nicht in Jeans und T-Shirt begrüßen. Sie zog Rock und Bluse und den weißen Arztkittel an, warf einen Blick in den Spiegel und war zufrieden.

Lena hörte das Cabriolet kommen, bevor sie es sah. Sie öffnete die Haustür und wartete. Obwohl sie den Mann hinter der spiegelnden Windschutzscheibe nicht sehen konnte, hob sie grüßend die Hand. Später, wenn das Wartezimmer überquillt, werde ich meine Patienten nicht so gelassen begrüßen können, aber … er ist nun mal der Erste … heißen wir ihn also willkommen.

Und dann war sie doch überrascht von seinem Anblick. Er sah einfach großartig aus mit seinen breiten Schultern und den blonden, vom Fahrtwind verwehten Haaren, die ihm in lockeren Wellen bis auf die Schultern fielen. Er lächelte. Sein Mund war humorvoll gekräuselt, die Nase lang und gerade, die Augen hinter einer Sonnenbrille verborgen. Schade, dachte Lena für einen Augenblick, dass ich die Augen nicht sehen kann. Sie verraten immer am meisten von den Menschen, und ich beurteile Menschen gern danach.

Sie beobachtete, wie er näher kam, lässig, selbstsicher, athletisch. Er war noch einen Meter entfernt, als sie den Eindruck bekam, dass er ein Spieler war. Ein Mann, der mit Gefühlen, Gedanken, Erwartungen anderer spielte. Mit einem verhaltenen Lächeln streckte sie ihm die Hand entgegen. »Sie sind Mr. Newborg?«

»Ja.« Ihre Hände berührten sich. Er zog seine Hand langsam zurück, und sein Blick verweilte einen Augenblick länger auf ihr als nötig. »Und Sie sind hier die neue Ärztin?« Es klang, als wolle er sagen: Wer oder was um alles in der Welt hat Sie hierher verbannt?

»Kommen Sie herein.« Lena ging vor ihm her, und er bewunderte ihre schlanke Figur, die langen Beine, die hochgesteckte Lockenpracht, die, bis auf wenige verspielte Strähnchen, den zierlichen Hals freigab und die zielstrebige Art, mit der sie ihn in das Sprechzimmer führte. Er sah sofort, dass er der erste Patient dieser Ärztin war.

»Bitte, nehmen Sie Platz.« Lena wies auf den Stuhl vor ihrem Schreibtisch. »Was kann ich für Sie tun?«

Er sah sich um. »Sind Sie ganz allein hier?«

»Wie meinen Sie das?«

»Nun, ich vermisse eine strenge Empfangsdame, eine, die mich sofort nach meiner Krankenversicherung fragt.«

»Ich bin auf der Suche nach ihr. Wie Sie sehen, habe ich die Praxis gerade übernommen.«

»Ich bin also der erste Patient?«

»Das könnte man sagen.«

»Aber das muss gefeiert werden. Dürfte ich ...«

»Sie dürfen mir sagen, was Sie herführt.«

»Ja, also, ich bin jedes Jahr als Tourist auf der Brownsen-Farm. Mrs. Brownsen vermietet ein paar Zimmer, und ich erhole mich dort vom Stress in der Raffinerie. Wissen Sie, wenn ich das ganze Jahr dem Lärm, den Gerüchen, der Hektik ausgesetzt bin, brauche ich die Ruhe. die ich dort finde.«

»Das kann ich verstehen. Was für eine Raffinerie ist das?«

»Getreideverarbeitung. Aber in diesem Jahr habe ich Probleme. Die Ruhe macht mich nervös. Ich kann nicht schlafen, weil es so still ist, können Sie das verstehen?«

»Gibt es noch andere Probleme?«

»Ja, aber es fällt mir schwer, darüber zu reden.«

»Ich bin Ärztin.«

»Ja, ja, ich weiß.« Er streifte seine Ärmel hoch. »Ich habe einen schrecklichen Juckreiz. Am Hals fing es an, jetzt sind es vor allem die Arme. Richtige Quaddeln bilden sich da.«

Lena stand auf. »Zeigen Sie mal.« Sie betrachtete die Arme, dann den Hals, nachdem er einen Seidenschal abgenommen hatte. »Ziehen Sie bitte das Hemd aus.«

»Es ist ein verrückter Kreislauf. Ich kann nicht schlafen, weil es so juckt, und weil ich nicht schlafen kann, juckt es immer mehr.«

»Haben Sie einmal einen Allergietest gemacht? Sind Sie gegen irgendetwas allergisch?«

»Nicht dass ich wüsste. Ich hatte auch bisher keinen Grund, einen Test machen zu lassen.«

»Welche Medikamente nehmen Sie ein? Viele haben Nebenwirkungen, wie zum Beispiel Juckreiz.«

»Keine Medikamente, höchstens mal ein Aspirin.«

»Sind Sie mit Tieren zusammengekommen? Oder mit Pflanzen?«

»Nicht dass ich wüsste. Das heißt, einmal habe ich eine Katze in meinem Bett vorgefunden. Die habe ich natürlich verscheucht.«

Lena nahm eine Lupe zur Hand und stellte die Lampe an. Sie untersuchte Arme, Hals und Rücken, und als sie ihn nicht mehr ansehen musste, hatte sie Mühe, ein Lachen zu verbeißen. »Sie sind mit Tieren in Berührung gekommen.«

»Aber das wüsste ich doch.«

»Sagen wir mal so: Flöhe haben Ihre Bekanntschaft gesucht.«

»Was?« Entsetzt sprang er auf. »Das ist nicht wahr. Das gibt's doch nicht. Aber wieso denn?«

»Sehen Sie selbst. Sehen Sie die roten Punkte in der Mitte der Quaddeln? Das sind einwandfrei die Bisse von Flöhen.«

»Oh Gott, was mache ich denn jetzt?«

»Hatten Sie das Problem schon zu Hause oder erst auf der Brownsen-Farm?«

»Seit ich hier bin. Aber ich bin dort seit Jahren zu Besuch. So etwas hat es da noch nie gegeben. Mrs. Brownsen ist so ordentlich.«

»Irgendein Tier kann sie eingeschleppt haben. Vermutlich ist die Katze daran schuld.«

»Was mache ich denn nun? Ich setze dort keinen Fuß mehr über die Schwelle.«

Lena überlegte eine Weile und musste sich ein Lachen verkneifen. Aber helfen wollte sie ihm auch. Da kam dieser eitle Typ in seinem feinen Cabrio daher, und dann hatte er Flöhe.

»Ich mache Ihnen einen Vorschlag: Sie baden hier, ich schütte ein Desinfektionsmittel ins Wasser, und Sie schrubben sich kräftig ab und cremen die betroffenen Stellen mit einer Spezialsalbe ein. Ihre gesamte Kleidung stecken Sie in einen Müllsack und bringen ihn zum Entsorgen auf eine Deponie. Das machen Sie auch mit Ihren Sachen auf der Farm. Danach kommen Sie wieder her, baden noch einmal in einer frischen Lösung, und dann fahren Sie nach Hause, lassen Ihr Auto desinfizieren und besorgen sich frische Sachen. Und von Mrs. Brownsen verabschieden Sie sich höflich, aber deutlich.«

Robert Newborg starrte Lena mit offenem Mund an. »Ich werde verrückt. Ich kann doch nicht nackt nach Inverness fahren.«

»Ich gebe Ihnen einen Arztkittel, den Autositz bedecken wir mit einem Laken, und das Verdeck schließen Sie. Dann sieht Sie keiner. Und bis Sie in Inverness ankommen, ist es dunkel.«

»Himmel, so ein Mist. Na, Mrs. Brownsen kann was erleben.«

»Lassen Sie das, die kann garantiert nichts dafür. Da hat sich ein Flohträger eingeschlichen, von dem sie selbst vielleicht gar keine Ahnung hat. Sehen Sie sich meine Praxis an. Sie ist absolut sauber, aber wer garantiert mir, dass Sie nicht so ein Vieh hier hinterlassen? Wenn Sie weg sind, muss ich alles desinfizieren – und ich bin ganz gewiss nicht schuld an dem Dilemma.«

»Auch das noch.« Robert sah sich entsetzt um. »Die Praxis. Was machen wir denn bloß?«

»Was ich gesagt habe. Ich lasse jetzt nebenan das Wasser in die Wanne. Wenn ich rufe, kommen Sie herein, ziehen sich aus, stecken Ihre Sachen in den Beutel, den ich Ihnen hinlege, und steigen ins Wasser. Und – ordentlich abschrubben, auch wenn es weh tut oder brennt. Und wenn Sie fertig sind, liegt hier ein Arztkittel auf dem Stuhl.«

»Aber, ich …«

»Sie brauchen sich nicht zu genieren, ich bin Ärztin, Männer sind mir in keiner Weise fremd.«

Es war sechs Uhr abends, als Robert Newborg endlich in Richtung Brownsen-Farm und Inverness abgefahren war. Lena rief eine Desinfektionsfirma in Barcaldine an und bat um einen Spezialtrupp zum Reinigen der Praxis am nächsten Tag. Dann setzte sie sich auf die Gartenbank und konnte nicht verhindern, dass ihr Tränen der Enttäuschung über die Wangen liefen: Der erste Patient und eine total verseuchte Praxis.

Kapitel 11

Sehr viel öfter als früher fuhr der Ranger Patrick McDoneral seit einigen Tagen durch Broadfield. Er selbst fand immer eine Entschuldigung für seine Umwege, die Frauen im Dorf aber, die den gut aussehenden und leider so verschlossenen Ranger beobachteten, amüsierten sich über seine häufigen Dienstfahrten. Jede Bewegung auf der Dorfstraße, jedes Auto, jeder Tourist wurden von ihnen beäugt und kommentiert. Es passierte eben zu selten, dass sich etwas Aufregendes in Broadfield ereignete.

An diesem Nachmittag hatten sie ihn sogar zwei Mal gesehen, denn Patrick McDoneral hatte das Cabrio oben vor dem Arzthaus entdeckt. Und das störte ihn. Dieses Auto war ihm seit Jahren bekannt. Er wusste, dass der Besitzer ein jährlich wiederkehrender Gast auf der Brownsen-Farm war. Und er wusste auch, dass dieser Fremde ein beneidenswert gut aussehender Mann war. Und nun parkte sein Auto seit Stunden vor dem Arzthaus. Ist er hier als Patient? Aber welche Behandlung dauert stundenlang, überlegte Patrick McDoneral. Oder ist er ein privater Besucher? Ein höflicher Mann dehnt doch keine Teestunde vom frühen Nachmittag bis in die Abendstunden aus? Er muss doch wissen, dass er eine alleinstehende Frau ins Gerede bringt. Ich bin besorgt, stellte er, über sich selbst erstaunt, fest. Schließlich ist diese Frau ganz allein im Haus. Vielleicht wird sie belästigt? Vielleicht wird sie diesen Dandy nicht wieder los?

Unwillig schüttelte er den Kopf. Hör auf mit diesen Gedanken. Du hast sie einmal aus dem Dreck gezogen, das muss reichen. Du bist nicht für sie verantwortlich, also hör auf, deine Nerven zu strapazieren.

Als er eine Stunde später zum dritten Mal in die Straße einbiegen wollte, war das Auto verschwunden. Na also, dachte er und fuhr geradeaus weiter. Muss ich mich also nicht mehr darum kümmern. Er fuhr zurück in sein entferntes Försterhaus. Wenn ich Lady heute noch bewegen will, muss ich mich beeilen. In einer Stunde ist es dunkel. Diese Frau hat mich ganz schön aufgehalten.

Er lenkte den Wagen in die Einfahrt zu seinem Haus. Dankbar sah er sich um. Das war sein Heim. Ihm gefiel die Abgeschiedenheit. Die verwitterten, mit Efeu überwucherten Mauern, das mit grauen, verblichenen Schindeln gedeckte Hausdach, die kleinen Fenster, deren Rahmen dringend einen neuen Anstrich brauchten, und die zweiflügelige Eingangstür mit den beiden Laternen rechts und links. Patrick McDoneral konnte sich kein gemütlicheres Heim vorstellen. Hier war ihm jeder Baum, jeder Stein, jede Hecke vertraut. Er kannte die Stimmen der Vögel, die Gerüche des Waldes, die Richtung des Windes, die Geräusche der Einsamkeit. Sie waren ein Teil seines Lebens geworden. Er spürte sie jeden Tag aufs Neue und mit immer gleichbleibender Freude. Mit allen Sinnen nahm er jede Einzelheit seiner Umgebung wahr. Die Freiheit seiner Arbeit und die Ungezwungenheit der Natur machten ihm das Leben lebenswert.

Hör auf zu träumen, ermahnte er sich und stieg aus. Dann öffnete er die hintere Ladetür und ließ die Hunde heraus. Glücklich über ihre Freiheit stoben Jogas und Basco davon, scheuchten die von Miss Lilly sorgsam in ihrem fuchssicheren Gehege gepflegten Hühner auf und verbellten Lady, die mit hochgestelltem Schweif über die Koppel galoppierte.

Patrick holte eine Mappe mit Notizen vom Sitz, nahm Gewehr und Fernglas von der Rückbank und brachte alles ins Haus. Dann kleidete er sich eilig um.

Als er die Haustür hinter sich zuzog, kam Lady ans Koppeltor geprescht. Sie kannte die Gewohnheiten ihres Herrn ganz genau. Als Patrick mit Sattel und Zaumzeug aus dem Stall kam, versuchte sie ungeduldig mit den Vorderhufen das Tor zu öffnen. Der Ranger strich ihr beruhigend über den Hals. »Ist gut, mein Mädchen, gleich geht's los.« Er legte ihr den Sattel auf, zog den Bauchgurt fest und streifte ihr die Zügel über den Hals. Danach kraulte er das samtweiche Maul, mit dem die Stute seinen Hals liebkoste. »Hör auf«, schimpfte er lachend, »du machst meine Jacke ja ganz schmutzig.« Auch das gehörte zum Ritual der Begrüßung. Dann erst streifte er ihr das Gebiss ins Maul, schnallte die Lederriemen fest und führte die Stute aus der Koppel. Er stieg auf, pfiff nach den Hunden, die ihn begleiten sollten, und ritt davon.

Seltsam nur, dass auch dieser Weg nach Broadfield führte. Dennoch glitt sein Blick prüfend über die Hügel.

Um einige Wacholderbüsche hatten sich kleine Birken angesiedelt. Jetzt mit dem hellgrünen Laub fielen sie dem Ranger auf. Ich muss sie entfernen lassen, dachte er. Sie suchen den Schutz der dichten Büsche, aber Wacholder braucht viel Licht, die jungen Bäumchen müssen weg. Als er das Dorf in der Ferne vor sich hatte, wählte er den Weg am Hügel entlang. So konnte er ungesehen von den Bewohnern zwischen Heide, Alpakafarm und Arzthaus entlangreiten und einen Blick in den Garten werfen. Aber was er sah, gefiel ihm gar nicht. Da saß diese Ärztin im weißen Kittel auf der Bank hinter ihrem Haus und weinte. Genau erkennen konnte er bei der Entfernung und in der zunehmenden Dämmerung die Tränen zwar nicht, aber sie wischte sich ein paar Mal über die Augen, putzte sich die Nase und starrte dann wieder blicklos in die Dämmerung. Ganz klar, sie weinte. Hatte dieser Dandy sie geärgert? War er also doch zudringlich geworden, dieser blasierte Typ aus Inverness?

Langsam stieg er ab, band Lady an einen Kiefernstamm und öffnete die Gartenpforte. »Kann ich helfen?«

Da erst bemerkte Lena ihn. »Nein danke.«

»Aber es wäre ja nicht das erste Mal«, rief er belustigt und kam näher.

»Das erste Mal war schon schlimm genug.«

»Höre ich da etwa Undankbarkeit?«

»Nein, nein, nur peinliche Erinnerung.«

»Aber so schlimm war es doch gar nicht.«

»Ich werde gern mit meinen Problemen allein fertig«, erwiderte sie verschlossen.

Patrick McDoneral hatte den verwilderten Garten durchquert und die Bank erreicht. Lena stand auf. Überrascht stellte er fest, dass sie fast so groß war wie er selbst. Im Wald neulich war ihm das gar nicht aufgefallen, aber da waren sie sich ja auch nicht auf Händedrucknähe nahe gekommen. Da hatten sie zwar zusammen im Auto gesessen, aber er war verärgert und musste sich auf den Weg konzentrieren und nicht auf seine Begleitung. Lena wischte sich noch einmal mit den Fingern über die Augen, dann reichte sie ihm die Hand. »Willkommen in meinem Garten. Sie kennen ihn ja schon.«

Verblüfft sah er sie an. »Wie meinen Sie das?«

»Na, im Dorf erzählt man sich, Sie hätten Haus und Garten besichtigt, als ich nicht hier war.« Sie setzte sich wieder, ohne ihm einen Platz anzubieten.

»Himmel noch mal, wer hat das denn gesehen?«

»Man muss sich wohl daran gewöhnen, dass hier nichts verborgen bleibt.«

»Da haben Sie recht. Darf ich mich setzen?«

»Bitte«, sagte sie kühl. »Und was verschafft mir heute die Ehre?«

»Ich war besorgt.«

»Wie bitte?« Verblüfft sah sie ihren späten Gast an, der in der ganzen Gegend als wortkarg und introvertiert galt.

»Sie haben geweint.«

»Das soll vorkommen. Aber ich habe nicht vor, meine Gefühle vor Ihnen auszubreiten.«

»Sie haben ein Helfersyndrom in mir geweckt. Seit dem Grabenunfall fühle ich mich verantwortlich.«

»Um Himmels willen, hören Sie mit dem Unsinn auf. Ich bin mit dem Wagen in den Graben gerutscht, das kann doch mal passieren.«

»Und nun darf ich mich nicht verantwortlich fühlen?«

»Nein, danke, ich kann sehr gut auf mich selbst aufpassen und möchte Ihre kostbare Zeit nicht noch einmal in Anspruch nehmen.«

»Sehr gastfreundlich sind Sie nicht.«

»Was erwarten Sie? Ich wollte allein sein und die Stille dieser Abendstunde genießen. Und nun kommen Sie und stellen dumme Fragen.«

»Tränen verkörpern nicht unbedingt Genuss. Warum haben Sie geweint?«

»Sie gehören also auch zu diesen dörflichen Herumschnüfflern. Sie sind nur noch konsequenter, Sie wollen nicht nur Äußerlichkeiten erschnüffeln, Sie wollen gleich die Seele vereinnahmen.«

Er setzte sich kerzengerade auf, sein Gesicht war blass geworden. »Wie können Sie das glauben. Ihr Seelenleben interessiert mich nicht im Geringsten.« Er sah ihr fest in die Augen: »Verflucht noch mal, Miss, sind Sie immer so misstrauisch? Ich dachte, ich könnte …« Er brach jäh ab, und die Farbe kehrte mit Macht in sein Gesicht zurück. »Tut mir leid«, murmelte er und stand auf, »ich wollte Sie nicht anschreien. Es ist wohl besser, ich gehe jetzt.«

Lena stand ebenfalls auf. »In meiner Küche steht eine Flasche Rotwein, aber ich habe noch keinen Korkenzieher gefunden, könnten Sie mir helfen, die Flasche zu öffnen?«

Verblüfft schaute er sie an. »Natürlich, ich habe ein Jagdmesser dabei. Bedeutet das …?«

»Versöhnung, ja. Ich war auch zu schroff, tut mir leid.« Lena lächelte ihn an und entspannte sich, denn sie erkannte, dass dieser Mann nicht hinterhältig und neugierig war, sondern tatsächlich von Anteilnahme getrieben wurde. Sie ging ins Haus und kam kurz danach mit einem Windlicht, dem Rotwein und zwei Gläsern zurück.

Sie stießen an und setzten sich wieder. Die Dämmerung war der Dunkelheit gewichen, und in dem flackernden Licht war es schwer, den anderen gut zu erkennen. Nach einer Weile fragte Patrick McDoneral leise: »Darf ich mir trotzdem Sorgen um Sie machen?«

»Warum? Sehe ich so aus, dass man sich Sorgen um mich machen muss?«

»Sie sind noch nicht lange hier, Sie leben allein in dem großen Haus, Sie sollten vorsichtig sein. Auch hier treiben sich manchmal zwielichtige Gestalten herum.«

»Ich bin vorsichtig, aber zu meinem Beruf gehört auch ein offenes Haus für alle.«

»Und was wollte dieser Dandy mit dem Cabrio einen ganzen Nachmittag lang von Ihnen?«

»Er war ein Patient.«

»Behandeln Sie jeden Patienten stundenlang?«

»Das geht Sie nichts an.«

»Ich weiß, aber fremde Wagen fallen hier auf. Da macht man sich seine Gedanken.«

»An den Anblick werden Sie sich gewöhnen müssen, es soll vorkommen, dass Patienten ihren Arzt mit dem Auto aufsuchen.«

»Das wird mir nicht gefallen.«

»Was erlauben Sie sich? Was gehen Sie meine Patienten an?«

»Hier im Dorf fährt keiner mit dem Auto zum Arzt. Hier kommt man zu Fuß oder mit dem Fahrrad.«

»Oder mit dem Pferd?«

»Ich bin nicht als Patient hergekommen.«

»Sondern?«

»Sagen wir mal, als ein Mann, der sich Sorgen macht. Was ist los, warum die Tränen? Was ist passiert?«

»Nichts, gar nichts. Im Gegenteil, ich wünschte, es passierte endlich etwas.«

Beruhigend legte er seine kräftige Hand auf die ihre. »Wie meinen Sie das? Sind Sie etwa abenteuerlustig? Oder warten Sie auf Mord und Totschlag? So etwas kommt hier kaum vor.«

»Ich warte auf Patienten. Ich habe meine Praxis eröffnet, und kein Mensch lässt sich blicken.«

»Wieso? Sie hatten doch heute einen, und einen kleinen Jungen haben Sie auch schon verarztet.«

»Zwei Patienten in zwei Wochen. Und beide haben mir nur Pech gebracht.«

»Pech? Das verstehe ich nicht.«

»Der erste hat das ganze Dorf gegen mich aufgebracht, weil ich ihn ohne die Erlaubnis der Mutter behandelt habe, und der zweite hat die anständige, saubere und hygienisch einwandfreie Praxis meines Vaters verseucht, morgen muss der Desinfektionstrupp kommen.«

»Was?« Erschrocken zog er seine Hand zurück.

»Ja, halten Sie nur Abstand, es könnte sein, dass Sie sonst verflöht nach Hause reiten.«

»Wie bitte?« Patrick lachte schallend. »Sie meinen verlaust.«

»Nein, ich meine Flöhe.«

»Aber man sagt nicht verflöht.«

»Aber Sie wissen, was ich meine.«

»Natürlich.« Er rückte auf der Bank ein Stück näher an sie heran und erklärte lachend: »Flöhe sind auf dem Land eine normale Begleiterscheinung.«

»Aber nicht in einer sterilisierten Arztpraxis.«

»Das stimmt. Und deshalb die Tränen?«

»Sollte ich etwa nicht enttäuscht sein?«

»Doch, das dürfen Sie, aber es wird sich alles einrenken.«

»Und wie? Man hatte mich vor der Abneigung der Bauern vor einem neuen Arzt gewarnt.«

»Sie müssen Überzeugungsarbeit leisten, bevor Sie als Arzt arbeiten.«

»Überzeugungsarbeit. Schönes Wort. Und wie überzeuge ich Menschen, die nicht zu mir kommen?«

»Indem Sie hingehen.«

Sprachlos sah sie ihn an. »Wie meinen Sie das?«

»Ich war auch fremd, als ich hierherkam. Ich kannte keinen Menschen, und keiner kam zu mir. Ist ja auch verständlich. Aber ich brauchte Forstarbeiter, eine Sekretärin, eine Haushälterin. Also bin ich von Haus zu Haus gegangen und habe Leute gesucht. Ist mir verdammt schwergefallen, denn ich lege keinen Wert auf persönliche Kontakte und bin lieber für mich allein. Aber mir blieb nichts anderes übrig. Heute habe ich verlässliche Arbeiter, die mich auch ohne viele Worte verstehen. Aber zuerst war das verdammt schwer.«

»Ich soll mir also meine Patienten suchen?«

»Ja, gehen Sie in die Häuser, machen Sie Besuche, lernen Sie die Leute kennen, dann kommen die auch zu Ihnen.«

»Ich kann doch ohne Grund keinen Hausbesuch machen.«

»Gründe gibt es immer, für den Arzt wie für den Kneipenwirt, für den Ranger wie für den Bürgermeister und den Pfarrer.«

Sie lachte. »Der Kneipenwirt kann sich samstags vor Gästen kaum retten.«

»Aber erst, wenn er sie von seiner Ehrlichkeit überzeugt hat.«

»Und der Bürgermeister hat so viele Nörgler, dass er kaum Zeit hat, alle zu beschwichtigen.«

»Aber erst einmal musste er sie von der Qualität seiner Führungsrolle überzeugen.«

»Und der Pfarrer?«

»Sehen Sie sich die leeren Kirchen an. Da beklagen sich die Pfarrer über leere Gotteshäuser, sitzen zu Hause in ihren Studierstuben und wundern sich, dass sie keiner besucht. Die Herren sollten zu den Leuten in die Häuser gehen, dann werden sie sehen, wo Not am Mann ist, und dann werden auch die Kirchen wieder voll. Man darf eben nicht nur warten, sondern muss den Anfang machen mit den Kontakten.«

»Sie vergleichen mich mit der Kirche?«

»Es gibt hundert Vergleiche, in denen es darauf ankommt, auf Menschen zuzugehen.«

Lena sah ihn sprachlos an. Der Mann konnte ja reden und zwar überzeugend. Vom Zaun her hörte sie ein leises Winseln. »Haben Sie Hunde dabei?«

»Ja, die beiden brauchten noch etwas Bewegung. Jetzt wird ihnen die Zeit lang. Hätten Sie vielleicht eine Schüssel Wasser für sie?«

»Natürlich.«

Patrick brachte das Wasser zu Basco und Jogas, die neben Lady am Zaun warteten. »So ist's brav, ihr drei. Wird heute ein bisschen später.« Dann kehrte er in den Garten zurück. Lena hatte den Arztkittel ausgezogen und sich eine warme Wolljacke umgelegt.

»Was Sie da von der Kirche sagten, interessiert mich, weil ich glaube, dass Sie recht haben.«

»Mich ärgern diese Zustände schon lange. Da sitzen die Herren in ihren Stuben und ihren Sakristeien, trauern um die Kirchenaustritte und die sinkenden Einnahmen und warten auf neue Mitglieder. Sie warten zum Beispiel darauf, dass Mütter kommen, um ihre Babys zur Taufe anzumelden, aber sie kommen nicht auf die Idee, die Mütter in ihren Wohnungen oder am Wochenbett zu besuchen, um ihnen zu erzählen, dass die Kirche sich freuen würde, ihr Kind in die Gemeinschaft aufzunehmen.«

»So habe ich das noch nie gesehen.«

»So ist es aber. Die Gemeinden sind so klein geworden, da ist kein Pfarrer mehr mit Arbeit überlastet. Man muss hingehen und nicht nur warten.«

»Morgen mache ich meine ersten Hausbesuche.«

»Vielleicht stoßen Sie nicht auf gesundheitliche Probleme, sondern auf soziale. Im Verborgenen gibt es in diesen Familien viel Not.«

»Ich sehe meine leere Praxis jetzt mit anderen Augen.«

»Freut mich. Und jetzt muss ich los. Ich habe noch einen weiten Weg, und im Dunkeln geht es nicht so schnell.«

»Reiten Sie durchs Dorf?«

»Nein, quer über die Hügel. Lady kennt den Weg nach Hause auch im Dunkeln. Ich muss nur langsam reiten, damit wir nicht in Kaninchenlöcher stolpern.«

»Dann wünsche ich Ihnen einen guten Heimweg, und danke, dass Sie mir geholfen haben.«

»Nichts für ungut. Tränen kann ich nicht ausstehen.«

Und da war sie wieder, die schroffe, abwehrende Haltung, die freundschaftliche Kontakte fast unmöglich machte.

Lena begleitete ihn bis zum Gartentor, streichelte die Hunde, die sich vertrauensvoll an sie schmiegten und sah zu, wie er die Stute losband und aufstieg. Ohne ein weiteres Wort ritt er davon. Lena lauschte dem leiser werdenden Hufschlag nach, den der Sandboden dämpfte, und bald schon waren Ross und Reiter in der Stille der Nacht verschwunden.

Sie ging zurück ins Haus. Die Angst vor dem Versagen war verschwunden. Langsam gewann der Optimismus wieder die Oberhand. Nach vorn schauen, sagte sie sich, das hat noch immer geholfen. Ab morgen mache ich Hausbesuche, stelle mich ganz einfach vor, lege meine Flyer mit Anschrift, Telefonnummer und Öffnungszeiten in jeden Hausflur und lade die Leute ein, zu mir zu kommen, egal ob sie Schmerzen im Körper oder in der Seele haben.

Langsam ging sie durch die Stube, strich mit den Händen über liebgewordene Möbel, die sie an die Eltern erinnerten, über Bücher, die sie seit ihrer Jugend begleiteten, nahm Fotos in die Hand und ein paar Andenken an frühere Besuche bei den geliebten Eltern.

Sie ließ sich in der Sofaecke nieder, zog die Füße unter sich und schlang die Arme um ein dickes Kissen. Das Haar fiel ihr ins Gesicht und sperrte die Nacht genau so aus wie die Einsamkeit.

Eine wohltuende Ruhe überkam sie, als sie so in der Stille saß. Sie war gar nicht allein, es gab Menschen, die sich um sie Sorgen machten. Sie lächelte und dachte an den Mann, der so plötzlich auftauchte, ihr Mut machte und dann ebenso plötzlich wieder verschwand. Ein seltsamer Mensch, schroff, abweisend und dann so tiefsinnig und verständnisvoll, überlegte sie.

Suchte er selbst Wege aus der Einsamkeit, hatte ein hartes Schicksal ihn so unzugänglich werden lassen, oder war er mit Absicht so unfreundlich und abweisend, weil er es vorzog, allein zu leben? Sie erinnerte sich an seinen Umgang mit den Tieren, zu ihnen wenigstens ist er zärtlich und liebevoll. Und dann fielen ihr die Augen zu. Sie schlief auf dem alten

Sofa ein, zusammengerollt wie ein Kind im Schoß der Mutter.

Lena war endlich zu Hause angekommen.

Kapitel 12

Aber aus einem langen, erholsamen Schlaf wurde nichts. Als das Telefon gegen zwei Uhr nachts schrillte, fuhr Lena aus wilden Träumen hoch. Sie hatte von kreischenden Vögeln geträumt, die in den Eulenbäumen hausten, dicht über die Erde strichen und fast ihren Kopf berührten.

Erschrocken sprang sie vom Sofa und lief zum Telefon.

»Ja, bitte?«

»Hier ist Patrick McDoneral, der Ranger, Miss Mackingtosh, ich habe eine schlechte Nachricht für Sie.«

»Was ist los?«

»Sie müssen sofort Ihre Alpakas in den Stall holen. In Island ist ein Vulkan ausgebrochen. Die Aschewolke treibt direkt auf Schottland zu.«

»Mein Gott, und was bedeutet das für uns und die Tiere?«

»Die Lava-Asche legt sich über das Land, es könnte sein, dass Ihre Tiere morgen schwarz sind.«

»Ist die Asche giftig? Was ist mit den Weiden?«

»Keine Ahnung, müssen wir abwarten. Ich bin nur gewarnt worden und rufe jetzt alle Herdenbesitzer an, die ihre Tiere draußen haben.«

»Danke, ich versuche sofort, die Alpakas zurückzuholen, vielen Dank für den Anruf.«

Lena legte den Hörer in die Station zurück, lief nach oben und zog sich um. Dann rannte sie hinüber zum Stall, um den Knecht zu wecken.

»Tom, unsere Herde muss in den Stall. Eine Aschewolke

aus Island treibt auf uns zu, die Tiere müssen so schnell wie möglich zurückkommen.«

»Jetzt? Mitten in der Nacht? Man sieht doch gar nichts, und die Herde ist weit drüben jenseits der Kinnaird-Hügel.«

»Ich fahre mit dem Wagen, soweit ich komme und rufe die Hunde, die bringen die Herde dann hoffentlich herüber. Sie müssen die Gatter und die Zaunpfosten so stellen, dass die Alpakas direkt in den Stall laufen können. Und sorgen Sie für Wasser in den Wannen und genug aufgehängte Salzlecksteine, beides brauchen sie als Erstes.«

»Wird gemacht, Dr. Mackingtosh.«

Lena knipste alle Lampen im Haus und die Laternen auf dem Hof an, stieg in ihr Auto und brauste los. Weit komme ich mit dem Mini natürlich nicht, dachte sie, aber ich will wenigstens so weit fahren wie möglich. Ein Pferd müsste man haben, aber jetzt ist es sinnlos, darüber nachzudenken. Sie fuhr mit Vollgas hinunter bis ans Ende des Dorfes, wo die gepflasterte Straße aufhörte, bog dann auf einen Sandweg und später auf einen Wiesenweg ein und fuhr zum Schluss querfeldein, bis der Motor streikte und das Auto auf einer Anhöhe stehen blieb.

Lena ließ die Scheinwerfer an und stieg aus. Im Osten, jenseits vom Loch Etive, wurde der Himmel schon grau. Noch eine Stunde, und die Sonne scheint, dachte Lena, aber so lange kann ich nicht warten. Der Ranger hat gesagt, »sofort«, also muss ich mich beeilen. Er hat schließlich nicht ohne Grund angerufen. Sie lief zu Fuß weiter, rief ab und zu nach den Hunden, hörte ein paar Nachtvögel antworten und dachte mit leichtem Grauen an die Eulen in ihrem Traum, die ihr mit ihren wilden Flügen über dem Erdboden fast den

Kopf abgerissen hätten. Als Schulkind hatte sie einmal eine Aufzuchtstation für Käuze und Falken besichtigt und beobachtet, wie die Nachtjäger nur wenige Meter über dem Boden dahinschießen und ihre Beute jagen. Sie versuchte so schnell wie möglich die Herde zu erreichen, aber je weiter sie kam, umso beschwerlicher wurde der Weg. Lena keuchte vor Anstrengung, denn hier handelte es sich nicht mehr um gepflegte, eingezäunte dorfnahe Weiden, sondern um wildes Bergland, in dem die Herde sich selbst ihr Futter suchte.

Ein paar Mal benutzte Lena die spezielle Hundepfeife mit den verschiedenen Signalen, aber von den Border Collies war weit und breit nichts zu hören.

Einmal rief der Ranger sie auf dem Handy an. »Wo sind Sie, ist die Herde im Stall?«

»Nein, ich fürchte, die Alpakas grasen jenseits der Eulenwälder, und bis dahin ist es noch ziemlich weit. Ich bin zu Fuß unterwegs, und in der Dunkelheit ist das Auf und Ab hier in den Hügeln nicht sehr bequem.«

»Beeilen Sie sich, ich werde laufend vom Wetterdienst gewarnt. Es wäre schade um Ihre Tiere.«

Du hast gut reden, dachte Lena verärgert. Du sitzt an deinem Schreibtisch im Revier und dirigierst die Leute durch ein paar Ferngespräche. Trotzdem war sie dankbar für seine Warnungen und eilte keuchend weiter. Als die ersten Sonnenstrahlen über dem Ben-Starav-Massiv im Osten blinkten, antworteten die Hunde zum ersten Mal. Und dann stürmten sie wild und ausgelassen vor Freude auf Lena zu, rissen sie fast um und scheuchten die schlafenden Tiere vom Boden hoch. Lena gab mit der Pfeife die Signale, die Hunde gehorchten sofort, und die Herde, noch träge und unwillig, setzte sich in Bewegung. Da sieben Jungtiere zwischen den Alpakas herumliefen, musste Lena dafür sorgen, dass sich die Herde langsam fortbewegte. Außerdem sah sie, dass einige Stuten trächtig und kurz vor dem Fohlen waren, und darauf musste sie Rücksicht nehmen. Die Stuten fohlten gern morgens im Sonnenlicht, damit ihre Jungtiere sogleich Wärme bekamen und ihren ersten Tag im Sonnenschein genießen konnten. Aber darauf konnte Lena heute keine Rücksicht nehmen.

Hier draußen gab es keine abgezäunten Weideflächen, hier lebten die Herden in der Wildnis, und die Besitzer brauchten sehr gut ausgebildete Hunde, die die Tiere zusammenhielten. So sehr Lena ihren Alpakas die wunderbare Freiheit gönnte, heute wäre es ihr lieber gewesen, Weidezäune, Gatter und Tore um sich herum zu wissen. Die Hunde hatten große Mühe, die nun wach gewordenen und ausgeruhten Tiere im Zaum zu halten.

Immer wieder versuchten vor allem die Hengste auszubrechen und irgendwo zwischen Felsen und Gräben und Sträuchern frisches Futter zu entdecken. Und den Hengsten folgten die Stuten nur allzu gern.

Besorgt betrachtete Lena den Himmel. Kann man die Aschewolken kommen sehen? Wie hoch oder wie niedrig werden sie übers Land ziehen? Kommt die Asche dann wie ein Regenguss herunter, oder wird sie in Nebelschwaden um die Berge ziehen? Was passiert, wenn die Lava-Asche den Boden bedeckt, woher bekomme ich dann das Futter für meine Tiere? Und wie lange liegt diese Asche danach auf den Weiden? Spült ein Regenguss sie fort, oder sickert sie in die Erde ein und verdirbt das Gras und die Pflanzen? Fragen über Fragen und nicht eine einzige Antwort.

Aber bevor ihre Ängste sie in die Verzweiflung trieben, dachte Lena an die anderen Viehbesitzer. Hunderte von Schafen waren den Sommer über in den Highlands unterwegs, für sie alle musste eine Lösung gefunden werden, also würde es auch für ihre Alpakas eine Lösung geben. Aber wer hat Erfahrung mit solchen Vulkanausbrüchen, dachte Lena, so weit ich mich zurückerinnern kann, hat es so etwas noch nie gegeben. Und dass die Aschewolke nun ausgerechnet auf uns zutreibt, bedeutet wirklich die absolute Katastrophe.

Lena beobachtete eine braun-weiß gefleckte Stute, die plötzlich zurückblieb. Sie rief Lilly zu sich, die vergeblich versuchte, das Alpaka zur Herde zu treiben. Und dann sah Lena, wie sich die kleine Stute aufblähte und hinter ihr plötzlich winzige Hufe und dürre Beinchen sichtbar wurden. Das Fohlen würde gleich auf die Welt kommen, die Geburt dauerte bei Alpakas normalerweise nie lange. Lena wusste, dass Alpakas im Stehen gebären und lief schnell zu dem Muttertier. Da rutschte das Fohlen schon sanft zu Boden, und Lena stand bereit, um dem Kleinen auf die Beine zu helfen, falls nötig. Der Geburtssack war geplatzt, und die Stute leckte bereits ihr Junges, schaute aber gleichzeitig ängstlich hinter der Herde her, die ohne Rücksicht weiter zum Stall getrieben wurde. Das Tier will zu den anderen, überlegte Lena, zog schnell ihren Trenchcoat aus, bückte sich, wickelte das Fohlen hinein und nahm es auf den Arm. Es war schwerer, als Lena gedacht hatte, aber sie konnte das kleine Wesen unmöglich allein zurücklassen. Also stemmte sie das Tierchen auf ihre Schulter und trug es langsam hinter der Herde her. Die Stute und der Border Collie folgten ihr, und langsam näherten sie sich dem

Dorf und dem Stall. Mit letzter Kraft schleppte Lena sich zur Bank vor dem Haus, ließ das feuchte Bündel vorsichtig auf die Erde gleiten und wickelte das Fohlen aus dem Mantel. Sofort begann die Stute das Jungtier zu lecken, das sich nach wenigen Augenblicken auf die langen, dünnen Beinchen stellte, sich vorsichtig schüttelte und dann der Mutter in den Stall folgte. Einige Stuten umringten die beiden, und dann waren sie in der Menge der Alpakas verschwunden.

Die Sonne stand bereits hoch am Himmel, als endlich das letzte Alpaka in den Stall stolperte. Für die Jungtiere war es ein ungewohnt langer und mühsamer Heimweg gewesen. Tom bemühte sich, Planen über die offenen Seiten des großen Laufstalles zu ziehen, um die Tiere abzusichern. Lena, völlig erschöpft von dem weiten, strapazenreichen Weg, war ins Haus gegangen, um zu duschen und sich umzuziehen. Danach musste sie noch einmal in die Wildnis der weit entfernten Hügel, um ihr dort abgestelltes Auto zu holen. Hoffentlich kriege ich den Motor wieder zum Laufen, dachte sie besorgt, ohne Auto sind wir hier vollkommen aufgeschmissen. Ich kann ja nicht einmal einen anderen Wagen besichtigen oder kaufen, wenn ich kein Auto habe, um ein gebrauchtes zu kaufen. Und vor allem, ich muss Futter für meine kleinen Kamele besorgen, auch das geht nur mit einem fahrbaren Untersatz.

Mit wunden Füßen, denn für so anstrengende Wege waren ihre Glasgower Wanderstiefel nicht geeignet, und mit nassem Haar ging sie hinüber in den Stall, um mit Tom die letzten Futterreste oben auf dem Stallboden zu besichtigen und einzuteilen. Schon von Weitem hörte sie das Summen, jenes seltsame Geräusch, mit dem die Tiere sich untereinander verständigten. Noch hört es sich zufrieden an, dachte Lena, wenn ein Knurren und Krächzen daraus wird, dann werden meine sensiblen hübschen Wollknäuel unzufrieden und aggressiv. Außerdem müssen die drei Hengste von den Stuten entfernt werden, bevor es zu Machtkämpfen kommt. Auf den großen Weideflächen ist Platz genug für die drei, aber hier im Stall gibt es sehr schnell Krieg. Und überhaupt, ich will nicht ständig Jungtiere haben, die Herde ist groß genug, und die Stuten werden – im Gegensatz zu anderen Säugetieren – erst fruchtbar, wenn der Hengst sie bespringt. Lena hatte die Bücher über die Alpakazucht sorgfältig studiert, und als Ärztin waren ihr Zeugungs- und Geburtsvorgänge nicht fremd. So versuchte sie ihr Wissen auf die Tiermedizin zu übertragen und konnte sich vieles erklären, was sich in ihrer Herde abspielte.

Kapitel 13

Da die Herde sehr unruhig war, ließ Lena sie im Lauf des Vormittages auf die hausnahen Weiden treiben. »Wenn etwas passiert, sind sie schnell wieder im Stall«, versicherte sie Tom und bat ihn, den Himmel im Auge zu behalten. Sie ging hinüber ins Wohnhaus und öffnete die Praxistür, zog ihren Arztkittel an und bereitete dann in der Küche für sich und Tom das Frühstück vor. Danach rief sie Mr. Bruneel an und fragte ihn nach Futter für die Herde.

»Ich habe alle Vorräte aufgebraucht, Mr. Bruneel. Natürlich habe ich nicht damit gerechnet, dass ich die Herde mitten in der Weidezeit in den Stall zurückholen muss.«

»Ja, Miss Mackingtosh, das geht uns allen so. Aber wir müssen damit rechnen, dass so eine Aschewolke uns den gesamten Weidegang in diesem Jahr verdirbt. Für solche Notfälle haben wir ein paar Reserven bei Bauern, die zwar ihre Weiden noch besitzen, aber kein Vieh mehr im Stall haben. Wenden Sie sich an Mr. Brookman in Bonawe, er hat seine Farm in Ihrer Nähe. Und sagen Sie ihm, dass ich ihn bitte, seine Vorräte an Sie zu liefern.«

Lena bedankte sich, notierte die Telefonnummer und rief sogleich den unbekannten Farmer an. Aber sie hatte kein Glück.

Am Apparat war nur dessen Frau, die ihr erklärte, dass die Heuvorräte bereits am Morgen von einem ihr unbekannten Bauern gekauft und abgeholt worden seien.

»Du meine Güte«, erwiderte Lena entsetzt, »was mache

ich denn jetzt? Mein Heuboden ist leer, und ich muss mehr als 120 Alpakas versorgen.«

»Tja«, entgegnete die Bäuerin schnippisch, »da müssen Sie schon vorher mal an Vorräte denken, Miss. Wir hier haben nichts mehr. Versuchen Sie's beim Broomfield in Quarries, der ist zwar ein sturer und unhöflicher Kerl, aber vielleicht hat er noch Reserven.« Sie gab Lena die Telefonnummer und legte auf.

Lena rief sofort in Quarries an. Nach mehrmaligem Klingeln wurde der Hörer abgenommen. »Was gibt's?«, klang es unwirsch aus dem Hörer.

»Mein Name ist Lena Mackingtosh, ich bin auf der Farm *Paso Fernando* in Broadfield und wollte fragen, ob Sie Heu zu verkaufen haben.«

»Wozu brauchen Sie jetzt mitten in der Weidezeit Heu? Draußen gibt es genug Gras, Heu ist für den Winter da.«

»Ich musste meine Herde in den Stall zurückholen und brauche nun Futter für die Tiere. Meine Vorräte sind verbraucht.«

»Lassen Sie das Vieh draußen, es gibt keinen Grund, die Tiere reinzuholen.«

Lena war verunsichert. Sollte sie dem Mann sagen, was sie vom Ranger erfahren hatte, dann bot er seine Vorräte, vorausgesetzt er hatte überhaupt welche, für sehr teures Geld dem Meistbietenden an, oder sollte sie einfach auf sein Mitleid hoffen und die Situation verschweigen? Schließlich bat sie: »Wissen Sie, Mr. Broomfield, ich habe eine Herde mit kleinen Alpakas, die sich an den Sohlen verletzt haben und im Stall gesund werden müssen, ich kann sie nicht draußen lassen, der Tierarzt hat es angeordnet«, log sie vorsichtig.

»So ein Quatsch, ich bin schon immer gegen die Zucht von so neumodischem Viehzeug gewesen. Warum halten Sie keine Schafe, die haben robuste Hufe und sind nicht so empfindlich.«

»Mr. Broomfield, ich habe diese Tiere von meiner Mutter übernommen, die einen tödlichen Autounfall hatte. Ich kann die Tiere doch nicht verhungern lassen.«

»Nein, können Sie nicht. Also gut, ich schicke Ihnen eine Fuhre Heu rüber, aber nur gegen Bares.«

»Selbstverständlich, Mr. Broomfield. Wann kann ich mit dem Heu rechnen?«

»Um vier, vorher schaffen wir das nicht. Das Zeug muss ja verladen werden, und der Trecker ist draußen auf dem Feld, der muss erst reinkommen.«

»Danke Mr. Broomfield, ich warte dann auf Sie.«

»Auf mich brauchen Sie nicht zu warten. Ich habe für solche Sperenzchen keine Zeit. Ein Knecht kommt vorbei.«

»Trotzdem danke, Mr. Broomfield.« Lena legte erleichtert den Apparat zurück. Hoffentlich klappt das auch, dachte sie und zählte in Gedanken ihr Geld. Ob es trotzdem für ein anderes Auto reicht? Ohne einen geländegängigen Wagen bin ich einfach aufgeschmissen. Vor dem Haus hörte sie ein bekanntes Motorengeräusch. Sie sah aus dem Fenster und beobachtete, wie Sergeant Marloff sein Motorrad unten im Schatten des Schuppens abstellte. Er schaute kurz in den großen Laufstall, begrüßte mit einem Winken den Knecht und kam dann zum Haus hinauf.

Lena empfing ihn in der Tür. »Das ist nett, dass Sie uns besuchen, Bob. Gibt es Neuigkeiten über die Lava-Asche?«

»Nichts Neues, Lena, nur die Warnung.«

»Was ist denn überhaupt passiert?«

»Im Süden von Island ist der Vulkan Eyjafjallajökull ausgebrochen. Ein Vulkan unter einem riesigen Gletscher. Die Aschewolke treibt zu uns herüber und hat bereits den gesamten Flugverkehr von Europa nach Amerika lahmgelegt.«

»Du meine Güte, und wie lange dauert so etwas?«

»Keine Ahnung, ein paar Tage, ein paar Wochen oder Monate, es kann auch Jahre dauern, heißt es in den Nachrichten.«

»Oh Gott, das ist ja furchtbar. Aber zu sehen ist noch gar nichts.«

»Man weiß überhaupt nicht, wie sich die Aschewolke verhält, im Augenblick steigt sie kilometerhoch in den Himmel.«

»Ich habe keine Ahnung, was ich mich mit den Tieren machen soll.«

»Ich würde sie in der Nähe des Stalles behalten, dann sind sie schnell in Sicherheit, wenn es zu einem Ascheregen kommt. Es tut mir sehr leid, Lena, erst die Probleme mit der Praxis, jetzt diese Bedrohung durch die Lava-Asche, leicht wird Ihnen der Anfang hier nicht gerade gemacht.«

»Ich versuche durchzuhalten.«

»Haben Sie denn wenigstens ein paar Freunde hier, die Ihnen helfen, wenn Not am Mann ist?«

»Nein, leider nicht. Die Leute von früher sind in die Städte gezogen, und Ellen vom Pub hat genug eigene Sorgen.«

»Ich würde gern Ihr Freund sein, Lena.«

»Ich betrachte Sie auch als einen, Bob. Es ist sehr nett, dass Sie sich Sorgen um mich machen und den weiten Weg von Barcaldine herfahren, um mich zu warnen.«

»Es ist das Wenigste, was ich tun kann.« Robert Marloff hätte gern gesagt, dass er mehr sein möchte als nur ein warnender und mitfühlender Freund. Aber er wusste nicht, wie Lena ein solches Geständnis aufnehmen würde.

Lena, die spürte, dass dieser Mann mehr für sie empfand, hielt sich zurück. Das neue Leben hier, die veränderten Umstände, die Unsicherheit und die Probleme, mit all dem musste sie erst einmal selbst fertig werden. Daher fragte sie nur: »Wie ist es, Bob, haben Sie Zeit, könnten Sie zum Mittagessen bleiben?«

»Das wäre wunderbar. Ich habe mein Handy angestellt, ich bin also für meine Kollegen jederzeit erreichbar. Wann hat ein Junggeselle schon mal ein richtiges Mittagessen vor sich stehen?«

»Gut, ich koche für Tom und für mich, da ist es mir eine Freude, auch für Sie zu kochen. Es gibt Irish Stew.«

»Sehr lecker, kann ich mich in der Zwischenzeit nützlich machen? Gibt es etwas zu reparieren, ich bin ziemlich geschickt.«

»Danke, nein, Haus, Stall und Weiden sind in Ordnung, mein Vater war ein sehr gewissenhafter Mann.«

»Das ist gut. Was ist mit Ihrem Auto, Lena, es sieht ziemlich demoliert aus.«

»Ich bin an einem der ersten Tage im Wald in einem Graben gelandet, und ein Ranger hat mich ziemlich unsanft herausgezogen.«

»Ja, ja, wenn es um seinen Wald geht, kennt Patrick kein Mitleid.«

»Kennen Sie ihn näher? Er macht einen sehr unzugänglichen Eindruck.«

»Er ist ein guter Wildhüter, aber ein sehr introvertierter Mann, ich glaube, er hat hier nicht einen einzigen Freund.«

»Dann geht es ihm ja so wie mir«, erwiderte Lena lachend.

»Aber Sie würden Freunde wollen, er nicht.«

»Bob, wegen meines Wagens... Ich brauche dringend ein geländegängiges Fahrzeug, mit dem ich bei heruntergeklappten Sitzen auch eine Trage transportieren kann.«

»Eine Trage?«

»Die Leute vermissen im Krankheitsfall oder bei Unfällen einen Krankenwagen, jedenfalls hat man mir das gesagt.«

»Ja, das stimmt, wenn es einmal eilig ist mit einem Krankentransport, kann es Stunden dauern, bis ein Fahrzeug hier hinterm Benderloch eintrifft.«

»Kennen Sie einen Autohändler, der solche gebrauchten Fahrzeuge verkauft?«

»Sie wollen einen Gebrauchtwagen?«

»Ja, einen neuen kann ich mir nicht leisten.«

»Ein Bekannter von mir verkauft Gebrauchtwagen, ich werde ihn fragen.«

»Jetzt gleich? Bitte, Bob, es ist wirklich eilig. Da drüben steht mein Telefon, ich wäre Ihnen sehr dankbar.«

»Ich will es versuchen.« Und während Robert Marloff mit dem Händler sprach, ging Lena in die Küche, um das Irish Stew vorzubereiten.

Als Robert wenig später zurück in die Küche kam, sah er recht zufrieden aus. »Ich denke, Antony hat etwas Passendes für Sie in der Garage. Es ist ein Land Rover Discovery mit Allradantrieb, Anhängerkupplung, Servolenkung, und bei umgelegten Sitzen würde auch eine Trage hineinpassen.«

»Das hört sich gut an«, freute sich Lena. »Wenn der Wagen dann auch noch finanzierbar für mich ist, hätte ich eine Sorge weniger.«

»Antony muss natürlich erst Ihren Mini Cooper sehen, um sagen zu können, wie es mit der Finanzierung aussieht. Er wäre aber auf jeden Fall auch mit einer Anzahlung und monatlichen Raten einverstanden. Und verhandeln kann man ja auch noch.«

Lena sah den Sergeant etwas ratlos an. »Handeln kann ich überhaupt nicht, Bob.«

»Und wozu sind Freunde da, Lena?«

»Sie würden mich begleiten?«

»Aber ja, ich lasse Sie doch nicht mit einem für Sie fremden Autohändler allein.«

»Danke, Bob. Ihre Unterstützung wäre wirklich nett. Außerdem verstehe ich wenig von der Technik und den entsprechenden Preisen.«

»Sie können sich auf mich verlassen und vor allem, der Händler ist ein anständiger Typ, der haut mich nicht übers Ohr.«

Lena lachte. »Ich glaube, manchmal ist es ganz nützlich, ein Polizist zu sein.«

»Worauf du dich verlassen kannst.« Und plötzlich war das »Du« ganz selbstverständlich.

Am Abend des gleichen Tages stand ein dunkelgrauer Land Rover in Lenas Schuppen. Der Händler hatte den Mini Cooper als Anzahlung genommen, und in zwölf Monaten würde Lena auch mit der Abzahlung fertig sein. Robert Marloff war mit ihr nach Barcaldine gefahren, hatte die Verhandlungen geführt, ihr auf dem Rückweg die Technik und die Besonderheiten eines so großen Wagens erklärt, ein paar Einzelheiten mit ihr geübt und ihr letztlich damit die Sicherheit gegeben, auch allein mit dem fremden Fahrzeug fertigzuwerden.

Etwas schwierig gestaltete sich dann am späten Abend die Verabschiedung von Robert Marloff. Die Nacht war hereingebrochen, die Herde der Alpakas wieder im Stall, und auf *Paso Fernando* war Ruhe eingekehrt. Robert Marloff, der mit Sicherheit annahm, zur Übernachtung eingeladen zu werden, schließlich hatte er an diesem Tag sehr viel für die Farm und ihre Chefin getan, trank mit Behagen mehrere Flaschen Bier und war dann nicht mehr in der Lage, mit seinem Motorrad zurück nach Barcaldine zu fahren.

Lena betrachtete mit Unruhe den Durst ihres Gastes und seinen wachsenden Wunsch nach kleinen Zärtlichkeiten. Als ihm das Händchenhalten und das Streicheln ihres Knies nicht mehr genügte und er einen Arm um ihre Schultern legte, stand sie kurz entschlossen auf, holte eine Flasche schottischen Whisky aus der Küche und schenkte ihm eine große Portion ein. Seiner intensiven Nähe etwas entrückt, stieß sie mit ihm an und dachte: Wenn ich ihn schon nicht mehr loswerde, soll er sich wenigstens so betrinken, dass er heute nur noch ans Schlafen denkt. Es dauerte dann auch nicht mehr lange, und sie half ihm seine Beine auf das Sofa zu legen, schob ein Kissen unter seinen Kopf und deckte den bereits eingeschlafenen Sergeant mit einem Plaid zu.

Und mit Empörung sah der pflichtbewusst durch sein Revier patrollierende Ranger ein ihm bekanntes Polizeimotorrad vor dem Schuppen von *Paso Fernando* stehen.

Kapitel 14

Als Lena am nächsten Morgen aufstand und leise hinunterging, um den schlafenden Polizisten nicht zu stören, stellte sie mit Erstaunen fest, dass er bereits aufgestanden und abgefahren war. Das Sofa war wieder hergerichtet, und auf dem Tisch lag ein Zettel mit der Nachricht: »Danke für die Gastfreundschaft, bis dann, Bob.«

Als sie wenig später aus dem Fenster sah, stellte sie mit Erstaunen fest, dass vor ihrem Haus drei Autos parkten, und Amy Carver, die an diesem Morgen mit ihrer Arbeit bei Lena anfangen sollte, die Haustür weit geöffnet hatte und erwartungsvoll im Vorraum zur Praxis auf sie wartete.

»Ich habe sie alle ins Wartezimmer gebracht, Dr. Mackingtosh, es sind alles Patienten, die da gekommen sind.«

Lena, die eigentlich frühstücken wollte, sah die neue Haushaltshilfe verblüfft an. »Aber wer sind die Leute, die Sie ins Wartezimmer gebracht haben?«

»Na, Patienten, Dr. Mackingtosh, Ihre Patienten. Gut aussehende Herren. Und da die Sprechstunde um acht beginnt, und ich hörte, dass Sie oben fertig sind, habe ich die Tür aufgemacht. Hier ist Ihr Kittel, ich helfe Ihnen damit.« Sie hielt den Arztkittel in den ausgebreiteten Armen, und Lena schlüpfte hinein.

»Soll ich erst noch Frühstück machen?«

»Nein danke, Amy, Patienten haben immer Vorrang.«

»Aber wenigstens eine Tasse Kaffee? Ich schaue mich in der Küche um, und wenn ich alles gefunden habe, stelle ich eine

Kanne mit Kaffee auf die Wärmeplatte, dann können Sie immer zwischendurch mal einen Schluck nehmen.«

»Danke, Amy.«

Lena war sprachlos. Als sie zwei Tage zuvor mit ihr gesprochen hatte, war sie gar nicht sicher gewesen, ob die Frau wirklich kommen würde. Amy hatte angedeutet, dass sie sich das Angebot mit der Haus- und Praxisarbeit doch noch überlegen müsse. Und nun war sie plötzlich da. Wunderbar, dachte Lena und ging über den Flur in die Praxis. Drei Herren saßen im Wartezimmer. Lena begrüßte sie alle mit einem freundlichen Händedruck. »Guten Morgen, ich bin Dr. Mackingtosh, wer ist der Erste?« Einer der Patienten stand auf und nickte.

»Ich war zuerst hier.« Lena spürte, dass die drei sich nicht mochten. Da gab es ein Rivalitätsgehabe, das ihr nicht gefiel.

Sie ging voraus in ihr Sprechzimmer. »Was kann ich für Sie tun?«

»Mein Name ist Saddler, Rory Saddler, ich bin Patient im Broklenbeg-Sanatorium, ich möchte …«

Es folgte eine lange Liste von Leiden und Enttäuschungen. Lena hörte zu, und was sie wirklich hörte, waren Unzufriedenheit mit dem eigenen Leben, mit den Menschen, mit dem Aufenthalt im Sanatorium, mit seinen Ärzten und ihren Behandlungsmethoden.

Als Frau schüttelte sie verständnislos den Kopf, aber als Ärztin war sie verpflichtet, dem Leiden nachzugehen. Vielleicht war sie wirklich so etwas wie ein Rettungsanker in einer völlig verwirrten Situation. Vielleicht brauchte dieser Rory Saddler andere Hilfe? Sie fragte ihn nach Medikamenten, die er einnahm, stellte fest, dass sein Blutdruck in Ordnung war und beendete das Gespräch nach einer guten halben Stunde.

Sie verordnete ihm viel Bewegung an der frischen Luft und versprach, während ihrer Sprechstunde immer Zeit für ihn zu haben, wenn er ihren Rat brauche. Auf keinen Fall wollte sie riskieren, auch in ihrer Freizeit beansprucht zu werden, denn es sah ganz danach aus, als suche der Mann einfach Abwechslung vom Sanatoriumsalltag. Als sie ihn schließlich verabschiedete, sagte sie: »Und wenn Sie das nächste Mal kommen, wandern Sie hierher. Das Auto lassen Sie im Sanatorium, denn die Bewegung wird Ihnen sehr gut tun.«

Verblüfft sah Saddler die junge Frau an. Noch nie hatte ihm jemand gesagt, er solle seine Füße benutzen statt des Autos. Und Lena dachte: Er wird es sich zwei Mal überlegen, ob er dann kommt.

Zu den beiden Wartenden hatte sich eine Dame gesellt. Lena bat einen nach dem anderen in ihr Sprechzimmer und stellte fest, dass die Herren aus Frustration, Langeweile und Verdrossenheit Hilfe bei ihr suchten. Alle drei waren depressiv und zum Teil seit Wochen im Sanatorium. Und allen verordnete sie den Fußmarsch.

Eine Ausnahme bildete die Dame. Sie war ein Mobbing-Opfer und bereit zu kämpfen. Dass sie ihren Kampf bis in Lenas Praxis ausbreitete, war der Ärztin nicht besonders angenehm. Auch sie war eine Patientin des Broklenbeg-Sanatoriums und bereits sehr wütend, weil sie so lange warten musste. »Können diese Männer ihren Seelenmüll nicht woanders auskippen?«, fragte sie zornig, bevor sie sich überhaupt vorstellte. »Ich bin Jane Shore.«

Lena reichte ihr die Hand. »Kommen Sie herein, und nehmen Sie Platz. Was kann ich für Sie tun?«

»Halten Sie sich diese Typen vom Leib. Diese Manager und Chefs und Direktoren mit ihren Supergehältern und ihrer Langeweile kommen doch nur, um ein neues Gesicht zu sehen und dann im Heim damit zu prahlen. Ich sag's Ihnen, morgen platzt Ihre Praxis aus allen Nähten.«

Lena lächelte beschwichtigend. »Eigentlich wollte ich nur wissen, womit ich Ihnen helfen kann.«

»Ich will meinen Frust loswerden und meine Wut.«

»Ich fürchte, da sind Sie bei mir nicht richtig, Mrs. Shore.«

»Klar bin ich hier richtig. Von Frau zu Frau kann man über alles reden, und das will ich. Nur das.« Und dann legte sie los: »Seit 35 Jahren bin ich in der Firma, und nun sind neue Chefs gekommen und haben ihre eigenen Angestellten mitgebracht. Und plötzlich taugt meine Arbeit nicht mehr. Aber, ich sag's Ihnen, mich werden die nicht los. Ich kenne meine Rechte. Aber wo bin ich gelandet? Im Sanatorium. Der Firmenarzt hat mich einfach krankgeschrieben, wissen Sie? Überarbeitung, Überforderung, Über…, ach ich weiß nicht mehr, was er mir noch alles untergeschoben hat. Und nun sitze ich seit Wochen hier, und irgendwann heißt es dann, die Shore ist untragbar, die kann ihre Pflichten nicht mehr wahrnehmen, also raus mit ihr.«

Wütend lief sie im Sprechzimmer auf und ab. »Aber das lasse ich mir nicht gefallen. Deshalb bin ich hier. Ich brauche einen Arzt, der mir bescheinigt, dass ich absolut gesund und arbeitsfähig bin. Im Sanatorium stecken die doch alle unter einer Decke.«

Lena war entsetzt. Sie war Landärztin, sie wollte körperlich kranke Menschen heilen, Verletzten helfen, Wunden versorgen, Fürsorge verschenken und Mut machen. Und nun füllten diese Menschen mit ihren seelischen Problemen und persönlichen Unzufriedenheiten ihr Wartezimmer. Wenn sich das herumspricht, kommt bestimmt keine Bäuerin mehr, dachte sie enttäuscht.

Dennoch, sie war Ärztin und ihre Berufsauffassung gebot ihr Hilfe zu leisten, wo immer diese gebraucht wurde. Sie stand auf und führte Jane Shore zu einem Stuhl. »Setzen Sie sich bitte. Ich kann nicht mit Ihnen sprechen, wenn Sie ständig hin und her laufen.« Dann fragte sie ihre Patientin nach der Dauer des Aufenthaltes im Sanatorium, nach Behandlungsmethoden, nach Medikamenten, nach früheren Krankheiten, nach Problemen in ihrem Leben und nach Zukunftsplänen, um sich ein Bild zu machen.

Als Jane Shore die Praxis etwas beruhigter verließ, war es Mittag. Erschöpft setzte sich Lena hinter ihren Computer und gab die Stichworte ein, die sie sich gemacht hatte. Dann verschloss sie die Haustür und ging in ihre Wohnung. Der Kaffee war schal und bitter geworden.

»Na, Dr. Mackingtosh«, empfing sie eine strahlende Amy Carver, »hab ich's nicht gesagt, jetzt geht's los. Und lauter feine Leute, die da gekommen sind.«

»Ja, ja, Amy, und nicht einer brauchte wirklich meine Hilfe.«

»Aber es ist doch ein Anfang.«

»Wenn dieser Anfang sich herumspricht, bleiben die Bauern weg.«

»Es wird sich alles arrangieren, Dr. Mackingtosh.« Amy ging in die Küche. »Das Mittagessen ist fertig«, rief sie über die Schulter zurück und hantierte geräuschvoll mit den Töpfen. Lena legte den Arztkittel ab und wusch sich die Hände. Dann setzte sie sich an den liebevoll gedeckten Tisch und genoss den Duft, der aus der Küche herüberwehte.

Begeistert von ihrem eigenen Können trug Amy die Platte herein. Sie nahm an, dass die Ärztin viel Wert auf gesunde Kost legte und hatte überbackenes Gemüse mit Forellenfilets und vielen Kräutern aus ihrem eigenen Garten zubereitet. Mit der Ernte hier auf der Farm musste sie noch eine Weile warten. Schließlich musste aus dieser Wildnis erst einmal ein Gemüsegarten werden. Aber ihr eigener Garten lieferte alles, was sie brauchte, und Fisch bekam sie jederzeit auf der Williams-Farm, dort war man froh, ein paar Kunden im eigenen Dorf zu haben. In den Fischteichen wurden Karpfen, Forellen, Zander, Hechte und Aale gezüchtet, und die konnte man dann geräuchert oder frisch kaufen. Ja, Amy kannte sich aus mit den heimischen Genüssen und ganz besonders mit Wildgerichten. Ihre Schwester Lilly, die beim Ranger den Haushalt besorgte, wusste, wann mit frischem Wildbret zu rechnen war, und Amy profitierte davon. Und dann die Pilze, die Beeren – sie musste unbedingt mit Lilly reden, da ergab sich so manche Gemeinsamkeit zwischen dem Forester's House und dem Arzthaus, die nicht nur auf dem Esstisch an Bedeutung gewinnen konnte. Amy schmunzelte, als sie den Nachtisch servierte. Sie war aufs Beste informiert über das Interesse, das der introvertierte Ranger der Ärztin entgegenbrachte. Und wenn es nach ihr ginge, würde sie dieses beginnende Interesse mit Hasenpfeffer, Wildschweinschinken oder mit Blaubeeromelettes fördern.

Lena aß mit großem Behagen. Sie war zum Glück ein Mensch, der abschalten konnte. Diese Patienten vom Vormittag würden ihr nicht den Tag verderben. Sie ließ ihre Gedanken wandern: ein paar Minuten für die Vergangenheit, ein paar Minuten für die Gegenwart und ein paar für die Zukunft. Dabei fiel ihr ein, dass sie sich heute noch gar nicht um die Herde gekümmert hatte. Hoffentlich hat Tom die Tiere hinausgelassen und kontrolliert den Himmel. Ich muss gleich nachsehen, ob da alles in Ordnung ist. Dann fiel ihr ein, dass sie Daniel Finerfield für das Wochenende eingeladen hatte. Sie lächelte bei dem Gedanken an den Freund, der sich so gekonnt geziert hatte, auf ihre Einladung sofort und spontan zu reagieren. Na ja, dachte sie, er hat auch seinen Stolz, und irgendwie muss er nun zeigen, dass ihm der Abschied nicht gefallen hat. Männer sind so leicht zu durchschauen, seufzte sie, wenn sie wüssten, wie gut wir Frauen sie kennen, würden sie nicht so viel Aufhebens um ein kleines Treffen machen. Er denkt, er erfüllt mir einen großen Wunsch – natürlich bin ich auch froh, mal wieder ein bekanntes Gesicht zu sehen und mit einem Freund zu reden –, aber mein Leben hängt nicht davon ab und meine berufliche Existenz auch nicht. Ich beiße mich schon durch.

Sie sah auf die Uhr. Ein halbes Stündchen Liegestuhl im Garten mit Sonnenschein und frischer Luft kann ich mir leisten, bevor um drei Uhr die Praxis wieder öffnet.

Der Nachmittag unterschied sich nicht vom Vormittag, und die nächsten Tage nicht von den vorangegangenen. Am Freitagnachmittag, als sie von einem kurzen Spaziergang zurückkam, empfing sie Amy Carver mit den Worten: »Der

Bürgermeister hat angerufen. Er kommt nachher vorbei, er möchte Sie sprechen.«

»Hat er gesagt, um was es geht?«

Amy schüttelte den Kopf. »Nein, aber er klang verärgert.«

»Na schön, wir werden sehen.«

Als die letzten Patienten aus dem Sanatorium fort waren und Amy die Praxisräume putzte, duschte Lena und zog sich um. Es war heiß geworden in Broadfield, und selbst der späte Nachmittag brachte keine Abkühlung. Sie zog ein wollweißes, ärmelloses Leinenkleid an, band den dazu gehörenden grünen Ledergürtel um, suchte die Kette mit den Jadesteinen heraus und schlüpfte in grüne Slipper. Einmal am Tag ohne Arztkittel und dicke Gummistiefel, das muss ich mir einfach gönnen, dachte sie und nickte sich im Spiegel zu. Dann ging sie nach unten, nahm den Laptop mit hinaus auf den Terrassentisch und begann mit den letzten Eintragungen. Sie hatte sich angewöhnt, jeden Abend die Patientenliste zu kontrollieren und zu vervollständigen. Kleine Notizen, die sie sich während der Sprechstunden machte, halfen ihr dabei. Aber das Endergebnis war an jedem Abend das Gleiche. Die Sanatoriumspatienten bevölkerten ihre Praxis, und die Bauern ließen sich nicht sehen.

Drinnen klingelte es. Als Lena hörte, dass Amy die Haustür öffnete, blieb sie sitzen. Mal sehen, was der Bürgermeister will, dachte sie und arbeitete weiter.

Der beleibte Sechzigjährige kam mit einem jovialen Lächeln auf dem Gesicht auf sie zu. »Immer noch fleißig, Dr. Mackingtosh?«, fragte er und reichte ihr seine verschwitzte Hand.

Lena nickte, drückte widerwillig die Hand und erklärte sachlich: »Ich verarbeite meine Eindrücke, so lange sie noch frisch sind.«

»Sie haben seit ein paar Tagen viel zu tun, das spricht sich im Dorf herum.«

»Ja, die Praxis ist gut besucht. Und was kann ich für Sie tun?«

»Ich habe Ärger.«

»Sie haben Ärger? Was hat das mit mir zu tun?«

»Die Leitung des Sanatoriums in Broklenbeg hat sich offiziell bei mir beschwert, und der Gemeinderat ist sogar sehr verärgert.«

»Und was geht mich das an?«

»Die Patienten entziehen sich dem Einfluss der Klinikärzte und laufen zu Ihnen, statt die Verordnungen der dortigen Ärzte zu befolgen.«

»Ich habe die Patienten nicht eingeladen, herzukommen. Aber wenn sie hier sind, kann ich mich nicht weigern, sie zu behandeln. Meine Pflicht als Ärztin schreibt mir vor, mich um alle zu kümmern, die bei mir Hilfe suchen. Ich kann die Leute nicht einfach wegschicken.«

»Die Dörfer hier hinterm Benderloch sind auf die Einnahmen aus dem Sanatorium angewiesen. Wir haben vor zehn Jahren dem Bau zugestimmt, weil wir wussten, dass damit Geld in die Gemeindekassen fließt. Jetzt droht man uns mit einer Verlegung nach Fasnacloich, wenn Ihr Konkurrenzverhalten nicht sofort eingestellt wird.«

»Mein Konkurrenzverhalten? Ich höre wohl nicht richtig.«

»Wir haben Sie akzeptiert, weil wir einen Arzt für die Einheimischen brauchen und nicht für wohlbetuchte Sanatoriumsgäste, die dort die beste Betreuung haben. Ich kann natürlich verstehen, dass Sie wohlhabende Patienten den armen Bauern vorziehen, aber so war unsere Abmachung nicht gedacht.«

»Da haben Sie vollkommen recht, Bürgermeister. Aber ich habe die Sanatoriumsgäste nicht hergebeten. Vielleicht sollten die Ärzte dort sich fragen, warum ihnen die Patienten weglaufen. Vielleicht sollten sie ihre Methoden überprüfen. Vorhin sagten Sie sehr richtig, die Patienten laufen zu mir – sehen Sie, ich habe als Erstes angeordnet, dass diese Leute zu Fuß herkommen müssen, weil ich mir überlegt habe, dass ein gesunder Fußmarsch sehr zum Wohlbefinden beitragen könnte. Und weil ich dachte, sie kommen dann nicht. Leider habe ich mich in dieser Beziehung getäuscht. Sie kommen tatsächlich zu Fuß – erschöpft, aber glücklich. Schließlich ist es ein sehr schöner Weg, den sie gehen. Und sie kommen gemeinsam. Es haben sich regelrechte Wandergruppen und Freundschaften gebildet, während sie zuerst alle einsam in ihren dicken Autos vor der Tür hielten. Was ist an so einer Therapie verwerflich?«

»Natürlich nichts. Und dennoch: Sie entziehen dem Sanatorium die Patienten, und das bringt großen Ärger.«

»Dann sollte das Sanatorium ähnliche Therapien entwickeln. Ich werde versuchen, die Behandlungen zu beenden, aber dann sollten Sie versuchen, die Bauern von meinem Können zu überzeugen, denn ohne Patienten werde ich hier nicht bleiben.«

»Ich kann die Bauern nicht zwingen, zu Ihnen zu gehen und nicht zu Colleen in ihrem Cottage. Das müssen Sie schon selbst machen.«

»Sie machen es sich leicht, Bürgermeister. Sie nehmen mir etwas weg und geben nichts dafür zurück. Das ist nicht fair.«

»Fair ist die Tatsache, ob wir Geld in der Gemeindekasse haben oder nicht. Die Schule braucht ein neues Dach, das Dorf ein paar Wegweiser, das Rathaus einen neuen Anstrich und der Friedhof endlich einen Zaun, der die Hühner abhält. Das sind die Dinge, die im Gemeinderat zählen und sonst gar nichts.«

»Bei meinem Antrittsgespräch haben Sie mir nicht gesagt, dass ich hier zu ›Sonst gar nichts‹ zähle. Aber ich habe es jetzt verstanden. Sie können Ihrem Goldesel sagen, dass ich auf seine Patienten verzichten kann.« Verärgert stand Lena auf. »Danke, dass Sie mich aufgeklärt haben.«

Auch der beleibte Bürgermeister stand auf. »Nichts für ungut, Miss Mackingtosh, aber ich brauche neben dem Geld in der Kasse auch meinen Frieden im Gemeinderat, das müssen Sie verstehen.«

Ich muss gar nichts verstehen, dachte Lena verärgert und stellte wieder einmal fest, wie schwierig es war, sich als Frau allein durchsetzen zu müssen. Wo sind die Freunde, wenn man sie braucht, dachte sie enttäuscht, wo ist Bob, und dieser Ranger ist auch verschwunden. Wenn man Hilfe braucht, ist man als Frau allein – trotzdem, ich lasse mich nicht unterkriegen, ich werde kämpfen, und ich werde gewinnen.

Kapitel 15

Daniel Finerfield putzte seine Sonnenbrille, zog die Bügelfalten seiner Hose glatt und stellte den Sitz eine Stufe zurück. An dem Platz zwischen Steuerrad und Bauch merkte er, dass er wieder zugenommen hatte. Ich muss wirklich aufpassen, dachte er und drehte den Zündschlüssel um. Wenn ich weiter so zunehme, brauche ich bald einen anderen Wagen.

Dumpf und satt dröhnte der Motor. Daniel liebte dieses Geräusch. Es verriet viel deutlicher als das harte Kreischen überdrehter, hochfrisierter Kleinmotore die Kraft, die unter der Kühlerhaube seines Wagens steckte. Langsam setzte er das Auto in Bewegung, drehte eine kleine Runde auf dem Parkplatz und verließ das Krankenhausgelände.

Es war früh am Samstagmorgen, und eigentlich hätte er den freien Tag gern zum Ausschlafen genutzt, aber die Fahrt nach Broadfield stand für heute auf dem Kalender, und wenn er Zeit für Lena haben wollte, musste er früh aufbrechen. Sie hatte ihn nicht eingeladen, bei ihr zu übernachten, und so blieben nicht viele Stunden für den Besuch, von dem er sich noch immer mehr erhoffte als freundschaftliches Geplänkel. Sie hätte mich ruhig für das ganze Wochenende einladen können, überlegte er und schaltete in den vierten Gang, als er die Schnellstraße erreichte. Schließlich hat sie ein Gästezimmer mit allem Drum und Dran. Und belästigt hätte ich sie ganz bestimmt nicht. Ich weiß mich schließlich zu benehmen.

Auf der A82 gab er Vollgas. Nun zeig, was du kannst, flüsterte er seinem Motor zu und lehnte sich bequem zurück. Die Straße war in Richtung Norden fast leer, während sich auf der entgegengesetzten Fahrbahn die Autos Stoßstange an Stoßstange drängten. Klar, bei diesem Wetter wollt ihr alle ans Meer, nickte er der Wagenkarawane zu. Heute Abend läuft es dann umgekehrt, und ich bin wieder auf der freien Seite.

Er erreichte die Kreuzung bei Crianlarich und schaltete herunter. Die Landstraße wurde jetzt von Laubbäumen flankiert. Die Vormittagssonne schien in feinen Strahlen durch die Blätter. Rechts und links weideten Schafe an den Abhängen der Hügel. Einige säugten ihre Lämmer. An einem Parkplatz hielt er an, ging um den Wagen herum und holte den Korb, der auf dem Boden vor dem Beifahrersitz stand, heraus. Behutsam stellte er ihn auf die Erde und öffnete die kleine Gittertür. »Brav bist du gewesen, mein Mädchen, eine richtig gute Begleiterin.«

Behutsam griff er in den Korb und hob die kleine Hündin heraus.

»Und jetzt machst du dein Geschäft. und dann geht's weiter.« Er griff nach dem Halsband, befestigte die Leine daran und führte den kleinen Hund auf und ab. Die zehn Wochen alte Hündin wusste nicht, was das sollte. Dieses würgende Band um ihren Hals, das sie festhielt, wenn sie losspringen wollte, diese großen Menschenschuhe neben ihr, vor denen sie gewaltige Angst hatte und die tiefe Stimme die immer dasselbe sagte. »Na los, mach dein Pfützchen …« Als es an einem Butterblumenbüschel besonders gut nach Hund roch, verrichtete sie ihr Geschäft und wurde dafür gestreichelt. Dann musste sie wieder in den engen Korb, das Türchen wurde geschlossen, und sie kam wieder auf den Platz, an dem es nach Gummi und Leder und Benzin stank. Sie nieste und rollte sich zusammen. Dann ruckte es und brummte und knirschte, und sie schlief ein.

Daniel Finerfield hatte lange über ein Geschenk für Lena nachgedacht. Es sollte etwas Besonderes, Einmaliges sein, etwas, das Lena ständig an ihn erinnerte, das ihr Freude machte und von dem sie lange etwas hatte. Er wusste, dass sie Hunde mochte und oft beklagt hatte, dass sie auf dem Krankenhausgelände und bei dem beruflichen Stress keinen Hund halten konnte. Aber jetzt hat sie Zeit und einen Garten und endlich jemanden, der auf sie aufpasst. Denn das einsame Haus oberhalb von Broadfield ist mir viel zu abgelegen und gefahrvoll für eine alleinstehende Frau. Mit diesen Gedanken machte er sich Mut für den Augenblick, an dem er sein Geschenk überreichen würde.

Als er durch Broadfield fuhr, schlug die Uhr in dem Kapellentürmchen zwölf. Fein, genau Essenszeit, und für einen Augenblick hatte er die Erinnerung an den Duft frischer Brötchen in der Nase. Neben dem alten kleinen Rathaus wartete ein Kutscher mit seinen Pferden vor seinem Gefährt auf die ersten Touristen. Die Pferde hatten Futtersäcke um den Kopf und kauten behaglich ihren Hafer. Er sah zum Pub hinüber. Die Wirtin legte Tücher auf die Tische, die vor dem Haus aufgestellt waren. Ein Mann spannte Sonnenschirme auf. Neben der Toreinfahrt zu einem Bauernhaus wurden auf einem Gestell Obst, Gemüse, Marmelade in Gläsern und selbstgemachter Saft in Flaschen angeboten. Vor einem anderen Haus hingen duftig gekämmte Schaffelle auf dem

Zaun, die man erwerben konnte. Sommer in den Highlands, dachte Daniel, man rechnet mit Touristen und mit Geld. Ich möchte nicht wissen, wie es hier unter der Woche aussieht.

Langsam fuhr er weiter. Dann sah er das Arzthaus und die Gebäude, die zur Farm gehörten, oberhalb des Dorfes. Gras bedeckte den Boden neben der Einfahrt. An einer Steinmauer standen Blumenbüsche in voller Blüte, und der Plattenweg zum Haus war gesäumt von blauen Vergissmeinnichtblüten und weißen Margeriten.

Die Haustür stand weit offen. Daniel parkte den Wagen und stieg aus. In der einen Hand den Transportbehälter mit dem Hund, in der anderen einen Korb mit Wein und Delikatessen, die man hier bestimmt nicht kaufen konnte, ging er, nun doch leicht beklommen wegen des außergewöhnlichen Geschenkes über den Weg zum Haus. Zur Not kann ich das Tier ja wieder zurückbringen, beruhigte er sich und klingelte.

»Komm rein, es ist alles offen«, rief Lena von irgendwoher. »Komm einfach rein.«

Er ging durch den Flur, dann durch den Wohnraum und in die Küche. Lena stand am Herd und stellte die Backofentemperatur herunter.

»Schön, dass du da bist, das Essen ist gleich fertig.« Dann drehte sie sich um, und Daniel Finerfield ließ vor Überraschung fast seine Körbe fallen. Vor ihm stand eine bildschöne, braungebrannte, lachende Frau, die er kaum wiedererkannte. Verschwunden waren das blasse Gesicht, der gestresste Blick, die verkrampften Hände und die Sorgenfalten auf der Stirn, die er in Erinnerung hatte. »Donnerwetter«, entfuhr es ihm, »du bist nicht wiederzuerkennen. Die Highlands tun dir gut, das sieht man sofort.«

Unbekümmert trat Lena zu ihm, küsste ihn auf beide Wangen und lächelte ihn an. »Fein, dass du da bist. Der Tisch ist gedeckt, das Essen fertig, und die Sonne lacht uns ins Gesicht. Stell doch deine Körbe einfach ab.« Sie wollte nach dem Hundekorb greifen, als der sich plötzlich bewegte. Erschrocken zog sie die Hand zurück. »Was war denn das?«

»Mein Geschenk für deinen Einzug.«

»Ein Geschenk für meinen Einzug? Ein wackelndes Geschenk? Mein Gott, lass das arme Wesen erst mal raus.«

»Komm mit in den Garten, sicher ist sicher. Sie sitzt seit Stunden in dem engen Körbchen.«

»Eine Sie?«

Daniel stellte den Behälter auf den Rasen vor der Terrasse und öffnete das Türchen. »Komm raus, meine Kleine. Und wenn du brav bist, darfst du bleiben, sonst muss ich dich wieder mitnehmen.«

Zwei rotbraune Pfötchen erschienen als Erstes, ihnen folgte eine schwarze Nase in einem niedlichen Gesicht, dann kamen zwei Schlappohren und schließlich ein langgestreckter kleiner Körper, der sich mit Behagen aus dem Körbchen wandte. Zum Schluss kam eine wedelnde Rute und dann ein nicht enden wollendes Pfützchen auf dem Rasen.

»Mein Gott, wie niedlich«, stammelte Lena.

Daniel bückte sich, hob die kleine Hündin hoch und legte sie Lena in die Arme. »Sie heißt Sandy, und sie wird ein Setter, wenn sie groß ist. Und sie soll dich beschützen, das ist mir am wichtigsten.«

»Ein Aufpasser«, rief Lena fröhlich, »du bist ein Schatz, Daniel, und wie immer sehr umsichtig. Du denkst, wenn du mich schon nicht bewachen kannst, dann soll es wenigstens ein Hund tun.«

»Ich habe von Schutz gesprochen und nicht von Bewachung.«

Lena lachte: »Das kommt aufs Gleiche raus. Aber ich freue mich. Wirklich! Vielen Dank.« Dann setzte sie die kleine Hündin auf den Rasen. »Das Grundstück ist eingezäunt, und wenn du vorn die Gartentür geschlossen hast, kann sie nicht weglaufen.«

»Ich gehe und schaue nach.«

Während Daniel um das Haus herumging und das kleine Tor kontrollierte, stellte Lena das fertige Essen auf den Tisch, holte ein Schälchen Wasser für Sandy und packte dann den Korb mit den Lebensmitteln aus. Daniel kennt noch immer meine Vorlieben, dachte sie und legte die Delikatessen vorsichtig in den Kühlschrank.

»Du kennst noch immer meine Leidenschaften«, freute sie sich, und Daniel verkniff sich eine Antwort, die sie vielleicht schockiert hätte. Bei dem Wort »Leidenschaft« dachte er an Genüsse, die nichts mit einem Delikatessengeschäft zu tun hatten und die sie ihm noch nie gewährt hatte. Mit leicht gerötetem Gesicht setzte er sich zu ihr.

»Wunderbar, der Essensduft ist mir schon vor ein paar Kilometern in die Nase gestiegen. Schuld daran war natürlich die Vorfreude auf ein richtiges Highlander-Mittagessen.« Lena sah ihm heimlich zu und bemerkte, dass Daniel Finerfield in den vergangenen Wochen um etliche Kilo runder geworden war. Aber jetzt wollte sie ihm das Essen nicht verderben und schwieg. Bevor er wieder nach Glasgow fährt, werde ich mit ihm reden, nahm sie sich vor.

Nach einer Weile lehnte sich Daniel zufrieden zurück. Das Essen war beendet, der Kaffee getrunken, die restlichen Lebensmittel im Kühlschrank, und er hatte zwei Liegestühle aufgeklappt. Die Sonne warf ihre Strahlen durch das Laub der alten Apfelbäume, und eine leichte Brise strich vom Berg herunter.

Sandy hatte es sich auf Lenas Schoß gemütlich gemacht, und Daniel kraulte den kleinen Hund, wobei er ganz aus Versehen auch mal über Lenas Arm strich. »Und nun erzähl. Wie ist es dir ergangen?«

Lena seufzte. »Nicht so gut, wie ich erwartet habe.«

Daniel war überrascht. »Was ist los?« So kannte er Lena gar nicht.

»Zu mir kommen die falschen Patienten, und ich habe Ärger mit dem Gemeinderat.« Und dann erzählte sie, wie die letzten Wochen verlaufen waren. »Und ich weiß nicht, wie ich das alles ändern soll.« Verzagt starrte sie in den wolkenlosen Himmel, ohne ihn zu sehen.

»Lena, falsche Patienten gibt es nicht. Selbst die, die ›nur‹ mit seelischen Problemen dein Wartezimmer bevölkern, sind Patienten. Du musst einfach mehr Geduld haben, dann renkt sich das alles ein.«

»Das weiß ich, und ich mache sogar Fortschritte bei der Behandlung, obwohl ich weder ein Neurologe noch ein Psychoanalytiker bin. Ich gebrauche nur meinen normalen Menschenverstand und kann ihnen damit helfen. Aber nun, mittendrin, soll ich damit aufhören.«

»Keiner kann dich dazu zwingen. Sprich doch mal mit der Sanatoriumsleitung. Erklär ihnen, wie es zu dem Dilemma kam.«

Bestürzt sah sie den Freund an. »Du meinst, ich soll mich da entschuldigen?«

»Aber nein. Auf keinen Fall. Du musst deinen Standpunkt klipp und klar vertreten. Und du musst erkennen lassen, dass du auf dem richtigen Weg bist. Du kannst sogar anbieten, denen da in ihrem angesehenen und berühmten Sanatorium zu helfen, wenn sie es wünschen. Dass du im Recht bist mit deinen Methoden, sehen diese Ärzte genau so wie du, wenn ihre Patienten plötzlich Wanderlieder singend durch die Hügel marschieren.« Daniel nickte ihr zu. »Du hast das ganz großartig gemacht.«

Lena sah ihn prüfend an. »Du meinst das wirklich ernst?«

»Natürlich.«

Sie seufzte befreit und lächelte mit geschlossenen Augen. »Ich glaube, jetzt hast du mir sehr geholfen.«

»Dazu bin ich da.«

»Ach Daniel, du bist wirklich ein Freund. Du hast mir wieder Mut gemacht. Ich wusste nicht mehr ein noch aus, und nun ist alles ganz klar. Montag fahre ich ins Sanatorium nach Broklenbeg – ohne Schuldgefühle und ohne Angst, hier versagt zu haben.«

»Wie kommst du denn auf die Idee, versagt zu haben?«

»Du hättest den Bürgermeister hören müssen.«

»Ein eitler Besserwisser mit Angst um seine Würde, wie kannst du so einen Mann ernst nehmen?«

»Weißt du, manchmal fehlt mir der starke Rückhalt, den ich im Krankenhaus hatte. Ich bin hier doch sehr allein, da ist man für alles selbst verantwortlich, und das ist nicht immer leicht.«

»Ich weiß, und ich habe das sogar befürchtet. Ich weiß aber

auch, dass du stark genug bist, solche Situationen durchzustehen, sonst hätte ich dich nicht gehen lassen. Schließlich fühle ich mich nach wie vor ein bisschen verantwortlich für dich.«

»Danke, Daniel.«

Der Hund rekelte sich und sprang von Lenas Schoß. Sie richtete sich auf. »Wollen wir ein Stückchen laufen? Einmal auf den Little Mountain und zurück? Das ist der Hügel da drüben, man hat einen schönen Blick auf das Dorf und die Umgebung.«

»Ja, nach diesem Essen tut das gut.« Daniel holte das Halsband und die Leine für Sandy. »Wir leinen sie besser an, es ist alles noch zu fremd für sie. Gibt es eigentlich Probleme mit dieser Aschewolke und deinen Alpakas?«

»Zuerst hatten wir alle große Angst und holten unsere Tiere in ihre Ställe zurück. Aber allmählich sind die Schäfer wieder weit draußen, und ich lasse die Herde auch auf die etwas entfernteren Weiden gehen. Nachts holen wir sie aber immer noch zurück in den Stall. Was sagen denn die Nachrichten?«

»Der Flugverkehr hat sich wieder normalisiert, und die Wolke treibt weiter östlich an uns vorbei. Aber der Vulkan spuckt nach wie vor seine Aschewolken aus, und sobald sich der Wind dreht, haben wir hier wieder Probleme. Wirst du dann benachrichtigt?«

»Ja, der Wildhüter passt auf.«

Sie liefen Hand in Hand den Sandweg entlang, lachten, scherzten, und sahen aufgeschreckten Vögeln nach. Den Wildhüter Patrick McDoneral, der am Waldrand stand und ein paar Fahrradtouristen beobachtete, die mit Mountainbikes abseits der ausgewiesenen Wege ein wildes Rennen veranstalteten, sahen sie nicht.

Kapitel 16

Der Notruf erreichte Lena Mackingtosh morgens um halb sieben. Wie an jedem warmen Tag lief sie inzwischen kurz nach Sonnenaufgang eine Joggingrunde. An diesem Morgen hatte sie gerade ihren Wendepunkt erreicht, machte ein paar Dehnübungen und begann im langsam ausklingenden Tempo mit dem Heimweg, als das Handy in ihrer Gürteltasche klingelte. Etwas atemlos meldete sie sich. »Hier Dr. Mackingtosh.«

Zunächst verstand sie gar nichts. Irgendwo lief ein starker Motor, verschwommen hörte sie Männerstimmen und schließlich etwas deutlicher: »Kommen Sie schnell, Dr. Mackingtosh, hier hat es einen Unfall gegeben.«

»Wo? Und was ist passiert? Sprechen Sie lauter.«

»Ein Mann liegt unterm Baumstamm. Vielleicht ist er schon tot.«

»Wo? Wo liegt der Mann? Wie komme ich dahin?«

»Im Eulenwald hinter dem alten Schafstall, rechts vom Weg nach Kingsdon. Ich fahre da an die Ecke und warte auf Sie.«

»Gut, ich hoffe, ich finde die Stelle. Dann bin ich in dreißig Minuten da.«

Lena schaltete das Handy aus und lief schnell zurück zum Haus. Sandy, die ihr fröhlich um die Beine sprang, wurde in der Küche eingesperrt, da würde Amy sie finden und füttern. Lena griff nach ihrem Unfallkoffer und nach dem Sauerstoffgerät, stieg in den Geländewagen und fuhr los. Noch immer atemlos sah sie an sich hinunter: Turnschuhe an den nackten Füßen, graue, wadenlange Leggins, ein lose flatterndes T-Shirt und ein rosa Band im Haar. Meine Güte, überlegte sie, hoffentlich gibt das keinen öffentlichen Unfalltermin mit Polizei, Rettungswagen und Reportern. Ab morgen liegt ein sauberer weißer Arztkittel als Reserve im Wagen.

Sie fuhr so schnell sie konnte. Zum Glück gab es noch keinen Verkehr auf der kleinen Straße. Dann bog sie in den Sandweg ab, von dem sie wusste, dass er am alten Schafstall vorbeiführte. Kurz danach begann der große Eulenwald, der fast bis an die zerklüfteten Berge des Creach Behainn reichte. Endlich tauchte der verfallene Schafstall auf. Daneben bemerkte sie einen Mann mit einem Fahrrad. Als er sie sah, winkte er heftig. Sie stoppte. Staub wirbelte auf. Der Mann ließ sein Fahrrad fallen und sprang zu ihr in den Wagen.

»Sind Sie die Ärztin?«

»Ja. Zeigen Sie mir den Weg, und erzählen Sie, was passiert ist.«

»Wir sind acht Waldarbeiter und gehören zu einer Gruppe vom Wildhüter McDoneral. Aber der ist seit zwei Tagen in Glasgow bei einer Besprechung wegen der Lava-Wolken. Wir haben ihn gleich angerufen, und er gab uns Ihre Nummer. Er wollte auch gleich losfahren, hat er gesagt.«

»Und was genau ist passiert?« Lena fuhr vorsichtig. Der Weg wurde immer schlechter, Steine und Äste bedeckten die schmale Spur, die nun mitten durch den Wald führte.

»Wir müssen Baumstämme auf einen Langholzwagen verladen. Das macht der Kran mit einer großen Greifzange. Und nun ist ein Stamm abgerutscht, den Abhang runtergerollt und auf Charles gefallen, der unten stand. Es ging so schnell, dass er nicht weglaufen konnte. Und wir wussten auch nicht, wo er genau stand.«

Lena umfuhr ein ausgespültes Regenloch und ein paar dicke Baumwurzeln, die bis in den Weg hineinragten. »Und was haben Sie inzwischen gemacht?«

»Wir haben versucht, den Stamm anzuheben, aber das haben wir nicht geschafft. Charles' ganze linke Seite ist darunter begraben.« Er sah sich um. »Wir sind gleich da.« Dann zeigte er auf eine Spur im Waldboden. »Hier können Sie langfahren, das ist die Spur vom Kran. Da unten stehen die Männer.«

Lena hielt hinter einem mit Baumstämmen beladenen Langholzwagen, griff nach ihrem Koffer und rutschte vorsichtig den Abhang hinunter. Unten angekommen empfing sie tiefes Schweigen. Mehrere Waldarbeiter standen um den Verletzten herum. Einer löste sich aus dem Kreis und kam auf sie zu. Verblüfft betrachtete er ihr Outfit, dann zog er die Mütze vom Kopf, reichte ihr die Hand und erklärte: »Ich bin Harry Wool, der Vorarbeiter.«

Lena nickte. »Dr. Mackingtosh. Wann ist es passiert?«

»Vor einer knappen Stunde. Wir haben Sie sofort angerufen. Und wir haben ihn nicht bewegt.«

Der Verletzte war von Gestrüpp, Moosresten und kleinen Ästen bedeckt. Der Stamm hatte sein linkes Bein, den linken Arm und einen Teil seiner linken Brust unter sich begraben. Lena bückte sich, entfernte den Schmutz vom Gesicht des Verunglückten und hob die Augenlider an. Dann tastete sie nach dem Puls an der Halsschlagader. Sie richtete sich auf. »Er lebt. Aber er muss so schnell wie möglich ins Krankenhaus. Wenn Rippen gebrochen sind und in die Lunge stechen, verblutet er. Aber der Stamm muss als Erstes weg.«

»Das schaffen wir nicht. Wir haben es schon versucht.«

»Dann holen Sie den Kran herunter.«

»Das geht nicht, der Abhang ist zu steil.«

»Haben Sie Seile?«

»Ja, ein paar.«

»Holen Sie die und auch ein Abschleppseil, alle Decken aus meinem Wagen und die zusammengeklappte Trage.«

»Was wollen Sie machen?«

»Den Stamm von oben wegziehen.«

Ein paar Männer kletterten den Abhang hinauf. Lena zog eine Spritze auf und befahl Harry, den rechten Arm des Verletzten freizumachen. Dann gab sie ihm die Injektion und nickte den Männern zu. »Sein Puls ist sehr schwach, ich muss ihn erst mal stabilisieren.«

Als die Männer mit den Seilen kamen, befahl sie, dicke Schlingen um die Stammenden zu legen. »Wenn ich sage ›los‹, dann muss der Kranführer von oben ziehen, und alle Männer müssen helfen, den Mann unter dem Stamm hervorzuholen. Aber vorsichtig und gleichmäßig, er darf eigentlich nicht bewegt werden. Postieren Sie sich so neben ihm, dass jeder einen Teil des Körpers greifen kann. Harry, Sie übernehmen den Kopf.«

Während der Kranführer mit den Seilen nach oben kletterte und zwei Arbeiter die Seilenden um den Stamm knoteten, legte Lena die Decken und die Trage neben den Verletzten. »Hier wird er draufgelegt, damit wir ihn nach oben tragen können.«

Endlich kam von oben der Ruf, dass die Seile am Kran befestigt waren. Ein Arbeiter kletterte den Hang hinauf, und auf Lenas Befehl hin gab er dem Kranführer das Signal, die

Seile zu spannen und den Baum wegzuziehen. Als sich der Stamm für einen Augenblick löste, griffen die Männer zu, hoben den Verletzten unter dem Stamm hervor und legten ihn auf die Trage.

»Gut gemacht.« Lena wandte sich an Harry: »Rufen Sie bitte den Ranger noch einmal an. Er soll sich beeilen. So ein Unfall zieht Untersuchungen nach sich, es wäre besser, er ist so schnell wie möglich in Barcaldine im Krankenhaus. Ich fahre den Verletzten sofort dorthin. Sagen Sie ihm das bitte.«

Die Arbeiter brachten die Trage vorsichtig nach oben auf den Waldweg und bauten die Sitze in Lenas Wagen um. Lena gab dem Verletzten eine weitere Spritze. Als sie beobachtete, dass ihm das Atmen immer schwerer fiel, schloss sie das Sauerstoffgerät an und deckte ihn trotz der Wärme mit einer Decke zu.

»Sie haben wohl alles dabei?«, bemerkte Harry und sah neugierig in ihren Wagen.

»Alles was man für Notfälle braucht. Das muss in abgeschiedenen Gegenden sein.«

»Mir wird ganz schlecht, wenn ich an die Folgen des Unfalls denke.«

»Sind Sie für die Gruppe verantwortlich?«

»Ja, aber für den Kranführer eigentlich nicht. Der gehört zu der Firma, die das Holz kauft.«

»War es seine Schuld, dass der Stamm abrutschte?«

»Eigentlich ja, die Zange hat nicht richtig gegriffen.«

»Na also.«

»Ich bin der Vorarbeiter, ich hätte das prüfen müssen. Aber so etwas ist noch nie vorgekommen.«

Lena kniete neben dem Verletzten auf dem Waldboden

und schiente notdürftig den linken Arm und das verletzte Bein. Ab und zu verspürte sie ein leichtes Zucken seiner Finger, aber er kam nicht zu Bewusstsein. Das ist auch gut so, dachte sie, ich kann ihm keine Schmerzmittel geben ohne vorherige Untersuchungen, und er wird wahnsinnige Schmerzen haben, wenn er wach wird.

Lena sah auf die Uhr. Fast zehn, das dauert alles viel zu lange. Ich glaube nicht, dass der Mann die lange Fahrt nach Barcaldine übersteht. Ich muss einen Rettungshubschrauber bestellen, der uns am Rand vom Eulenwand abholt, aber bis dahin muss einer der Männer mich begleiten und den Verletzten beobachten. Außerdem muss er meinen Wagen anschließend zur *Paso Fernando* bringen. Denn ganz gleich, wie ich zurückkomme, der Wagen muss immer zur Verfügung stehen. Kurz entschlossen bat Lena den Vorarbeiter, die Polizeistation in Barcaldine zu alarmieren und einen Hubschrauber anzufordern, während sie selbst ihren Wagen startete und so langsam wie möglich über den Waldboden zurück auf den Weg und zum Rand des Eulenwaldes fuhr, um dort auf die Maschine zu warten. Noch einmal überprüfte sie den Zustand des Verletzten, gab ihm noch eine Injektion zur Stärkung und erklärte dann dem Waldarbeiter, der sie begleitet hatte, wie der Wagen mit seinem Allradantrieb bedient werden müsse und wo er den Land Rover abstellen solle.

Nach endlos langen Minuten hörten sie ein Motorengeräusch näher kommen. Dann sahen sie den Hubschrauber durch das Tal von Broadfield fliegen und nach einer Suchrunde auf einer Weide in der Nähe des Wagens landen. Zwei Sanitäter sprangen heraus, während der Hubschrauber wendete. Lena erklärte ihnen die Situation und ihre Behandlung, und die Sanitäter betteten die Trage mit wenigen geübten Griffen in die Maschine.

Eine halbe Stunde später landeten sie in Barcaldine. Der Verletzte wurde in die Notaufnahme gebracht, Lena berichtete von ihren Hilfsmaßnahmen, fertigte im Büro des Chefarztes das notwendige Protokoll an und verabschiedete sich von dem behandelnden Arzt. Draußen vor der Notaufnahme stand einer der Sanitäter aus dem Hubschrauber mit ihrer Trage und den Decken. »Ich weiß nicht, wohin die Sachen gebracht werden sollen«, bemerkte er etwas unschlüssig, denn unter den Arm nehmen konnte die Ärztin die Sachen natürlich nicht.

»Vielen Dank.« Lena holte ihr Handy aus der Gürteltasche. »Ich werde die Polizeistation anrufen und um Hilfe bitten«, sagte sie müde lächelnd. »Zu Fuß und mit diesem Gepäck im Arm kann ich natürlich nicht nach Broadfield laufen.«

Aber die Hilfe kam von anderer Seite. Mit kreischenden Bremsen fuhr Patrick McDoneral auf den Vorplatz des Krankenhauses, sprang aus dem Land Rover und rief schon von weitem: »Was ist los? Wie geht es Charles?«

»Er wird untersucht, er ist in besten Händen«, versicherte ihm der Sanitäter und zeigte auf Lena. »Eine bessere Hilfe hätte er gar nicht bekommen können.«

Der Ranger betrachtete sie von oben bis unten, und Lena spürte, dass sie rot wurde. Sie zog ihr T-Shirt glatt und richtete sich die Haare. »Sie haben mich während meiner Joggingrunde erwischt, da blieb zum Umziehen keine Zeit.«

»Unfälle nehmen keine Rücksicht auf die Befindlichkeiten

der Betroffenen«, erklärte der Ranger verärgert und lief ins Krankenhaus.

»Dankbar ist der nicht gerade«, sagte der Sanitäter verblüfft und sah Lena fragend an.

»Er wird eine Menge Ärger bekommen«, versicherte Lena, »und das weiß er.«

»Warum denn?«

»Er ist der zuständige Ranger und für alles verantwortlich, was in seinem Revier passiert.«

»Na ja, einer muss immer die Verantwortung tragen, das ist überall so. Und was machen Sie jetzt, wie kommen Sie nach Broadfield?«

»Ich bitte die Polizei um Hilfe, schließlich war das ja ein offizieller Unfall, da wird man mir schon helfen.«

»Na, dann viel Glück. Ich gehe jetzt wieder rein, sonst ist unsere Alarmstation nicht besetzt.«

»Ja, natürlich, und vielen Dank für die Hilfe.«

Lena rief auf dem Polizeirevier an, doch wie man ihr mitteilte, waren Sergeant Marloff und zwei andere Polizisten zur Zeit unterwegs. Ein Unfall jenseits der Eulenwälder sei gemeldet worden, und sie müssten sich um die Ursache und die Folgen kümmern.

Lena bemühte sich, ihren Ärger nicht zu zeigen. »Da haben wir uns kurz verpasst«, erklärte sie dem Unbekannten am Telefon. »Die Polizei war auf dem Landweg unterwegs und ich mit dem Verletzten in der Luft.«

Unsicher, wie es nun weitergehen sollte, sah sie sich um. Mir bleibt nichts anderes übrig, als ein Taxi zu nehmen, eine verdammt teure Angelegenheit, dachte sie, und das bei meinem Aussehen und mit diesem Gepäck.

Wütend stieß sie mit dem Fuß gegen die Trage.

»Die kann wirklich nichts dafür«, hörte sie eine verärgerte Stimme und drehte sich verblüfft um. Hinter ihr stand Patrick McDoneral.

»Da haben Sie recht, Mister, aber da ich nicht weiß, wie ich nach Hause kommen soll, darf ich schon wütend werden, oder?«

»Sie haben den Chauffeur direkt neben sich stehen.«

Dankbar sah sie ihn an. »Das verschafft mir natürlich eine gewisse Erleichterung. Ich würde dann aber gern bald fahren. Eine Dusche, ein Frühstück und frische Kleidung kann ich inzwischen gut gebrauchen.«

»Da haben Sie natürlich recht, obwohl, die Joggingmontur steht Ihnen auch.«

»Als Privatperson ja, aber als approbierte Ärztin nicht unbedingt. Hier im Krankenhaus hatte ich gewisse Probleme, meine Anwesenheit zu rechtfertigen. Vielen Dank also, dass Sie meinen Problemen ein Ende bereiten.«

»Sie brauchen sich nicht zu bedanken, ich muss sowieso nach Broadfield, die Polizei erwartet mich im Eulenwald.« Er wedelt mit einem Stoß Papiere, den er in der Hand hielt, vor Lena herum. »Man will die Rechtfertigung für die Holzabfuhr, die Ursachen für den Unfall und die Kompetenz des Vorarbeiters sehen. Und schuldig bin natürlich ich, als Auftraggeber, obwohl ich seit zwei Tagen in Glasgow bin. Papierkram«, schloss er wütend.

Kapitel 17

Als sie durch die Dorfstraße von Broadfield fuhren, bat der Ranger ganz unvermittelt: »Miss Mackingtosh, ich brauche Ihre Hilfe.«

»Wobei?«

»Ich muss der Polizei Rede und Antwort stehen. Die untersuchen den Unfallort im Wald und warten dort auf mich.«

»Und wie kann ich Ihnen helfen?«

»Sie waren sehr schnell am Unfallort, Sie haben alles aus nächster Nähe gesehen, man wird Sie auch vernehmen wollen.«

»Aber doch nicht jetzt sofort? Ich habe ein Wartezimmer voller nobler Patienten aus dem Sanatorium, die warten seit Stunden auf mich.«

»Die Polizei wird garantiert nicht stundenlang auf uns warten wollen. Bitte, kommen Sie mit.«

»So wie ich aussehe? Ich möchte mich wenigstens umziehen und frisch machen.«

»Bitte!«

Lena sah ihn an. Er wirkte tatsächlich besorgt. Sie zögerte noch einen Augenblick, dann dachte sie: Er hat mich einmal aus dem Dreck gezogen, also tue ich jetzt dasselbe für ihn. Dann sind wir quitt.

Sie nickte. »Okay, fahren Sie weiter.« Dann holte sie ihr Handy aus der Gürteltasche, rief Amy an und bat: »Bitte sagen Sie im Sprechzimmer Bescheid. Ich bin als Zeugin in einen Unfall verwickelt und komme heute erst sehr spät in die Praxis. Wer nicht warten möchte, soll morgen kommen. Die Herrschaften sollen zurück ins Sanatorium marschieren, und morgen bin ich dann wieder für sie da.«

Der Ranger startete und sah Lena an. »Ich habe schon gehört, dass Ihr Wartezimmer neuerdings gut gefüllt ist.«

»Ja, die Herrschaften aus dem Sanatorium brauchen mich.«

»Seltsame Patienten, diese Nichtstuer.«

»Es sind Menschen, die Hilfe brauchen, und über die Art der Hilfe spreche ich nicht.«

»Hoffentlich sind die Honorare entsprechend.«

»Ich habe eine Arztpraxis und eine Alpakafarm zu bewirtschaften, wie Sie wissen. Vom Nichtstun kann ich nicht leben.«

»Ja, ja, ich weiß,«

Sie hatten die Eulenwälder erreicht. Sorgsam auf den Weg achtend bog der Ranger in die düster-schattigen Tiefen ein.

Am Morgen hatte Lena keine Zeit gehabt, sich mit den von allen Anwohnern gemiedenen Wäldern auseinanderzusetzen, jetzt fielen ihr wieder die grausamen Geschichten ein, die das Volk damit verband. Von mordenden Eulen und blutsaugenden Dämonen war da die Rede, von niemals zurückgekehrten Wanderern und verwirrten Kindern wurde getuschelt, und wie immer enthielten die bösen Gerüchte genau jenes Quentchen Wahrheit, das die Leute in ihrem Glauben bestärkte. Lena sah heimlich den Ranger an. Ihn schienen diese Geschichten nicht zu berühren. Na ja, dachte sie, er kann sich solche Gefühle auch nicht leisten, schließlich gehören die Eulenwälder zu seinem Revier, und ein Wildhüter, der an verrückte Geister und mordende Eulen glaubt, hat hier nichts zu suchen.

Sie erreichten die Unglücksstelle. Die Waldarbeiter standen etwas abseits um den Kran herum versammelt. Patrick McDoneral hielt, und sie gingen auf die Gruppe der Polizisten zu.

»Ich bin der zuständige Ranger. Was hier passiert ist, weiß ich noch nicht. Wie Sie sehen, bin ich eben erst eingetroffen. Am besten sprechen Sie direkt mit meinen Arbeitern.« Er drehte sich um und nickte den Männern zu, die, verlegen ihre Mützen in den Händen drehend, näher kamen.

Harry Wool hob die Hand. »Ich bin der Vorarbeiter, ich kann es erklären.« Kurz und knapp erzählte er, was passiert war. Die Beamten machten sich Notizen, der Ranger warf die eine oder andere Frage ein, und Lena sagte kurz, wie sie den Verletzten behandelt und den Rettungsdienst gerufen hatte. Zweifelnd sahen die Polizisten die junge Frau in dem seltsamen Outfit an. »Sie haben die Rettungsaktion geleitet?«

»Zusammen mit dem Vorarbeiter.«

Die Sergeants nickten anerkennend. »Wir müssen natürlich nachfragen. Das ist immerhin ein schwerer Unfall, den Sie da behandelt haben. Und ob der Mann überlebt, weiß noch keiner.«

Der Ranger mischte sich ein. »Für die Ärztin lege ich meine Hand ins Feuer.«

»Ist schon gut, Mister, ein Verletzter genügt.«

Verblüfft sah Lena den Wildhüter an. Soviel Zustimmung hatte sie von dem introvertierten Mann gar nicht erwartet. »Danke.« Und an den Sergeant gewandt sagte sie: »Meine Praxis ist in Broadfield. Sie erreichen mich dort, wenn Sie noch Fragen haben. Ich muss jetzt zurück, es warten noch andere Patienten auf mich.« Sie reichte den drei Männern die Hand und dachte: Schön wär's, wenn da wirkliche Patienten auf mich warten würden. Sie und Patrick stiegen in den Land Rover, und während der Wildhüter den Wagen wendete, um sie zurück auf ihre Farm zu bringen, fuhren die Beamten mit der Befragung der Waldarbeiter fort. Auf dem schmalen Waldweg kamen ihnen die ersten Reporter regionaler Zeitungen entgegen.

Auf *Paso Fernando* angekommen, schlich sich Lena durch die Hintertür ins Haus. Ihre feinen, modisch gekleideten Patienten, die tatsächlich noch immer ihr Wartezimmer bevölkerten, mussten sie nicht mit den hautengen Leggins, den ungekämmten Haaren und mit dem von Waldarbeit und Krankenhilfe verschwitzten T-Shirt sehen.

Wenig später begrüßte sie ihre Patienten bewusst fröhlich, um den Depressionen keine Wachstumschancen zu geben. Sie wusste, dass sie diese Patienten ernst nehmen musste, immerhin standen Depressionen als Volkskrankheit ganz oben auf der Liste ernsthafter Befindlichkeiten. Also versuchte Lena, mit einer leichten, Optimismus verbreitenden Art auf ihre Patienten einzuwirken.

Dass sie erfolgreich damit war, hatte man inzwischen auch im Broklenbeg-Sanatorium erkannt. In einem langen Gespräch mit der Klinikleitung waren die Landärztin und die Fachärzte zu dem Ergebnis gekommen, ganz einfach die Natur in die Therapien einzubeziehen. Wanderungen, Lagerfeuerromantik, Picknicks und Tierbeobachtungen standen fortan auf dem Behandlungsprogramm, das sich so schnell in den Einzugsgebieten der näher gelegenen Städte herumsprach, dass das Sanatorium die Bettenzahl erhöhen und Baumaßnahmen in die Raumplanungen einbeziehen musste.

So bekam das Sanatorium zufriedenere Patienten und eine volle Belegung, Broadfield Geld in die Gemeindekasse und die Landärztin Patienten, die sie vor blauen Flecken auf der Seele bewahren konnte.

Als Lena an diesem ereignisreichen Tag den letzten Patienten verabschiedet hatte und die Haustür schließen wollte, damit Sandy endlich frei in der Wohnung herumlaufen konnte, wurde die Gartentür noch einmal geöffnet. Erstaunt sah Lena ihrem Besucher entgegen. Harry, der Vorarbeiter, kam den Weg entlang, auf dem Arm ein kleines, weinendes Mädchen. »Entschuldigen Sie, Dr. Mackingtosh, ich hatte heute erst so spät Feierabend, und dann habe ich meine Anna gefunden. Sie ist in eine Flaschenscherbe getreten, und die steckt noch in der Schuhsole und im Fuß. Meine Frau wollte Colleen holen, aber ich bin mit Anna gleich hergekommen.«

Das Kind hatte die Arme um den Vater geschlungen und den Kopf an seiner Schulter versteckt. Hemmungsloses Schluchzen schüttelte den kleinen Körper.

»Wie alt ist Anna denn?«

»Vier Jahre. Immer schmeißen die Leute leere Flaschen aus den Autos, und Kinder treten dann rein. Wir wohnen nämlich an so einem Parkplatz für Highlandwanderer, die dann zu Fuß weitergehen.«

Lena sah sofort, dass das Kind schwer verletzt und der Vater am Rande seiner Kräfte war. Am Morgen der Unfall im Wald, jetzt die Verletzung des Kindes, das konnte selbst einem Waldvorarbeiter die letzten Kräfte rauben. Die runde Scherbe hatte sich so durch die Schuhsohle und in das Fleisch gebohrt, dass man den Schuh nicht ausziehen, die Scherbe aber auch mit bloßen Fingern nicht entfernen konnte. »Kommen Sie schnell herein«, sagte Lena und leise zu Amy gewandt: »Holen Sie das Zangenbesteck, warmes Wasser, die Desinfektionsmittel und jede Menge Verbandsstoff. Und dann brauche ich Sie.«

Als alles bereit lag, bat sie: »Amy, setzen Sie sich auf das Behandlungsbett und nehmen Sie das Kind so auf den Schoß, dass es nicht zusehen kann.« Und zum Vater: »Ist die Kleine gegen Tetanus geimpft?«

Er hob die Schultern: »Das weiß ich nicht. Ist das vorgeschrieben?«

»Nein.«

»Dann glaube ich es nicht, sie hat nur die Impfungen, die vorgeschrieben sind.«

Lena sah, dass der große Mann mit den Tränen kämpfte. »Sie können sich danebensetzen und Annas Hand halten. Sie können aber auch draußen warten.«

Der blasse Vater setzte sich neben sein Kind und griff nach dessen Hand. »Ist besser, ich bleibe in ihrer Nähe.«

Lena nickte. »Amy, machen Sie das Bein so weit wie möglich frei, ich will den Fuß örtlich betäuben und dann dem Kind eine Beruhigungsspritze in den Arm geben.«

Als die Mittel wirkten und das Kind ruhiger wurde, schnitt Lena mit einer Haushaltsschere und einem Küchenmesser den Schuh so auf, dass nur noch die Sohle am Fuß haftete. Endlich konnte sie die Wunde sehen. Die Scherbe steckte so tief im Fleisch, dass sie operativ entfernt werden musste.

Anna war eingeschlafen, und Amy legte das Kind auf das Bett. Dem Vater wurde übel, sodass sie ihn nach draußen führen musste. Dann bereitete sich Lena auf den Eingriff vor, Amy half ihr dabei. Mit wenigen Schnitten öffnete sie die Wunde so weit, dass die Scherbe herausgezogen werden konnte, reinigte die Stelle, versorgte sie mit einem infektionshemmenden Puder und nähte die Wundränder zusammen. Dann verband sie den Fuß und legte eine kleine Schiene an, damit das Kind nicht aus Versehen wie gewohnt auftrat.

Müde und mit leichten Rückenschmerzen richtete sich Lena schließlich auf und zog den Kittel, die Gummihandschuhe und die OP-Haube aus.

»Wenn keine Entzündung kommt, haben wir das gut gemacht«, sagte sie zu Amy. »Holen Sie den armen Vater rein, die Kleine wacht gleich auf.«

Harry, noch immer sehr blass, näherte sich vorsichtig seiner Tochter. »Ich musste die Scherbe herausoperieren. Die Wunde ist gut versorgt, sie dürfte schnell heilen. Aber die Kleine darf nicht darauf herumlaufen. Kommen Sie bitte morgen wieder, damit ich den Fuß kontrollieren kann. Und hier ist ein Medikament gegen die Schmerzen. Fünf Tropfen auf etwas Zucker, wenn es nötig ist.«

Harry, unfähig zu sprechen, nickte nur. Dann nahm er sein Kind auf den Arm und ging. Schon am Gartentor angekommen, drehte er sich aber doch noch einmal um. »War ein bisschen viel heute«, sagte er, »und Dankeschön auch.«

Vom nächsten Morgen an kamen die Patienten in Lenas Praxis, auf die sie so verzweifelt gewartet hatte. Es hatte sich noch am Abend in den Dörfern herumgesprochen, wie kompetent, umsichtig und hilfsbereit die neue Ärztin war.

Kapitel 18

Patrick McDoneral war hundemüde. Er hatte einen langen, schweren Tag hinter sich. Zuerst die Unfallmeldung, die ihn frühmorgens im Hotelbett überraschte. Dann der hektische Aufbruch und die Fahrt von Glasgow zurück zum Benderloch, und vor allem die Angst, ob sein Arbeiter den Unfall überlebte.

Kaum an der Unfallstelle eingetroffen musste er die Verhöre durch die Polizei, die Gespräche mit den anderen Arbeitern und später mit den Ärzten in der Klinik, in die er anschließend wieder gefahren war, über sich ergehen lassen. Bange Stunden der Ungewissheit folgten, dann endlich die erlösende Nachricht, dass Charles gerettet werden konnte. Und wieder die Fahrt zurück und dann zu Charles' Familie, die schon von dem Unfall unterrichtet worden war, aber nicht wusste, wie es ihrem Mann und Vater ging.

Die Frau saß mit den vier Kindern am Küchentisch, als er eintraf. Blass vor Angst und Kummer starrten sie ihm entgegen, als er das Cottage betrat. Es roch nach Seifenlauge und abgestandener Gemüsesuppe, und er kämpfte gegen die Übelkeit in dem dunklen, ungelüfteten Raum.

Die vom Efeu überwucherten Fenster ließen keinen Sonnenstrahl durch die Scheiben, und die geschlossenen Türen sperrten die frische Luft des späten Nachmittags aus.

Er zog sich einen Stuhl an den Tisch, um nicht so überragend groß neben ihnen zu stehen, wandte sich an die Frau und nickte den Kindern zu. »Ihrem Mann geht es besser. Er wird durchkommen. Ein Arm und ein Bein sind zwar gebrochen und ein paar Rippen gequetscht, aber sonst keine inneren Verletzungen. Ich soll Sie alle grüßen.«

Den Gruß hatte er eigenständig hinzugefügt, denn der Mann lag noch in Narkose, als er die Station verließ. Aber, dachte der Ranger, so ein paar persönliche Worte tun der Familie gut.

»Wann kommt er nach Hause?«, flüsterte die Ehefrau ängstlich.

»Ein paar Wochen wird es schon dauern, fürchte ich. Aber ich schicke Ihnen alle paar Tage einen Mann, der hier nach dem Rechten sieht und Ihnen hilft, wenn Sie schwere Arbeiten haben.«

»Kann Charles denn später wieder im Wald arbeiten?«

Patrick zuckte mit den Schultern. »Wir müssen abwarten, wie er sich erholt. Aber er wird bei mir immer eine Arbeit bekommen, da brauchen Sie keine Angst zu haben.«

»Und wer bezahlt das alles? Das Krankenhaus und die Ärzte?«

»Ihr Mann ist über das Rangeramt versichert, da brauchen Sie sich keine Sorgen zu machen.«

Jetzt schluchzte die Frau. »Und wenn er gar nicht mehr arbeiten kann?« Sie zog ein schmuddeliges Taschentuch aus der Schürzentasche und schnäuzte sich.

»Dann bekommt er eine Invalidenrente. Bitte beruhigen Sie sich. Meine Arbeiter sind rundum versichert, gerade weil die Waldarbeit immer mit Gefahren verbunden ist.«

Die Kinder wurden quengelig. Der Kleinste wollte auf den Schoß der Mutter, ein Junge wollte etwas trinken, und das älteste Mädchen kämmte ein kleineres, bis dieses schrie: »Aua, pass doch auf.«

Der Ranger stand auf und stellte den Stuhl wieder an die Wand. »Ich muss weiter. Wenn Sie etwas brauchen, schicken Sie den Jungen zu mir. Mit dem Rad ist es nicht weit. Wenn ich nicht da bin, hilft Ihnen meine Haushälterin. Und den Lohn für Ihren Mann bringe ich morgen vorbei, damit Sie Geld im Haus haben.« Er reichte ihr die Hand und verließ das kleine Cottage, froh, den Mief, die bedrückende Atmosphäre und das trübe Licht hinter sich zu lassen.

Patrick McDoneral war nicht empfindlich, er wusste, wie es in den armseligen Hütten seiner Arbeiter aussah, aber die Probleme des Tages und die eigene Sorge um den Verletzten, für den er schließlich die Verantwortung trug, hatten ihn mürbe gemacht. Er atmete tief die frische Luft ein, die sich langsam abkühlte und angenehmer wurde.

Als er am frühen Abend im seinem Haus eintraf, war er erschöpft, entsetzt, dass dieser Unfall überhaupt passieren konnte und müde. Zum Umfallen müde. Aber er konnte sich nicht ausruhen. Die Tiere mussten versorgt werden, die Hunde gefüttert, das Pferd bewegt. Alles Aufgaben, die er selbst erledigen musste. Er hatte zwar Arbeiter, die sich um sein Anwesen kümmerten, aber manches überließ er keinem Fremden.

Dazu gehörte die Pflege seiner Tiere. Lilly versorgte sie zwar mit Futter und Wasser, wenn er für ein oder zwei Tage beruflich unterwegs war, aber Pflege und Bewegung waren seine Aufgaben.

Die Stute war noch auf der Weide und kam in großen Sprüngen an den Zaun, als sie seinen Wagen hörte. Die Hunde bellten im Zwinger, und auch die Hündin wedelte fröhlich mit der Rute, als er sich in ihren Verschlag beugte und ihr den Kopf kraulte, während die nimmersatten Welpen auf ihr herumtollten.

Patrick brachte Lady in ihre Box, fütterte die Tiere und versorgte sie mit Wasser, dann erst holte er sein Gepäck aus dem Wagen, schloss die Haustür auf und betrat sein kühles, leeres Haus. Er hörte den Anrufbeantworter ab, machte sich ein paar Notizen und setzte sich mit einem gekühlten Glas Weißwein in den Sessel.

Erst einmal ausruhen, dachte er, alles andere kann warten. Erst einmal tief durchatmen und ein wenig abschalten. Er lehnte den Kopf an das Rückenpolster, schloss die Augen und genoss die Ruhe.

Doch er konnte sich nicht entspannen. Es waren nicht so sehr die vergangenen Stunden, die ihn nicht losließen, es war ein anderes Bild, das ihm seit Tagen Probleme bereitete. Das Bild von zwei Menschen, die Hand in Hand durch die Hügel liefen, lachten, scherzten und sich anscheinend überaus gut verstanden. Das Bild eines fremden Mannes und einer durchaus bekannten Frau. Lena Mackingtosh, die Ärztin, die er heute wiede getroffen hatte und der er seit jenem Tag aus dem Weg gegangen war. Denn irgendwie schmerzte ihn der Anblick der beiden, die da Hand in Hand durch sein Revier liefen.

Eigentlich, überlegte er, müsste ich sie ja anrufen und ihr sagen, wie es Charles geht. Aber jetzt bin ich zu müde. Und wenn sie es morgen erfährt, ist es auch noch früh genug. Er schenkte sich noch ein Glas Wein ein, und dann war er wohl eingenickt, denn plötzlich hörte er die Hunde bellen, ein Wagen fuhr auf den Vorplatz, und eine Autotür schlug zu. Erschrocken sprang er auf, machte Licht an, zog seine Uniform zurecht und strich mit den Händen das Haar glatt. Es klingelte an der Haustür.

Schlaftrunken – oder war es der Wein und nicht die Müdigkeit? – ging er durch den Flur und öffnete. Im Licht der beiden Hauslaternen stand Dr. Lena Mackingtosh. »Entschuldigen Sie, hoffentlich störe ich nicht.« Sie reichte ihm die Hand.

»Tut mir leid, ich bin nach Hause gekommen und gleich im Sessel eingeschlafen. Kommen Sie herein. Dieser Tag hatte es in sich. Ich habe mich noch nicht mal umgezogen.«

»Ich wollte mich nur nach dem verletzten Charles erkundigen.« Lena sah sich heimlich um, als sie ihm folgte. Das Haus war dunkel bis auf den kleinen Wohnraum, in den er sie führte. Ein kühles, einsames, fast unbewohntes Haus, dachte sie, typisch für einen Einsiedler wie den Ranger.

Patrick holte ein zweites Glas, schenkte ihr Wein ein und erzählte von der Situation im Krankenhaus, von dem Besuch bei der Familie, dem Polizeiverhör und seinen Sorgen.

»Aber Sie müssen sich doch keine Sorgen machen, Waldarbeiter leben gefährlich, das wissen die.«

»Aber ich habe die Verantwortung.«

»Nein, die liegt bei den Männern selbst. Charles hätte sich nicht unbemerkt entfernen dürfen. Er tut mir schrecklich leid, aber er ist selbst schuld an diesem Unfall. Auch Harry Wool fühlt sich schuldig, weil er der Vorarbeiter ist. Aber von diesem Vorwurf müssen Sie sich beide frei machen. Sie haben nichts damit zu tun.«

»Das ist leichter gesagt als getan.«

»Ich weiß. Aber ich bin Ärztin, und ich fühle mich für

meine Kranken auch verantwortlich, und trotzdem sind Menschen gestorben, die ich hätte retten müssen.«

»Dann wissen Sie ja, wie ich mich fühle.«

»Ich weiß das, und ich habe unter diesem Gefühl so gelitten, dass ich krank geworden bin. Auch deshalb mein Umzug in die Highlands. Man kann nur eine bestimmte Menge von Sorgen und Schuldgefühlen ertragen, dann streikt der Körper und sorgt damit selbst für seine Gesundung.«

»Oder er zerbricht.«

»Oder er zerbricht, ja, aber für einen zerbrechlichen Menschen halte ich Sie eigentlich nicht.«

»Danke.« Patrick richtete sich auf. Verdammt, dachte er, die Frau tut mir gut. Und dann sah er sie wieder Hand in Hand mit einem Mann durch die Hügel laufen.

Lena beobachtete ihn. Dann rief sie fröhlich: »Zwanzig Pfund für Ihre Gedanken.«

Nachdenklich sah der Mann sie an. »Die Wahrheit?«

»Natürlich.«

»Also gut: Ich sehe da seit Tagen ein Bild vor mir, von dem ich nicht weiß, wie ich es deuten soll.«

»Na, das kann doch nicht so schwer sein. Ein Bild zeigt doch, was es darstellt.«

»Und genau das begreife ich nicht.«

»Was ist darauf zu sehen?«

»Ein Mann und eine Frau, die lachend und scherzend und Hand in Hand durch mein Revier laufen.«

»Aber das ist doch schön! Wo liegt das Problem?«

»In der Intimität dieses Laufens. Den Mann kenne ich nicht. Die Frau sind Sie.«

»Ach, Sie beobachten mich?«

»Sie liefen mir fast vor die Füße, wie sollte ich Sie nicht sehen.«

»Mr. McDoneral, ich glaube, das Bild sollten Sie vergessen. Es geht Sie nämlich überhaupt nichts an.«

»Ich weiß, Miss Mackingtosh.«

»Dann sind wir uns ja einig.«

»Ich kann es aber nicht vergessen. Bekomme ich jetzt die zwanzig Pfund?«

Lena lachte hell auf. »Darf ich mich mit einem Abendessen revanchieren?«

»Für zwanzig Pfund?«

»Lassen Sie sich überraschen. Morgen Abend um acht Uhr?«

»Einverstanden. Ich hätte da allerdings noch eine andere Bitte.«

»Ich höre?«

»Mein Vater wird am 1. Juli 70 Jahre alt. Meine Familie veranstaltet ein großes Fest und erwartet, dass ich daran teilnehme.«

»Das ist doch sehr schön.«

»Ich verabscheue diese erzwungenen Festivitäten, die mich überhaupt nicht interessieren.«

»Der Geburtstag Ihres Vaters muss Sie interessieren. Das erwartet die Familie mit Recht.«

»Natürlich freue ich mich, dass er dieses Alter erreicht hat und dass er es gesund erlebt. Aber was habe ich bei diesen Festivitäten zu suchen? Ich gehöre hier hin und nicht auf Schloss Archestown.«

»Ein Vater darf erwarten, dass seine Kinder an so einem Fest teilnehmen.«

»Na schön, ich sehe das ja ein, und ich werde auch hinfahren, aber meine Mutter schreibt diese Einladung wie einen Befehl und nicht ohne Hintergedanken.«

»Hintergedanken?«

»Sie will mich verkuppeln, sie will, dass ich endlich meinen Beruf aufgebe und mich in der Grafschaft niederlasse und wenn möglich ganz schnell eine Familie gründe, die dann unter ihrer Fuchtel steht.«

»Ach du meine Güte. So etwas gibt es doch gar nicht mehr.«

»In diesen alten Familien schon.«

»Na, dann kann ich verstehen, dass Sie diese Einladung mit gemischten Gefühlen sehen.« Lena wunderte sich im Stillen über die Gesprächigkeit des sonst so verschlossenen Mannes. Waren seine innere Unruhe oder der Wein daran schuld? Der Ranger fuhr fort: »Bitte entschuldigen Sie, wenn ich so offen bin, aber ich habe eine Idee, wie ich den Wunsch meiner Mutter, an dem Fest teilzunehmen, erfülle und gleichzeitig ihre Heiratsideen für immer unterbinden könnte.«

»Ja?«

»Würden Sie mich begleiten?«

»Ich?«

»Wenn ich mit einer Dame wie Ihnen dort erscheine, wird sie merken, dass ich für ihre Pläne nicht zur Verfügung stehe.«

»Ach du meine Güte. Ich soll als Ihre Partnerin dort auftreten? Nein, solche Spielchen mag ich nicht.«

»Ich weiß, dass das eine Zumutung ist, und ich schäme mich dafür. Aber es wäre eine resolute Lösung, und ich wäre diesen Wünschen meiner Familie für immer entkommen.«

Lena schüttelte den Kopf. »Mr. McDoneral, wir kennen uns kaum, wir mögen uns nicht einmal, ich kann mir nicht vorstellen, als Ihre Partnerin dort zu fungieren. Suchen Sie sich eine Dame, die Ihrer Gesellschaftsschicht entspricht. Vielleicht kann man solche Damen sogar engagieren?«

»Um Himmels willen, das kommt überhaupt nicht in Frage. Gut, ich gebe zu, dass wir uns kaum kennen, aber Sie sind mir sympathisch, Sie sind ein ehrlicher Mensch, ich kenne Sie gut genug, um das beurteilen zu können. Bitte, versuchen Sie doch wenigstens, sich mit dem Gedanken zu beschäftigen. Wir hätten noch zwei Wochen Zeit, um uns an die Idee zu gewöhnen.«

»Zwei Wochen! Ihr Plan ist absolut verrückt.«

»Bin ich Ihnen so unsympathisch?«

»Nein, das will ich damit nicht sagen, aber Sie sind ein sehr verschlossener Mensch, ich wüsste gar nicht, wie ich diese Mauer, die Sie umgibt, durchbrechen könnte.«

»Eine Mauer?«

»Natürlich, oder kennen Sie Menschen, die Ihnen nahe stehen? Ich meine, außer Ihrer Familie?«

»Ich habe nie Wert auf nahestehende Menschen gelegt.«

»Sehen Sie, das ist die Mauer, die man fühlt, wenn man in Ihrer Nähe ist.«

»Jetzt auch?«

»Natürlich. Wir sitzen uns hier gegenüber, wie diskutieren einen Plan, der höchst sensibel ist, aber wir kommen uns nicht das kleinste Stückchen näher.«

»Aber was kann ich dagegen tun?«

»Menschlich werden, offen, einfühlsam, einfach nett sein, das wäre schon sehr hilfreich.«

»Ich war immer einsam, es ist meine Art, abgesondert zu leben.«

»Aber warum?«

Patrick zögerte mit der Antwort. Nach einer ganzen Weile sagte er leise: »Vielleicht hat mir immer die Liebe gefehlt, die ein Mensch zum Leben braucht wie die Luft zum Atmen.«

Lena schüttelte den Kopf. »Das verstehe ich nicht. Sie sind doch in der Geborgenheit einer Familie aufgewachsen, da ist Liebe doch eine Selbstverständlichkeit.«

»Nicht immer und nicht überall. Ich habe einen Vater, dem die Schneehuhnjagd und die Parlamentsversammlungen in Edinburgh immer wichtiger waren als die Familie, und ich habe eine Mutter, die auf Fuchsjagden und Charity-Veranstaltungen zu Hause war und nicht auf Schloss Archestown. Ich bin zwischen Gouvernanten, Privatlehrern und in Internaten aufgewachsen und nicht in einer liebevollen Familie, das härtet ab. Das erzeugt Mauern, wie Sie mir jetzt sagen.«

Lena schwieg. Was sollte sie auch darauf antworten.

Patrick fuhr fort: »Bitte, Miss Mackingtosh, bitte überlegen Sie sich meine Bitte noch einmal. Sie würden mir sehr helfen.«

»Wie kann ich einem Mann helfen, der eine Partnerschaft konsequent ablehnt und gleichzeitig Hilfe sucht, indem er eine Partnerschaft vortäuscht?«

»Bitte, denken Sie doch noch einmal darüber nach.«

»Also gut, ich schulde Ihnen das Abendessen morgen, bis dahin werde ich mir den Kopf zerbrechen, wie und ob Ihnen zu helfen ist.« Lena stand auf, für diesen Abend hatte sie genug debattiert, und nach dem langen ereignisreichen Tag war sie wirklich müde.

Auch der Ranger erhob sich. »Bitte entschuldigen Sie, dass ich Sie mit meinen Problemen so bedrängt habe. Aber ich wusste keinen Ausweg, und ich kenne niemanden, mit dem ich das hier besprechen könnte.«

»Sehen, das ist die Mauer, die ich meine, Sie brauchen Freunde.«

»Habe ich heute einen Freund gefunden?«

»Warten wir es ab.«

Kapitel 19

Lena besprach mit Amy das Abendessen. »Ich möchte etwas für die Highlands Typisches auf den Tisch bringen, was käme da in Frage?«

Amy, beglückt von dem Gedanken, dass die fleißige Ärztin endlich einmal an ein privates Vergnügen dachte, war natürlich neugierig, wagte aber nicht zu fragen, wer der Gast sei. Dann fand sie einen Ausweg. »Ich müsste aber wissen, um wen es sich handelt, damit das Essen passend wird.«

»Was spielt der Name für eine Rolle?« Lena durchschaute ihre Haushälterin sofort.

»Nicht der Name ist wichtig, Dr. Mackingtosh, sondern die Frage ist, kommt ein Stadtmensch oder ein Landmensch, ein Mann oder eine Frau, ein alter Mensch oder ein junger?«

Lena lachte. »Meine Güte, was Sie alles bedenken müssen.«

Nun lachte Amy ebenfalls. »Na ja, ein alter Mensch braucht einen Brei und ein Junger was zum Beißen. Ein Stadtmensch will verwöhnt werden, und ein Bauer will etwas Deftiges.«

»Ja, da haben Sie recht. Also, einen Brei brauchen wir nicht und etwas zum Verwöhnen auch nicht. Ich denke, ich möchte ein raffiniert-deftiges Abendessen auf den Tisch stellen.«

»Himmel, das hört sich aber verzwickt an.«

»Deshalb brauche ich ja Ihren Rat.«

»Mann oder Frau?«

Jetzt lachte Lena. »Amy, Amy, was spielt das für eine Rolle?«

»Na ja, ich dachte bloß, wenn's der Ranger sein sollte, könnte ich mich mit Lilly absprechen. Nicht dass er zwei Mal nacheinander dasselbe essen muss.«

»Ja, da haben Sie natürlich recht. Deshalb will ich auf Wild verzichten. Also was bieten wir an?«

»Wir könnten ein Highlander-Frühstück servieren.«

»Ein Frühstück zum Abendessen? Das hört sich sehr seltsam an. Was ist das?«

»Jeder bekommt ein großes Holzbrett mit Lammschinken, dunklem Brot, Käse, handgeklopfter Butter, einer sauren Gurke, einem Whisky, Bier und Apple Pie zum Schluss.«

»Das hört sich gut an, aber könnten wir den Whisky weglassen?«

»Nein, der muss bleiben. Der hebt die Anfangsstimmung.«

»Anfangsstimmung, wie viel Stimmung soll denn da noch folgen?«

Amy kicherte. »Wer weiß?«

»Na schön, ich überlasse Ihnen das Frühstück zum Abendessen.«

»Fein, dann fahre ich jetzt zum Schlachter, denn den Schinken will ich selbst aussuchen. Käse und Butter besorge ich auch lieber allein. Und, soll ich drinnen oder draußen decken?«

»Draußen, die schönen Sommerabende muss man ausnutzen.«

»Es ist aber schwül heute, könnte ein Gewitter geben.«

»Das ist nicht schlimm, dann nehmen wir einfach die Frühstücksbretter und gehen rein.«

»Ach, beinahe hätte ich es vergessen, die Bretter leihe ich mir bei Ellen im Pub. Das sind nämlich Spezialbretter, so große hat man nicht im Haushalt.«

Lena schüttelte den Kopf. »Amy, es soll ein kleines Abendessen werden.«

Amy lächelte. »Ich weiß schon, nur Häppchen, wie es in der Stadt üblich ist. Aber der Ranger ist ein großer Mann, der braucht eine große Portion. Keine Sorge, Dr. Mackingtosh, ich mache das schon. Haben Sie überhaupt eine Flasche Whisky im Haus?«

»Nein, nur Wein und Bier.«

»Dann bring ich den Whisky auch noch mit.«

Amy nahm ihren Einkaufskorb, ließ sich Geld geben und fuhr mit dem Rad ins Dorf. Fröhlich summte sie ein Lied vor sich hin. Das wäre doch was, dachte sie, der Ranger und die Ärztin. Schade, dass ich das keinem erzählen kann, das wäre die Sensation von Broadfield. Aber ich werde nichts sagen. Eine gute Haushälterin sieht und schweigt.

Aber als Amy bei der Ellen die Bretter holte, fiel ihr das Schweigen doch sehr schwer.

»Highland-Frühstück für zwei Personen bei der Ärztin, Amy, wer kommt denn da?«, wollte Ellen wissen.

»Ich will nicht darüber reden, das gehört sich nicht.«

»Aber Amy, wir sind doch Freundinnen, ich kann schweigen wie ein Grab.«

»Das weiß ich, aber ich habe es versprochen.«

»Versprochen, versprochen, von mir erfährt niemand etwas.«

»Na, sie bekommt eben Besuch, kann doch mal vorkommen.«

»Dann kann sie doch hierher kommen mit ihrem Besuch. Ich mache das beste Highland-Frühstück in der ganzen Gegend«, versicherte Ellen.

»Sie will lieber allein sein.«

»Allein zu zweit? Ich werde raten. Und wenn ich richtig tippe, dann nickst du. Dann hast du dein Versprechen gehalten und kein Wort verraten. Dafür leihe ich dir dann die Bretter.«

Amy fühlte sich in die Enge getrieben und nickte. »Aber nicht weitersagen.«

»Versprochen! Also, ist es der Pfarrer oder der Müller oder der Bürgermeister oder einer aus dem Sanatorium?«

Bei dem Wort Sanatorium nickte Amy rasch. Lieber ein bisschen lügen, als den Wildhüter reinziehen, dachte sie und schämte sich nur wenig.

Ellen war zufrieden. »Gut, ich hole jetzt die Bretter.« Dann übergab sie Amy die großen, mit Bienenwachs polierten Baumstammscheiben, auf denen all die Zutaten Platz haben würden. Amy bedankte sich und fuhr zurück. Sie würde ein großartiges Highland-Frühstück darauf arrangieren, und das Beste daran war, sie konnte es fix und fertig machen und hatte einen frühen Feierabend.

Der war für Amy seit einiger Zeit sehr wichtig.

John, ihr siebzehnjähriger Sohn, machte Schwierigkeiten. Ohne Schulabschluss und sträflich faul drohte er auf die schiefe Bahn zu geraten. Alle Ausbildungsversuche hatte er abgebrochen, wollte weder beim Bauern, noch beim Müller, weder beim Ranger oder im Pub arbeiten und lungerte den ganzen Tag zu Hause herum. Zwei Mal hatte sie ihn dabei ertappt, wie er ihre kleine Spardose ausräumte, und hatte er kein Geld, fuhr er per Anhalter nach Barcaldine und blieb tagelang verschwunden. Einmal hatte man ihn in Glasgow als Sprayer erwischt und eingesperrt, und sie musste persönlich hinfahren, um ihn aus der Jugendstrafanstalt zu holen und seine Strafe zu bezahlen. Ein anderes Mal hatte er in einer Disco bei Creagan randaliert, und nur weil Sergeant Marloff für ihn gebürgt hatte, kam er straffrei davon. Und jetzt, sie spürte es genau, braute sich wieder irgendetwas zusammen.

Amy wusste, sie musste John strenger beaufsichtigen, um ihn vor sich selbst zu schützen, doch mit ihrer Arbeit bei der Ärztin war das so gut wie unmöglich. Auf ihren Lohn aber war sie angewiesen. Und gerade jetzt, wo er wieder so eine unruhige Phase hatte, war sie für jede Stunde dankbar, die sie zu Hause verbringen konnte.

Aber wie sollte sie einen Sohn zu einem rechtschaffenen Mann erziehen, wenn sein eigener Vater so ein schlechtes Vorbild abgab? War er als Saisonarbeiter unterwegs, hatte sie John einigermaßen in der Hand, kam der Vater aber ohne Arbeit nach Hause, lungerte im Pub herum oder tüftelte mit anderen Arbeitslosen dumme Aktionen aus, dann hatte sie keine Gewalt über den Sohn. Dann wollte er wie der Vater sein, frei, gewalttätig, mutig und demonstrativ gegen alles und jeden und vor allem ohne jeglichen Respekt vor der eigenen Mutter.

Kapitel 20

Seit jenem Tag, als er Lena zum ersten Mal gesehen hatte, ging sie ihm nicht mehr aus dem Kopf. Er sah sie, nur mit Hemd und Höschen bekleidet, durch das Autofenster klettern, sah sie weinend an ihrem Gartentisch sitzen und dann, vor zwei Tagen, in Leggins und T-Shirt im Wald bei der Arbeit als Ärztin. Und er sah sie Hand in Hand mit einem Mann durch die Hügel laufen. Trotz seiner Bemühungen, sich selbst davon zu überzeugen, dass er wunderbar allein leben konnte und die Nähe einer Frau nicht brauchte, lag er nachts oft lange wach und sehnte sich nach ihr.

In den vielen einsamen Jahren, in denen er mit seinem Leben zufrieden war, hatte er immer Möglichkeiten gefunden, gegen Gefühle, die mit Sehnsucht verbunden waren, anzukämpfen. Seine Arbeit in den Highlands, seine Tiere, das einsame Haus hatten ihm genügt. Warum raubten ihm jetzt Gedanken den Schlaf, die vollkommen unnötig waren? Und was hatte Lena Mackingtosh bewegt, ihn zum Abendessen einzuladen? War es ein Scherz, der einer Laune entsprang, die nichts zu bedeuten hatte?

Oder war es mehr? Wusste sie nicht, dass eine Einladung zum Abendessen beinahe einer Aufforderung gleichkam, die Nacht miteinander zu verbringen? Und vor allem, wie würde sie sich entscheiden, ihn auf Schloss Archestown zu begleiten?

Patrick McDoneral stand in seinem Schlafzimmer und überlegte, was er anziehen sollte. Er hätte seine leichte Reitkleidung bevorzugt, um mit Lady nach Broadfield zu reiten, aber der Landfunk für das östliche Benderloch, den er regelmäßig abhören musste, hatte Gewitter angekündigt, und das schwüle Wetter, das seit dem Mittag heraufgezogen war, bestätigte die Meldungen. Er musste mit Unwettereinsätzen rechnen, da war es besser, er zog die Uniform an und fuhr mit dem Geländewagen.

Er sah aus dem Fenster. Ein erster Wind war aufgekommen. Die Laubbäume bewegten sich, und die raschelnden Blätter spiegelten seine innere Unruhe. Doch er wollte sich nicht eingestehen, dass die ungewohnte Unterbrechung seiner Einsamkeit die Ursache dafür war und nicht das angesagte Gewitter.

Er schloss die Fensterläden im Haus, kontrollierte die Stalltüren, beruhigte die Hunde und das Pferd, die auf den abendlichen Ausritt hofften, und verschloss die Haustür. Wenn er pünktlich sein wollte, musste er jetzt los.

Lena ahnte nichts von dem beginnenden Unwetter. Sie sah nur den Staub der Straße, der aufgewirbelt wurde, und spürte einen leichten Wind, der die Äste in Bewegung setzte. Sie hatte den Tisch im Garten gedeckt. So ein kleiner Wind schadet uns nicht, dachte sie und sah noch einmal nach den mit Zellophan bedeckten Frühstücksbrettern in der Küche und nach den kaltgestellten Getränken. Die Gläser mit dem eisgekühlten Whisky werde ich später beim Servieren mit auf die Bretter stellen, überlegte sie und schaute zur Farm hinunter. Tom macht seine Arbeitet wirklich gut, freute sie sich, der alte Mann nimmt mir die Pflege der Alpakaherde inzwischen vollkommen und zuverlässig ab.

Die Tiere weideten seit einer Woche wieder auf einem entfernten Berghang, denn der Wind hatte sich gedreht, und die Lava-Wolke aus Island zog über den Atlantik nach Westen und bedrohte die Highlands im Augenblick nicht.

Als sie den Geländewagen vor dem Haus hörte, ging sie ihrem Gast bis zum Gartentor entgegen, ihren weiten weißen Rock festhaltend, der von Windböen aufgebläht wurde. Sie sah zauberhaft aus, und dem introvertierten Wildhüter fiel das Atmen schwer. Auch das lindgrüne Seidentop mit violetter Zopfbordüre an Arm- und Halsausschnitten verriet mehr, als es verbarg. Passend dazu trug sie an den nackten Füßen lilafarbene Sandalen. Auf Schminke hatte sie verzichtet und auch auf Haarspangen. So hatte der Wind leichte Beute und kräuselte die dunklen Locken um Gesicht, Hals und Dekolleté.

Lena freute sich auf den Abend. Sie, die sonst so überlegt und umsichtig handelte, hatte die Einladung spontan ausgesprochen. Und sie wusste, dass es die richtige Reaktion nach dem gestrigen schweren Tag war. Lächelnd ging sie dem Ranger entgegen. »Ich hatte Sie zu Pferd erwartet.« Sie strich sich eine lockere Haarsträhne aus dem Gesicht und hielt Sandy fest, die den Fremden mit wilden Sprüngen begrüßte.

»Ein hübscher Hund, wie alt ist er?«

»Er ist eine ›Sie‹, heißt Sandy und ist zwölf Wochen alt. Und wenn sie groß ist, wird sie ein Setter sein.«

»Seit wann haben Sie die Kleine? Ich habe sie hier noch nicht gesehen.«

»Sie ist ein Überraschungsgeschenk. Ich bekam sie vor Kurzem.« Lena lachte, »Sandy soll mich beschützen.«

»Nach einem Schutzhund sieht das Wollknäuel aber noch

nicht aus.« Patrick kraulte den kleinen Hund zwischen den Ohren, und Sandy legte sich vor Begeisterung auf den Rücken.

»Kommen Sie, ich habe den Tisch im Garten gedeckt. Der Wind wird uns hoffentlich nicht zu lästig.«

Der Ranger folgte ihr. »Ich rechne mit einem Gewitter. Deshalb bin ich auch mit dem Wagen gekommen.«

»Ich dachte, Sie reiten bei Wind und Wetter.«

»Nicht, wenn ich mit einem Alarm rechnen muss.«

»Einem Alarm?«

»Sollte der Blitz einschlagen und den Wald in Brand setzen, muss ich erreichbar sein.« Er zeigte auf das Handy und ein Funkgerät an seinem Gürtel. »Und dann brauche ich den Wagen.«

»Ich hoffe auf einen friedlichen Abend, Unruhe hatten wir gestern genug.« Lena bot ihrem Gast den Stuhl mit dem besten Ausblick auf die Berge an. »Ich gehe und hole unser Abendessen, aber lachen Sie nicht, weil ich mit einem Frühstück komme.«

Der Ranger sah sie irritiert an. »Ein Abendessen, das ein Frühstück ist?« Er lachte. »Oder habe ich mich in der Tageszeit geirrt?«

»Nein, nein, es ist alles in Ordnung. Meine Haushälterin hat mich zu dem Essen überredet, damit ich nicht dauernd aufstehen und in die Küche laufen muss.«

»Sehr vernünftig.« Er stand wieder auf. »Kann ich beim Tragen helfen?«

»Ja, gern.«

Er folgte ihr, und zum ersten Mal sah er das Haus von innen. »Schön ist das hier geworden. Ihre Einrichtung verrät

Talent fürs Landleben und Fingerspitzengefühl. Ich kann mir jetzt schon vorstellen, wie gemütlich es im Winter ist, wenn der Schnee bis an die Fensterbretter reicht.«

»Hören Sie auf. Ich fange gerade an, den Sommer zu genießen. Sie können sich gern umsehen, ich mache das Frühstück fertig.«

Während der Mann durch den Wohnraum, den Flur und die Praxisräume ging, die Bücher im Regal studierte und den dicken Kachelofen bestaunte, stellte Lena die kleinen Gläser zu den Speisen auf die Holzscheiben und füllte sie mit Whisky. »Kommen Sie bitte, es ist alles fertig.«

Sie reichte ihm die beiden Holzscheiben mit dem appetitlich angerichteten Highlander-Frühstück und folgte ihm mit einem Eimer voller Eis, in dem Bier und Whisky kalt gestellt waren.

Der Ranger sah sie zufrieden an. »Das ist ja fabelhaft. Und ich muss gestehen, ich habe einen Bärenhunger.«

»Das freut mich. Als Amy mit dem Vorschlag kam, habe ich zunächst gezögert. Aber jetzt bin ich froh, dass wir hier gemütlich sitzen und essen können, ohne dass ich dauernd für warmen Nachschub vom Herd sorgen muss.« Sie stießen mit dem Whisky an, und der Ranger goss Bier in die Gläser.

»Einen Whisky und ein kleines Bier, das kann ich verantworten, danach muss ich zum Wasser übergehen.«

»Aber warum denn?«

»Weil ich noch fahren muss.« Er sah besorgt zu den Bergen hinüber. Eine dunkle Wolkenwand schob sich über die weiter entfernten Gipfel, und der Wind war stärker geworden.

»Befürchten Sie tatsächlich eine Gefahr?«

»Ein Unwetter ist angesagt, und das Land ist strohtrocken.

Das ist eine schlechte Kombination.« Er knöpfte die Uniformjacke auf. »Darf ich die ausziehen? Es ist sehr schwül.«

»Selbstverständlich.« Lena beobachtete ihn, wie er die Jacke ablegte und über die Stuhllehne hing. Sein Hemd war unter den Achseln nass geschwitzt, und auch am Rücken klebte es am Körper. Sie musste sich räuspern, bevor sie weiterreden konnte. »Und was können Sie tun, wenn wirklich Feuer ausbricht?«

»Wir haben seit vielen Jahren ein gutes Warnsystem und Feuerwachtürme in den Hügeln und im Wald. Die sind bei Gefahr rund um die Uhr besetzt. Löschen müssen natürlich die freiwilligen Feuerwehren aus den Gemeinden, aber ich muss dabei sein und die Leute auf den Zufahrtswegen dirigieren.«

Lena musste sich zwingen, den muskulösen Körper, der ihr gegenüber saß, nicht anzustarren. So sah sie nur nachdenklich zum Himmel. »Hoffentlich passiert nichts, ich habe mich nämlich auf den Abend gefreut«, sagte sie leise.

Patrick McDoneral sah sie an. »Ich auch!« Er legte das Besteck zur Seite und griff nach dem Glas. »Trinken wir auf diesen schönen Abend, so lange er noch schön ist. Und danke für das Highlander-Frühstück, es schmeckt fabelhaft.« Sie stießen an und tranken erst den Whisky und dann das Bier. Lena spürte, wie der Alkohol sich in ihrem Magen ausbreitete, wohlige Wärme erzeugte und einen ganz bestimmten Glanz in ihre Augen zauberte. Schnell sah sie weg. Aber der Mann ihr gegenüber hatte diesen Glanz bereits bemerkt. Langsam legte er seine Hand auf die ihre und sah sie an. »Als ich Sie neulich mit diesem fremden Mann in den Hügeln sah, war ich sehr betroffen.«

»Warum denn? Er ist ein alter Kollege von mir, und er hat mir den Hund geschenkt. Wieso waren Sie betroffen?«

»Es war die Vertrautheit zwischen Ihnen. Ich habe Sie beneidet.«

»Wir kennen uns seit zehn Jahren, und er war der Chef während meiner praktischen Ausbildung. Später haben wir im gleichen Krankenhaus gearbeitet. Das verbindet. Bei dieser Arbeit muss man einander vertrauen.«

»So eine Vertrautheit habe ich nie kennengelernt.«

»Sie muss wachsen, man bekommt sie nicht geschenkt.«

»Ich weiß, deshalb mein Neid.«

Er spielte gedankenverloren mit ihren Fingern. »Zu Vertrautheit oder zu Vertraulichkeiten gehören immer mehrere Menschen …«

»Natürlich.« Vorsichtig, um ihn nicht zu kränken, entzog sie ihm ihre Hand, als er anfing, die Handfläche mit seinem Daumen zu streicheln. Diese sinnliche Berührung erregte sie. Eine leichte Röte stieg ihr ins Gesicht, und sie spürte, wie sich die feinen Härchen auf ihren Armen und im Nacken aufstellten. Verrückte, nicht gewollte Gefühle muss ich sofort unterbinden, dachte sie. Ich will das nicht, Enttäuschungen habe ich hinter mir, neue werde ich nicht zulassen, niemals! Sie stellte das Geschirr zusammen. Der Wind wurde stärker und drohte das Tischtuch wegzuwehen.

Patrick sah ihr zu. Er wusste, warum sie plötzlich aufstand und in die Küche ging. Auch ihn hatte diese kleine Berührung beinahe aus der Fassung gebracht. Als konsequenter Einzelgänger hatte er nicht mit so einer intensiven Reaktion gerechnet. Ich kenne die Frau kaum, und ich will meine Ruhe behalten. Gefühle stören nur. Schlimm genug, dass sie mir dauernd im Kopf herumgeht, in meinem Herzen hat sie nichts zu suchen.

Er stand auf und sammelte die Stuhlkissen ein, denn die dunkle Wolkenwand war bedrohlich näher gerückt.

Dann überwand er seine Scheu und fragte: »Haben Sie über meine Bitte nachgedacht?«

Lena sah ihn zögernd an. Sie wollte ihm helfen, aber sie wollte keine Situation fördern, die weitere seltsame Hilfeleistungen erforderte. »Ja, ich habe nachgedacht. Ich werde Ihnen helfen und mit Ihnen fahren, aber nur und wirklich nur dieses eine Mal. Lügen liegen mir nicht, aber wenn ich Ihnen durch meine Anwesenheit wirklich helfen kann, dann mache ich das.«

»Danke! Ich bin unglaublich froh. Ich verspreche auch, dass diese Hilfeleistung einmalig ist und bleibt. Vielen Dank.«

Erster Donner grollte über die Hügel. Die Birken am Waldrand bogen sich unter einzelnen Böen. Sandy kniff die Rute ein und verkroch sich unter dem Küchentisch. Lena lief ins Haus, schloss alle Fensterläden und verriegelte sie. Besorgt kam sie nach draußen. »Mein erstes Gewitter in Broadfield seit meiner Kindheit.«

»Haben Sie Angst?« Der Ranger zog seine Jacke wieder an, rückte die Krawatte zurecht und sah zu dem Strohdach hinauf. Es war vorschriftsmäßig mit Blitzableitern gesichert. »Ihr Haus ist nicht gefährdet, und eine Menge großer Bäume stehen darum herum. Sie brauchen keine Angst zu haben.«

»Na ja, Gewitter habe ich noch nie gemocht. Ich weiß nicht, ob das Angst ist, aber unruhig bin ich immer.«

»Das liegt an den atmosphärischen Strömungen, die so ein

Gewitter erzeugt. Und es ist immer besser, Angst zu haben, als gleichgültig zu sein.«

Lena sah ihn zweifelnd an. »Wie meinen Sie das?«

»Wer Angst hat, ist vorsichtig.«

»Das stimmt. Das ist genau wie mit den Schmerzen. Schmerzen machen wachsam, man passt besser auf sich auf.«

Den einzelnen Windböen folgte jetzt sehr schnell der Sturm. Er verbog die zarten Birken und zerrte an Bäumen und Gartenblumen. Die drohende Wolkenwand hatte Broadfield erreicht. Das Donnern schien kein Ende zu nehmen. Patrick stellte das Funkgerät auf die höchste Lautstärke. Rauschen und Knarren und vereinzelte Gesprächsfetzen waren zu hören, während er die Frequenz für störungsfreies Abhören suchte. Gleichzeitig stellte er sein Handy auf höchste Lautstärke um.

Bizarre Blitze zerrissen den nachtschwarzen Himmel. Als die Donnerschläge unerträglich laut wurden, gingen die beiden nach drinnen.

Der Ranger sah durch die offene Tür. »Ich wünschte, es würde endlich regnen. Ein Wolkenbruch würde die Gefahr zwar nicht beenden, aber mildern.«

»Wollen wir noch etwas trinken?« Lena wollte vermeiden, dass er jetzt ging. Mit ihm im Haus fühle ich mich besser als allein, stellte sie fest und wies auf einen Sessel. »Bitte, setzen Sie sich doch.«

Aber der Ranger schüttelte den Kopf. »Danke, aber ich halte es für besser, ins Försterhaus zu fahren, solange noch kein Alarm ausgelöst wurde und der Wolkenbruch auf sich warten lässt.« Doch er hatte die Worte kaum ausgesprochen, als ein Blitz und ein sofortiger Donnerschlag einen gewaltigen Sturzregen auslösten. »Das war verdammt nah«, murmelte Patrick und horchte in sein Funkgerät. Im gleichen Augenblick alarmierte die Dorfsirene Polizei und Feuerwehr. Patrick lauschte den Meldungen und nickte. »Ich muss los, Miss Mackingtosh, es hat die Brownsen-Farm in Quarries erwischt, und die steht verdammt nah am Wald. Vielen Dank für den Abend. Wir müssen ihn wiederholen. Nächstes Mal vielleicht bei mir?« Er reichte ihr die Hand und ging zur Haustür. Lena folgte ihm mit einem Schirm. »Hier, nehmen Sie den, sonst sind Sie nass, bevor Sie Ihren Wagen erreichen.«

In dem Augenblick, in dem der Ranger loslief, hielt auf der Straße ein Cabriolet. Das Dach war offen, und ein Mann sprang aus dem Wagen und rannte durch den Garten auf die Tür zu. Als er das Haus erreichte, war er nass bis auf die Haut. Das blonde Haar hing ihm in Strähnen um den Kopf, und der Sommeranzug klebte an seinem Körper.

Lena erkannte ihn sofort. »Mr. Newborg«, rief sie erschrocken, »was machen Sie denn hier?«

»Tut mir leid«, keuchte er, »ich brauche schon wieder Ihre Hilfe!«

»Was ist passiert?«

»Die Straßen sind alle gesperrt, und mein Wagendach streikt. Ich wusste nicht wohin.«

»Kommen Sie erst mal herein.« Als sie die Tür schloss, sah sie den verletzten Blick von Patrick McDoneral, der gleich darauf in seinen Wagen stieg und startete.

Kapitel 21

Lena konnte sich ein Lachen kaum verbeißen. Obwohl ihr der durchnässte Mann leid tat, war die Situation durchaus komisch.

Einmal Flöhe, dachte sie und einmal Überflutung, wenn das so weitergeht, muss er für die Reinigung meines Hauses demnächst ein Extrahonorar bezahlen.

Bevor Robert Newborg etwas sagen konnte, donnerte es schon wieder bedrohlich in den schwarzen Wolken. Auf den Fliesen unter dem nassen Mann, der beschämt auf seine Füße starrte, bildete sich eine kleine Pfütze. Nun musste Lena wirklich lachen. »Herzlich willkommen, aber bleiben Sie bitte hier stehen, ich hole erst mal ein paar Handtücher und einen Stuhl.« Sie lief in die Küche und kam kurz darauf zurück. »So, jetzt können Sie sich setzen und mit dem Ausziehen beginnen. Ich besorge noch einen Bademantel.«

Auf keinen Fall wollte sie den durchnässten Gast im Wohnraum oder in der Praxis haben. Während sie nach oben ging und einen Bademantel ihres Vaters aus einer Restekiste holte, zog der nasse Gast Schuhe und Strümpfe aus. Dann streifte er die Jacke und das Seidenhemd ab und legte sie über die Stuhllehne.

Mit einem Handtuch um die Schultern und dem Blick eines schuldbewussten Kindes sah er der Ärztin entgegen. »Es tut mir so leid.« Er reichte ihr die Hand. »Guten Abend erst einmal. Immer sind Sie der letzte Retter in der Not. Aber ich wusste wirklich nicht wohin.«

Lena gab ihm den Bademantel und ein paar Tennissocken, von denen sie hoffte, dass sie passten. »Hier, ziehen Sie die Sachen an und alle nassen bitte aus. Dann dürfen Sie in die Wohnstube kommen.« Sie schmunzelte, denn dieser eitle Mann, der so viel Wert auf sein gepflegtes Äußeres legte, stand da wie ein begossener Pudel und sah sie hilflos an.

»Nun machen Sie schon. Das bisschen Regenwasser ist noch kein Weltuntergang. Ich koche inzwischen einen heißen Tee, und wenn Sie sonst keinen Schaden in meinem Haus anrichten, bekommen Sie einen ordentlichen Schluck Whisky in die Tasse.«

Jetzt lachte er auch. »Sie wissen, was ein nasser Mann braucht. Danke. Was mache ich mit meiner Kleidung?«

»Lassen Sie alles auf dem Stuhl liegen. Ich hänge die Sachen später in der Waschküche auf.«

Sandy kam aus der Küche, beschnüffelte den Fremden, tapste durch die Pfütze und verteilte das Regenwasser auf den Fliesen. Dann suchte sie beim nächsten Donner, der über das Land rollte, wieder Schutz unter dem Küchentisch.

Auf dem Herd blubberte das kochende Wasser, und Lena goss den Tee auf. Dann kam sie mit einem Tablett voller Geschirr, etwas Kleingebäck und der Whiskyflasche zurück in die Wohnstube und machte Licht. Draußen tobte noch immer das Gewitter über dem Ort, und der Regen strömte auf das Land. Einen Augenblick dachte sie an den Ranger, der den Regen so sehr herbeigewünscht hatte, dann wandte sie sich wieder ihrem Gast zu. »Erzählen Sie, was Sie hertreibt und warum auf so nasse Art und Weise.«

Newborg nahm einen ordentlichen Schluck: »Ich wollte zur Brownsen-Farm. Sie haben damals gesagt, ich soll nett zu der Besitzerin sein, denn die Sache mit den Flöhen sei nicht ihre Schuld. Also habe ich angerufen, ob ich noch ein paar Tage kommen könnte, weil mein Urlaub damals ausgefallen war. Na ja, und dann kam das Gewitter, gerade als ich von der A 828 abgefahren bin. Und ich habe gedacht, ich erreiche die Farm noch vor dem Regen. Aber als ich aus dem Tal aufs offene Land kam, sah ich, dass ich das nicht mehr schaffe. Ich wollte während der Fahrt das Verdeck schließen, aber das Dach klemmte, ist schon ein paar Mal passiert, und im gleichen Augenblick begann es zu gießen. Und kurz drauf wurde die letzte öffentliche Straße gesperrt, die man hier benutzen darf, und in Broadfield bin ich nicht mehr weitergekommen, wegen des Alarms in der Einsatzzentrale.«

»Es brennt in oder bei der Brownsen-Farm, mehr weiß ich auch nicht«, erklärte Lena ihm.

»So ein Pech aber auch. War das der Wildhüter vorhin, der an mir vorbeirannte? Da habe ich wohl sehr gestört?«

»Nein, er musste zum Einsatz. Wir haben schon den ganzen Abend die Unwetterfront beobachtet.«

»Tut mir leid. Ich wäre ja ins Pub gefahren, aber man hat mich nicht durchgelassen.«

»Macht doch nichts.« Ein gewaltiger Donner krachte über dem Ort, und eigentlich war Lena ganz froh, dass sie nicht allein in ihrer Stube saß. Draußen fuhren Wagen mit Sirenengeheul vorbei. Dann riefen ein paar Männer auf der Straße: »Jetzt hat's den Kirchturm erwischt.«

»Nur die Spitze.«

»Aber bis da hinauf reicht kein Löschwasser«.

»Wenn die kippt, erwischt sie das Pub.«

»Kommt auf die Windrichtung an.«

»Immer diese Unwetter. Erst die Trockenheit und dann die Wolkenbrüche.«

»Der Black Glen läuft schon über.«

»Auch das noch ...« Die Stimmen wurden leiser, die Männer entfernten sich.

Lena stand auf. »Ich muss mich umziehen. Wenn ich gebraucht werde, muss es schnell gehen. Nehmen Sie sich von dem Tee und von dem Gebäck, und wenn ich weg muss, können Sie auf der Couch schlafen, Decken sind genug da. In der Küche sind Schinken, Käse und Butter im Kühlschrank.«

Sie lief nach oben. Das Donnergrollen wurde leiser, die Abstände zu den Blitzen länger. Das Schlimmste ist wohl vorbei, dachte Lena und sah durch einen Spalt im Fensterladen. Der Regen ließ nach, der Sturm ebenfalls. Im Garten sah es traurig aus: Äste waren von den Bäumen gebrochen, Amys Gerüst für die Stangenbohnen lag auf dem Boden, und den gerade erst gekauften und montierten Wäschetrockner hatte der Sturm über den Zaun bis auf die Wiese geweht. Beinahe alle langstieligen Blumen lagen in den Pfützen, die der Sturzregen hinterlassen hatte. Rittersporn und Eisenhut, Sonnenblumen und Resedablüten und sogar die Efeuranken am Garagenschuppen waren heruntergerissen. Lena fröstelte. Es war spürbar kühler geworden. Sie verriegelte das Fenster wieder und zog sich um. Vorbei die Stunden des Seidentops und der Riemchensandalen, dachte sie, flocht die Locken zu einem Zopf, streifte Strümpfe und Hosen über, wählte eine weiße Baumwollbluse sowie feste Halbschuhe und einen wasserdichten, weißen Anorak, den ein großes Rotes Kreuz auf dem Rücken zierte. Unten prüfte sie ihren Unfallkoffer und schaltete ihr Handy ein.

Robert Newborg sah ihr aufmerksam zu. Er hatte sich noch eine Decke umgelegt und saß auf der Couch. Neben ihm hatte sich Sandy zusammengerollt. Sie fühlte sich bei dem fremden Gast durchaus wohl.

In der Praxis klingelte das Telefon. »Dr. Mackingtosh, wir brauchen Sie in Quarries. Bitte kommen Sie schnell. Ein Baum ist auf ein Auto gestürzt. Mehrere Personen sind darin eingeklemmt.«

»Ich bin sofort da.« Lena nahm ihren Arztkoffer, andere Notfallgeräte waren griffbereit im Auto, verabschiedete sich rasch und verließ das Haus. Draußen stolperte sie über Äste, die ihre Ausfahrt blockierten, zerrte sie zur Seite und befestigte das Rot-Kreuz-Schild auf dem Wagendach. Sobald sie startete, blinkte es und ermöglichte ihr, gesperrte Straßen zu durchfahren. Trotzdem brauchte sie fast eine Stunde bis Quarries. Überall war die schmale Straße durch abgebrochene Äste blockiert, einmal musste sie die Feuerwehr anrufen und bitten, einen umgestürzten Baum zu beseitigen, und einmal musste sie einen kleinen Fluss kreuzen und dabei einen großen Umweg fahren, weil die alte Holzbrücke weggebrochen war.

Gut, dass ich endlich diesen hochrädrigen Geländewagen habe, dachte sie, während sie durch überflutete Straßenabschnitte fuhr. Teilweise war der Verlauf der Straße nur an den knorrigen, alten Pflaumenbäumen zu erkennen, die den Weg säumten. Links in der Ferne spiegelte sich feuerroter Widerschein in der tiefen Wolkendecke. Das muss die Farm sein, dachte sie, und versuchte im Rückspiegel zu erkennen, ob der Kirchturm noch brannte. Aber Broadfield verbarg sich hinter mehreren Wäldern, die sie vorher durchfahren hatte. Das

Feuer bedeckte anscheinend eine große Fläche. Da brennt nicht nur ein einzelnes Haus, da müssen die Funken bis in den Wald oder auf Heideflächen geflogen sein, überlegte sie und dachte an die Befürchtungen des Wildhüters.

Endlich erreichte sie Quarries. So schnell wie möglich fuhr sie durch die Dorfstraße, bemüht, die Unfallstelle sofort zu finden. Aber erst am Ende des Dorfes sah sie die Scheinwerfer, mit denen ein Einsatzwagen der Feuerwehr die Unfallstelle in gleißendes Licht tauchte. Und was sie sah, ließ ihr das Blut in den Adern gefrieren. Verborgen unter Laub und Ästen war ein zusammengedrücktes Autowrack zu erkennen. Sie bremste und stieg schnell aus.

Sergeant Marloff kam ihr entgegen. »Es sieht schlimm aus, Lena. Wir haben den Baum so weit möglich zersägt und beiseite geräumt. Aber ein zersplitterter Ast hat das Autodach durchstoßen und steckt im Wageninneren. Wir können ihn nicht rausziehen, weil wir nicht wissen, ob er auch die Insassen erwischt hat.«

»Gibt es Lebenszeichen?«

»Nein, die sind alle unter dem zerquetschten Dach begraben ...«

»Habt ihr Krankenwagen gerufen?«

»Natürlich, sofort, aber die brauchen ihre Zeit um herzukommen. Hoffentlich sind überhaupt welche frei. Bei dem Unwetter sind bestimmt alle Wagen im Einsatz.«

Lena waren schwere Unfälle und Unfallopfer bekannt. Sie hatte drei Jahre in einer Unfallklinik gearbeitet und war oft mit schweren Situationen konfrontiert worden. Aber immer waren andere Kollegen in der Nähe. Ich bin also erst einmal allein, dachte sie mit Schrecken. »Ich brauche Licht, jede nur denkbare Lampe«, erklärte sie dem Sergeant und den Männern von der Feuerwehr.

Als man ihr einen starken Handscheinwerfer reichte, kroch sie durch das Geäst und versuchte den Innenraum des Wagens – oder was davon noch übrig war – auszuleuchten.

»Wie viele Personen sind drin?«

»Erst dachten wir vier, aber es sind wohl bloß drei.«

»Sie müssen den ganzen Wagen auseinanderschneiden, sonst kommen wir nicht ran. Sind Benzin und Öl und was sonst noch Feuer fangen kann abgelassen?«

»Ja, so weit wir konnten, haben wir alles abgelassen. Aber dann haben wir nicht gewagt, mit den Schneidbrennern zu arbeiten. Wir wollen die Leute, wenn sie noch leben, nicht zusätzlich verletzen.«

»Schneiden Sie erst einmal das ganze Laub und Geäst weg bis auf den Teil, der im Wagen steckt.«

Die Männer gingen vorsichtig an die Arbeit, und Lena blieb neben dem Wagen stehen, die Hand auf den schweren Ast gelegt, um sofort »Halt« zu rufen, wenn er bewegt wurde. Dann konnte sie erkennen, wie es in dem zusammengepressten Wagen aussah: Vorn saßen zwei erwachsene Personen, nach vorn zusammengekrümmt und mit den Köpfen zwischen den Knien. Das hat ihnen vielleicht das Leben gerettet, dachte Lena. Hinten lag, von Blättern bedeckt, in einer Kinderliege ein Baby.

Endlich waren Laub und Äste beseitigt. Einer der Männer schob den Helm zurück und wischte sich den Schweiß vom Gesicht.

Lena nickte ihm zu. »Fangen Sie hinten beim Kofferraum an. Vielleicht können wir das Kind durch die Rückwand herausziehen.« Die Männer arbeiteten mit zwei Schneidbrennern. Die Funken fraßen sich kreischend durch das Metall, und Lena dachte: Dieses Geräusch werde ich mein Leben lang nicht vergessen. Nach wenigen Minuten konnten die Männer den Kofferraumdeckel abnehmen und ein Loch in die Rückwand bohren. Als die Öffnung groß genug war, winkten sie der Ärztin zu. »Jetzt könnte es klappen.«

Lena kroch in die nach versengtem Metall stinkende und von Glassplittern übersäte Öffnung und versuchte die Kinderliege herauszuziehen. »Ich brauche ein Messer, um die Gurte durchzuschneiden.« Nach einigem Hin und Her hatte sie das kleine Bettchen gelöst und konnte es vorsichtig herausheben. Das Baby begann zu weinen. Behutsam nahm Lena das Kind in den Arm. Es war über und über mit Glassplittern bedeckt, hatte aber keine blutenden Schnittwunden. Sie tröstete das Baby und reichte es Robert Marloff, der es in eine Decke hüllte und in Lenas Wagen legte.

»Wo bleiben bloß die Krankenwagen? Ich brauche Hilfe, ich kann nicht zwei Schwerverletzte irgendwohin transportieren.« Lena war wütend, dass man sie hier so ganz allein ließ. Aber sie musste weitermachen, sie konnte sich nicht mit unnötigen Fragen aufhalten.

»Bitte rufen Sie ständig die Rettungswagen an«, bat sie den Sergeant, und von den Männern mit den Schneidbrennern verlangte sie: »Jetzt machen wir von vorn weiter. Der Motorraum und das Armaturenbrett müssen weg, damit ich von da aus an die Verletzten herankomme.«

Die Männer machten sich an die Arbeit. Es stank nach verbranntem Öl, verglühtem Eisen, nach Gummi und versengtem Leder. Während zwei Feuerwehrleute die Metallteile zerschnitten, stand auf jeder Seite ein Polizist mit einem einsatzbereiten Feuerlöscher. Andere Männer hatten alle Hände voll zu tun, die in Scharen näherkommenden Dorfbewohner von der Unfallstelle fernzuhalten. Der Regen hatte nachgelassen, man wagte sich wieder auf die Straße.

Die Schneidbrenner fraßen sich durch die dünnen Bleche über den Vorderrädern, und verhältnismäßig schnell nahmen die Männer den Motorblock mit allem Zubehör von der Karosserie und legten ihn zur Seite. Sehr viel schwerer war es, das Trennblech zwischen Motorraum und Insassenkabine zu durchtrennen. Man konnte nicht erkennen, wo sich Beine, Arme und Köpfe der beiden Verletzten befanden. »Schneiden Sie ganz langsam an den Außenseiten entlang. Sobald man das Blech etwas auseinanderziehen kann, versuche ich mit der Hand zu fühlen, wie sie sitzen.«

»Halt, Dr. Mackingtosh, Sie vergessen die Funken. Sie verbrennen sich, wenn Sie da so dicht am Schneidbrenner sind.«

Einer der Männer reichte ihr seinen Helm und die Schutzbrille. Lena setzte sich beides auf. Einen Augenblick lang ekelte sie sich, denn das Leder auf der Innenseite des Helms war nass geschwitzt und glitschig. »Danke. Holen Sie bitte aus meinem Koffer die Rettungsfolien, damit ich die Verletzten abdecken kann, sobald ich sie erreiche.«

Die Männer begannen wieder mit der Arbeit. Nach einiger Zeit zog ein dritter Mann die ersten Metallteile auseinander. Sie waren glühend heiß.

»Kommen Sie nicht dran«, warnte er, »Sie verbrennen sich.«

Lena leuchtete mit dem Scheinwerfer ins Innere des Autos. Das Dach lag in voller Breite auf den Rücken von Mann und

Frau. Der Mann blutete stark aus einer Kopfwunde, seine Augen waren geschlossen, aber er atmete. Die Frau konnte sie nicht erkennen, aber sie schien von dem schweren Ast getroffen zu sein.

Lena zog sich zurück. »Machen Sie weiter, schnell, der Mann atmet noch, die Frau kann ich nicht sehen. Aber wir müssen die beiden so schnell wie möglich herausholen, der Mann verblutet sonst.«

Ein zweiter Feuerwehrwagen kam die Dorfstraße entlang. Männer sprangen ab, kamen mit Schneidewerkzeugen dazu und halfen, die Bleche auseinanderzubiegen. Dann hatten sie die Vorderfront des Wagens so weit geöffnet, dass die Ärztin zwischen die Karosserieteile kriechen und die beiden Verletzten mit Folien abdecken konnte. Als das Armaturenbrett und das Steuerrad entfernt waren, gab sie zuerst dem Mann eine Spritze, dann fühlte sie den Puls der Frau an der Halsschlagader und gab ihr ebenfalls eine Injektion.

»Ich musste die beiden erst einmal stabilisieren«, erklärte sie Robert Marloff. »Den Mann könnt ihr jetzt vorsichtig herausziehen. Für die Frau müssen wir das Dach mit dem Ast komplett entfernen. Der Baum hat die Frau am Rücken getroffen. Wahrscheinlich ist die Wirbelsäule verletzt. Also größte Vorsicht.«

Es dauerte fast eine Stunde, bis die beiden Verletzten geborgen und auf Decken an den Straßenrand gelegt werden konnten. Endlich kam auch ein Krankenwagen aus Barcaldine. »Wir hatten ständig blockierte Straßen vor uns, wir sind einfach nicht schneller durchgekommen«, entschuldigten sich die Sanitäter und begannen sofort mit der Versorgung der Verletzten, damit sie den Transport überstanden. Dann wurden die Tragen in den Wagen geschoben, einer der Sanitäter nahm das schlafende Baby auf den Arm, und der Wagen begab sich auf die nächtliche Rückfahrt.

Lena war am Ende ihrer Kräfte. Sie hatte getan, was sie konnte, aber ob die drei Menschen den Unfall überlebten, wusste sie nicht.

Einer der Feuerwehrmänner bot ihr einen Becher Kaffee aus seiner Thermoskanne an. Sie trank in langsamen Schlucken und kämpfte mit den Tränen.

Das Autowrack wurde zur Seite geräumt, Robert Marloff machte sich letzte Notizen, und die Feuerwehr räumte ihre Geräte ein. Lena bedankte sich für die Hilfe und den Kaffee, sammelte ihre Sachen ein und ging zu ihrem Wagen.

Es war zwei Uhr morgens, als sie die Farm erreichte. Das Cabriolet stand noch auf der Straße, aber das Dach war jetzt geschlossen. Die abgebrochenen Äste in ihrer Einfahrt waren zur Seite geräumt. Sie konnte unbehindert in den Schuppen fahren. Im Haus brannte noch Licht. Sie stellte den Wagen ab und ging hinein. Sie war zu Tode erschöpft und zitterte am ganzen Körper. Im Flur stand noch der Stuhl. Sie setzte sich und brach in Tränen aus.

Robert Newborg hatte sie gehört und kam aus der Wohnstube.

»Mein Gott, was ist passiert?« Er kniete vor ihr nieder und zog ihr die nassen Schuhe aus. »Kommen Sie, ich bringe Sie nach oben und lasse Ihnen ein Bad ein, und Sie ruhen sich in dem schönen warmen Wasser erst einmal aus.« Er half ihr aufzustehen und brachte sie Stufe für Stufe nach oben in ihr Schlafzimmer. Während sich Lena entkleidete, lief nebenan das Wasser in die Wanne, und ihr geliebter Wildblumenduft zog bis zu ihr ins Schlafzimmer. Er hat mein Badeöl gefunden, dachte sie dankbar und zog den Morgenrock an. Sie warf einen kurzen Blick in den Spiegel und erschrak. Ein schwarz verschmiertes Gesicht starrte ihr entgegen, Haare hatten sich aus dem Zopf gelöst und standen steif vor Schmutz und Ruß um ihren Kopf. Als sie sie zurückstreifen wollte, sah sie zum ersten Mal auf ihre Hände. Zwischen all dem Schmutz hatten sich ein paar Brandblasen gebildet, die sie noch gar nicht bemerkt hatte. Die Erschöpfung war größer als der Schmerz dieser Wunden.

Sie ging ins Badezimmer. Ein wohltuender Dunst umfing sie. Dieser eigentlich fremde Mann kontrollierte die Wassertemperatur. »So, jetzt ist es richtig.« Er richtete sich auf und trocknete die Hände an einem Handtuch ab. »Rufen Sie mich, wenn Sie etwas brauchen, ich lasse die Tür unten offen.« Rücksichtsvoll verließ er den Raum. Lena streifte den Morgenrock ab und ließ sich ins Wasser gleiten. Wohlige Ruhe stellte sich ein, und sie schloss die Augen.

Als Newborg nach einer halben Stunde Stille immer noch nichts hörte, ging er leise nach oben und klopfte an die Badezimmertür. Alles blieb ruhig. Besorgt öffnete er die Tür einen Spalt. In der Wanne lag die Ärztin, den Kopf auf ein Gummikissen gebettet, und schlief tief und fest in dem kühler werdenden Wasser. Erschrocken sah er sich um. Er musste sie wecken, sie konnte nicht die restliche Nacht im kalten Wasser schlafen. Er blieb hinter der Tür stehen und rief sie. Als sie sich nicht rührte, ging er hinein und strich ihr übers Haar. »Miss Mackingtosh, Sie müssen ins Bett gehen.« Ihm entging nicht die Schönheit und die Ebenmäßigkeit ihres wohlgeformten Körpers, der so verletzlich und unschuldig wirkte.

Erst nach der zweiten Berührung riss Lena erschrocken die Augen auf, drohte beinahe mit dem Kopf ins Wasser zu rutschen und richtete sich dann verwirt auf. »Ich bin einfach eingeschlafen …« Dann sah sie den Mann, der ihr ein ausgebreitetes Badetuch hinhielt.

»Entschuldigung, aber ich habe mir Sorgen gemacht, als ich nichts mehr von Ihnen hörte. Gehen Sie lieber ins Bett, im Wasser wird es zu kalt für Sie.«

Lena, noch immer völlig verschlafen, ließ sich von ihm einwickeln und ins Schlafzimmer führen. »Ich war zum Umfallen müde. Tut mir leid, dass Sie nun auch eine schlaflose Nacht haben.«

»Es ist das Mindeste, was ich für Sie tun kann. Legen Sie sich jetzt hin, ich gehe hinunter und mache Ihnen ein Glas heiße Milch mit Honig und einem Schuss Whisky. Ein Rezept meiner Mutter, danach werden Sie wunderbar schlafen.«

Lena kicherte. »Ein Rezept für eine Ärztin. Aber ich nehme die Milch, ich bin etwas kalt geworden in der Wanne. Danke, dass Sie mich geweckt haben.« Sie schlüpfte schnell in den Pyjama, öffnete das Fenster und entriegelte den Fensterladen, um die frische Luft hereinzulassen. Und während sie dem beschwingten Tanz der duftigen Vorhänge vom Bett aus zusah, schlief sie wieder ein.

Als Newborg mit dem Glas Milch in der Hand das Zimmer betrat, wurde es draußen bereits hell. Behutsam stellte er das Glas ab. Jetzt würde er sie nicht wieder wecken. Er löschte die Lampe, setzte sich vorsichtig auf den Bettrand und betrachtete in der ersten Morgendämmerung die schlafende Frau. Sie lag auf der Seite, der rechte Arm ruhte auf der Decke. Manchmal zuckte die Hand. Sie träumt, dachte er und hätte gern die unruhigen Finger in seine Hände genommen. In ihm stieg ein unbändiges Verlangen nach dieser Frau auf, aber dann schüttelte er den Kopf. Nein, ich werde sie nicht berühren. Ich werde diese unwirkliche Situation nicht ausnützen. Ich kann warten und werde langsam und höflich, wie es sich gehört, um sie werben. Sie ist so ein zauberhaftes Wesen, dass sich die Mühe in jeder Sekunde und mit jedem Wort lohnt. Er stand auf, beugte sich über sie und küsste sie behutsam auf die Schläfe.

Kapitel 22

Obwohl das Regenwasser noch zentimeterhoch in den Gartenwegen, auf dem Rasen und auf den Beeten stand, ging Lena am nächsten Morgen hinaus, um wenigstens die Blüten der umgeknickten und im Schlamm liegenden Blumenstauden zu retten. Sie hatte Gummistiefel angezogen und Gartenhandschuhe, denn sie musste ihre Hände schützen. Behutsam nahm sie die Blüten, die auf der Erde lagen, in die Hand, schüttelte vorsichtig Wasser und Erde ab und legte sie in den Korb. Voll Wehmut dachte sie an die Blütenpracht, die bis gestern einen Garten schmückte, der vor acht Wochen noch die reinste Wildnis war. Wie viel Mühe hatten Amy und sie in die unbearbeiteten Flächen investiert; Amy, die Gemüse ziehen wollte, und Lena, die sich einen blühenden, duftenden Garten wünschte.

Zwölf Wochen … Wie anders hatte ihr Leben damals noch ausgesehen: Sie war eine angesehene und zufriedene Ärztin in Glasgow, hatte Freunde, ein gutes Einkommen und eine hübsche kleine Wohnung. Alles, was sie sich immer gewünscht hatte und von ihrem Leben erwartete. Und dann der plötzliche Tod ihrer Eltern, der ihr ganzes Leben veränderte. Sie schüttelte traurig den Kopf. Ihre ganze Lebensplanung musste sie über den Haufen werfen, ihre erfolgreiche Arbeit von heute auf morgen aufgeben und eine neue Existenz aufbauen. Aber sie hatte sich gezwungen, den Tatsachen ins Auge zu sehen, hatte nicht gegrübelt und geweint, sondern von einem Tag zum anderen mit der Planung ihrer

Praxis im Elternhaus begonnen. Und sie hatte es geschafft. Sie hatte ein Heim, eine Aufgabe, endlich die langsam wachsende Anerkennung als Landärztin, und es gab sogar Männer, die sich um sie bemühten.

Männer? Na ja, zwei zumindest, überlegte sie. Daniel Finerfield in Glasgow, der ein guter Freund war und dem es schwerfiel, ihren Umzug nach Broadfield zu akzeptieren, und Robert Newborg, der sich vom flohgebissenen Charmeur zu einem triefendnassen, aber hilfsbereiten Freund entwickelte.

Sie lächelte, als sie an den Mann dachte, der gestern so hilflos in ihr Haus gestürmt war und es bis jetzt nicht geschafft hatte, weiterzufahren. Am Morgen hatte er sie mit einem Frühstück verwöhnt, für das er bereits frische Brötchen besorgt hatte. Dann, als sie sich um ihre Patienten kümmern musste, überraschte er sie als er den Vorgarten aufräumte, die abgebrochenen Äste vom Grundstück schleppte, mit Sandy durch die Hügel lief, damit sie ihren Auslauf hatte und anschließend Amy half, die umgestürzten Stellagen für die Stangenbohnen wieder aufzurichten. Als Amy Lena daraufhin mit großen Fragezeichen in den Augen ansah, sagte diese lächelnd: »Er meint, er sei mir etwas schuldig. Ich hätte ihn zweimal gerettet.«

»Und wie lange wird er sich noch schuldig fühlen?«, fragte Amy anzüglich und grinste.

»Ich denke, bis sein Auto innen wieder trocken ist. Vorher kann er nicht weiterfahren.«

»Ein nasses Auto? Warum macht er nicht Verdeck und Türen auf, damit es in der Sonne trocknen kann? Ich glaube, der fühlt sich hier wohl und will gar nicht weg.«

Lena lachte. »Wir werden dem Schuldgefühl ein Ende setzen.«

Aber das war gar nicht so leicht. Newborg sah einfach immer wieder Arbeiten, die angeblich nur ein Mann bewältigen konnte und machte keine Anstalten, sich zu verabschieden. Lena, die viel zu tun hatte und beim Mittagessen überrascht feststellte, dass Robert Newborg immer noch da war, verschob das Problem auf den späten Nachmittag. Als endlich der letzte Patient gegangen war und der »Gast« erklärte, bei der Reinigung der Praxis helfen zu wollen, schob sie dem Arbeitseifer einen Riegel vor.

»Das Putzen übernimmt meine Haushaltshilfe. Ich denke, Sie sollten sich um Ihren Urlaub und eine entsprechende Unterkunft bemühen.«

»Die Farm ist abgebrannt, Mrs. Brownsen hat jetzt andere Probleme.«

»Wir haben ein Pub mit Fremdenzimmern in Broadfield. Vielleicht versuchen Sie es dort einmal.«

»Sie wollen mich loswerden?« Enttäuscht sah er sie an. »Ich habe mich sehr an meine Samariterdienste gewöhnt. Hier fehlt ein Mann im Haus.«

Lena lachte laut auf: »Sie machen Witze. Ich habe mich gerade daran gewöhnt, diese Spezies los zu sein.«

»Bin ich Ihnen eine lästige Spezies?«

»Die Treffen mit Ihnen waren immer mit viel Aufregung verbunden, ich denke, ich kann darauf verzichten. Trotzdem, danke für die Hilfe gestern Abend. Aber heute ist ein neuer Tag, und ich will nicht die Vergangenheit mit in die Zukunft schleppen. Fragen Sie Ellen vom Pub, ob sie ein Zimmer für Sie hat, und wenn wir uns dann ab und zu im

Dorf begegnen, werden wir uns freuen, einen Freund zu treffen.«

Unschlüssig sah er sie an. »Sie meinen das wirklich so, nicht wahr?«

»Natürlich.«

»Lena, Sie … ich …«

»Ist schon gut. Ich habe verstanden, und ich sage ›nein‹. Und nun hoffe ich, Sie haben mich auch verstanden, sonst wird es nichts mit der Freundschaft.«

Robert Newborg nickte. Diese Frau war wirklich sehr deutlich. »Ich packe meine Sachen und verschwinde in Richtung Broadfield.« Und nach einem Augenblick: »Und wenn kein Zimmer frei ist?«

»Wird Ellen ein anderes Bed and Breakfast für Sie finden.«

Enttäuscht schüttelte er den Kopf und ging hinaus. Er hatte den Wäscheständer von der Wiese hereingeholt und im Garten wieder aufgestellt. Im Sommerwind flatterte seine feuchte Kleidung. Nun nahm er sie ab und steckte alles in eine Tüte, die Amy ihm reichte. »Im Dorf hinter der Bäckerei gibt es eine Reinigung. Bis morgen sind die Sachen dann wie neu«, versicherte sie.

Mit gesenktem Kopf und erfüllt von der Erinnerung an die vergangene Nacht, in der er Lena sogar heimlich geküsst hatte, stieg er in sein Auto. Ich werde genau das tun, was ich mir in der Nacht vorgenommen habe, schwor er sich. Ich werde sie mit Geduld und Höflichkeit davon überzeugen, dass wir füreinander geschaffen sind, und dann wird sie erkennen, dass ich der richtige Mann für sie bin. Papperlapapp, Spezies und Freundschaft, ich weiß, was ein Mann zu tun hat, wenn das Verlangen ihn packt.

Im Dorf sah es noch immer katastrophal aus. Zwar waren die umgestürzten Bäume beiseite geräumt, aber der Marktplatz glich eher einem Schlachtfeld als einem gepflegten Dorfmittelpunkt.

Die Feuerwehr hatte glücklicherweise die Feldsteinkirche und den Glockenturm aus dem 16. Jahrhundert – eine Sehenswürdigkeit für die Touristen – gerettet, aber eine große Eiche war dem Blitzschlag zum Opfer gefallen. Der Marktplatz und Teile des Friedhofes waren mit Ästen übersät. Der vergoldete Wetterhahn war sogar bis in eine Nebenstraße geflogen, als sich der Turm der Kraft des Sturmes beugte, und eine Flut von Fledermäusen war in die Friedhofsbäume geflüchtet. Dennoch versuchte Ellen eine heile Welt zu zeigen. Sie wusste, dass sich im Lauf der nächsten Tage zahlreiche Touristen einfinden würden, um das Drama der geschichtsträchtigen Kirche zu besichtigen. Immerhin war das 500 Jahre alte Gotteshaus eine Attraktion und wurde in vielen Reiseführern als sehenswert angepriesen.

Also forderte Ellen ihren Mann auf, den Platz vor dem Pub zu säubern und stellte eigenhändig Tische und Stühle vor die Tür. Sie war gerade dabei, die Tischtücher festzuklammern, als sie das fremde Auto bemerkte. Erwartungsvoll sah sie dem Gast entgegen. Sie kannte den Mann, denn in dieser Gegend vom Benderloch gab es nicht viel Abwechslung für Touristen, und so war er schon einige Male in das Pub gekommen, um ein Bier zu trinken, wenn ihn die Langeweile auf der Farm überfiel.

Der Fremde stieg aus und kam auf sie zu. »Guten Tag, hätten Sie noch ein Zimmer für mich?«

»Tag auch. Heute Nacht hat es auch die Brownsen-Farm

erwischt, wollten Sie da wieder Ferien machen?« Ellen war eine kluge Frau und eine gewiefte Wirtin, sie durchschaute ihre Gäste sofort.

»Ja, aber ich bin gar nicht erst bis zur Farm gekommen. Alles war abgesperrt, und hierhin ließ man mich auch nicht fahren.«

»Ich weiß, wir hatten überall höchste Alarmstufe wegen der extremen Trockenheit in den Highlands, und dann drohte der Kirchturm einzustürzen. Wo waren Sie denn dann in der Nacht?«

»Ich habe gerade noch das Arzthaus erreicht, als der Wolkenbruch begann.«

»So, so. Ja, die Ärztin ist für ihre Hilfsbereitschaft bekannt. Da haben Sie aber Glück gehabt.«

»Ich habe mich revanchiert und heute Vormittag das Grundstück aufgeräumt. Sah wüst aus. Haben Sie nun ein Zimmer für mich?«

»Ja, kommen Sie rein, ich zeige es Ihnen.«

Robert Newborg holte sein Gepäck und folgte Ellen. An der Gaststube und der Küche vorbei führte sie ihn bis in einen Anbau und dann die Treppe hinauf. Alle Räume sahen sauber aus, eine schlichte, rustikale Einrichtung unterstrich die ländliche Atmosphäre. Ellen schloss eines der Zimmer auf. »Hier können Sie wohnen, wenn es Ihnen zusagt. Werden Sie länger bleiben?«

Newborg zuckte mit den Schultern. »Ich weiß noch nicht. Ein paar Tage? Vielleicht auch zwei Wochen?«

»Wie Sie wollen. Das Zimmer steht zu Ihrer Verfügung. Essen können Sie unten im Pub zu den normalen Zeiten.«

Newborg sah sich um. Das Zimmer gefiel ihm. Es roch

nach frischer Wäsche und Seife. Er öffnete eine zweite Tür. Auch das Bad war schlicht, entsprach aber allen Bedürfnissen.

»Wir haben letztes Jahr erst angebaut«, erklärte die Wirtin, »wir wollten eine rustikale, aber moderne Einrichtung, die auch den Stadtgästen gefallen sollte.«

»Es ist sehr schön, ich werde mich hier wohlfühlen.« Newborg wollte die neugierige Frau loswerden. »Jetzt werde ich erst einmal auspacken, und später komme ich zum Abendessen. Vielen Dank.«

Ellen nickte. Sie hatte verstanden. Während sie das Zimmer verließ, warf sie noch einen Blick auf den Mann. Er gefiel ihr. Ein rechtschaffenes Mannsbild, dachte sie. Das gebräunte Gesicht, in dem hellblaue Augen strahlten, die straffe Haut, die noch keine Altersfalten aufwies, und die wohlgeformte, schmale Nase verrieten Bildung und Niveau. Ellen seufzte und schloss die Tür. Schade, dachte sie, ich habe eine Menge verpasst, als ich so früh diesen Wirt hier heiratete. Sie ging die Treppe hinunter und sah die vollen Lippen ihres Gastes vor sich, die so viel Sinnlichkeit verrieten.

Newborg packte seinen Koffer aus, legte Buch und Lesebrille auf den Nachttisch und griff nach der Tüte mit den feuchten Sachen für die Reinigung.

Ein kleiner Abendspaziergang und vielleicht ein kleines freundschaftliches Wiedersehen? Er dachte an die Worte der Ärztin und machte sich hoffnungsvoll auf den Weg.

Lena war viel zu müde, um an ein freundschaftliches Wiedersehen oder hoffnungsvolle Wünsche zu denken. Sie hatte eine fast schlaflose Nacht und acht gut besuchte Praxisstunden hinter sich. Zu den gewohnten Patienten hatten sich mehrere Helfer gesellt, die während der Lösch- und Aufräumarbeiten die eine oder andere Verletzung davongetragen hatten. Da gab es ein paar Brandwunden, einige Prellungen, einen verstauchten Fuß und einen gebrochenen Arm. Nichts Ernstes, und dafür war die Ärztin dankbar. Gravierende Verletzungen zu behandeln, wäre ihr heute schwergefallen. So kümmerte sie sich, als der letzte Patient gegangen war, nur noch um ihre Blumen, atmete tief durch, als sich ihr Gast endlich verabschiedete, lief mit Sandy zum Stall hinunter um nachzusehen, ob es dort Schäden gegeben hatte und freute sich auf ein ruhiges Abendessen.

Ein leichter Wolkenschleier hatte sich vor die untergehende Sonne geschoben. Zwei Eichhörnchen tobten in dem alten Apfelbaum, und ein paar Grillen zirpten im Gebüsch. Amy hatte ein gebratenes Huhn mit Ofenkartoffeln zubereitet und alles in die Mikrowelle gestellt, die Lena nur noch zum Wärmen anschalten musste. Später nahm sie das vorbereitete Essen mit hinaus in den Garten und genoss die Stille des Abends, die heute so wohltuend war.

Sandy hatte sich unter der Bank zusammengerollt. Plötzlich hob sie den Kopf, dann knurrte sie leise. Lena bückte sich und hielt sie fest.

Um das Haus herum kam ein Kind gerannt. Lena erkannte den kleinen Bob, der damals, kurz vor ihrem Einzug, von der Gans attackiert worden war. Der Junge war hochrot im Gesicht, weinte und rief: »Der Papa schlägt die Mama tot, der Papa … sie ist ganz voller Blut.« Er schluchzte: »Überall ist Blut.«

Lena sprang auf, brachte Sandy in die Küche und rief die

Polizeiwache an. »Hier Dr. Mackingtosh in Broadfield. Das ist ein Notruf, schicken Sie jemanden in die Dorfstraße 45 von Broadfield. Ein Junge behauptet, der Vater schlüge die Mutter tot. Beeilen Sie sich, ich laufe jetzt rüber.«

»Verstanden, wir sind schon unterwegs.«

Lena griff nach ihrem Unfallkoffer und rannte mit dem Jungen den langen Weg hinunter. Als sie das Haus erreichten, blieb der kleine Bob zurück und schüttelte den Kopf. »Ich habe Angst, ich bleibe hier.«

»Ist gut. Ich gehe mal rein. Warte hier auf die Sergeant.«

Vorsichtig näherte sie sich der offenstehenden Eingangstür. Drinnen war es still. Es roch nach billigem Alkohol. Die Küchentür war nur angelehnt, sie hörte das Wimmern einer Frau. Langsam öffnete Lena die Türe ganz. Was sie sah, ließ sie erstarren. Die Bäuerin lag blutüberströmt auf den Fliesen. Glasscherben und Flaschenreste bedeckten den Boden. Aber bevor sie sich zu der Frau hinunterbücken konnte, hörte sie ein Geräusch hinter sich. Sie drehte sich um. In der Tür stand ein Riese von einem Mann, eine halb volle Whiskyflasche in der Hand. Mit glasigen Augen starrte er sie an. Dann hob er drohend die Flasche und kam auf sie zu.

Speichel floss aus einem Mundwinkel. Wie ein verwundetes Tier brüllte er auf und schwenkte die Flasche. Geistesgegenwärtig riss Lena den Arztkoffer hoch und hielt ihn sich als Schutz vors Gesicht. Die Flasche zersplitterte, als sie gegen den Aluminiumkoffer prallte. Der Mann wich zurück und stolperte über die leblose Frau am Boden, dann fiel er rückwärts mit dem Kopf zuerst in die Buntglasscheiben der Küchentür, die klirrend zerbarsten. Lena nahm den Koffer herunter und sah im Zeitlupentempo den fallenden Mann, das splitternde Glas und den Sergeant, der in diesem Moment den Hausflur betrat. Im ersten Augenblick wollte der Polizist die Pistole ziehen, dann sah er auf den blutenden Mann am Boden. Eine grasgrüne Glasscherbe ragte aus seinem Hals. Blut spritzte mit jedem Herzschlag aus der Wunde. Die Scherbe hatte die linke Halsschlagader getroffen.

Lena war sofort bei ihm, zog das Glasstück heraus und presste Mulltücher auf die Wunde. »Hier, halten Sie mal«, forderte sie den Sergeant auf und suchte in ihrem Koffer nach einem Druckverband. Ein zweiter Polizist kam ins Haus. »Rufen Sie einen Rettungshubschrauber, es geht um Minuten«, rief sie ihm zu.

In diesen Sekunden war es Lena völlig egal, ob sie einem Teufel oder einem Engel das Leben rettete. Der Mann hatte durch den Blutverlust bereits einen Schock. Sie sah es an der Blässe im Gesicht und an dem Schweiß, der sich auf seiner Stirn bildete. Einen Pulsschlag konnte sie kaum noch feststellen. Trotzdem war er bei Bewusstsein. Er lallte vor sich hin, ab und zu zuckten seine Hände, als wolle er wieder zuschlagen, und dann, ganz plötzlich, fiel sein Kopf zur Seite; er war ohnmächtig.

Auf der Straße vor dem Haus bildete sich, von zwei Polizeiwagen angelockt, eine Traube neugieriger Menschen. Man hatte den weinenden Bob in die Mitte genommen und versuchte ihn zu trösten.

Lena, die dem Mann im Augenblick nicht helfen konnte, kümmerte sich um die Frau, die noch immer auf dem Boden lag. Anscheinend hatte der Mann sie geschlagen und dabei eine Flasche auf ihrem Kopf zertrümmert. Sie hatte eine offene Wunde am Hinterkopf, Nasenbluten und eine blaurot angeschwollene Gesichtshälfte. Ein Schultergelenk war ausgekugelt, ein Fuß gebrochen. Lena versorgte die Wunde am Kopf, gab Tampons in die Nase gegen die Blutung und renkte dann das Schultergelenk ein, das der Frau anscheinend die meisten Schmerzen bereitete.

Von draußen drang der Lärm eines landenden Hubschraubers ins Haus. Endlich kamen Sanitäter und ein Notarzt in die Küche. Lena schilderte die Verletzungen und ihre bisherigen Maßnahmen. Als die Männer zwei Tragen holten und zuerst den Bewusstlosen darauf betteten und festbanden, protestierte die Frau. »Ich will nicht ins Krankenhaus, ich will hier bleiben. Ich bleibe bei meinen Kindern«, sagte sie weinend. Der Notarzt sah Lena an. »Was soll ich machen?«

Lena nickte. »Medizinisch kann ich mich um sie kümmern, ich wohne in der Nähe. Wir brauchen nur eine Pflegerin, aber die lässt sich im Dorf finden. Vielleicht ist es besser, sie bleibt in der gewohnten Umgebung.«

Der Arzt nickte. »Dann nichts wie weg, der Mann stirbt mir sonst unterwegs.«

Der Hubschrauber startete sofort. Die beiden Sergeants halfen, die Frau ins Bett zu bringen. Während Lena sie entkleidete und den Fuß bandagierte, meldeten sich zwei Frauen, die bereit waren, die Pflege zu übernehmen und sich um die Kinder und den Haushalt zu kümmern.

Bevor die beiden Männer zurück auf die Wache fuhren, bat Lena sie, am nächsten Morgen noch einmal herzukommen. »Ich muss das Schultergelenk und den Fuß röntgen. Könnten Sie die Frau in die Praxis und wieder zurückbringen?«

»Natürlich«, riefen beide, und, »meine Hochachtung, Dr.

Mackingtosh, Sie haben ganz schön viel Mut. Mit dem Kerl hätte ich mich ohne Waffe nicht eingelassen. Der ist bekannt für seine Brutalität. Und Sie hatten nur den Arztkoffer als Hilfe. Aber morgen müssen wir das alles noch zu Protokoll nehmen, passt Ihnen das?«

»Ja, jetzt bin ich nur noch müde. Ich kümmere mich um die Pflege der Frau und dann ab ins Bett.«

»Ja, ja, ist ganz schön was los bei uns. Gestern das Unwetter und der Autounfall und die Feuer hier und auf der Brownsen-Farm, heute das Spektakel hier bei dem Bauern, wir kommen kaum noch raus aus der Uniform. Na, nichts für ungut, Dr. Mackingtosh, schlafen Sie mal richtig aus, wir passen schon auf. Aber so kurz vorm Wochenende, wenn die Lohnarbeiter heimkommen, gibt's leicht mal Randale.«

Die Männer schüttelten ihr die Hand, und Lena lächelte. Randale, dachte sie, ich würde eher von Mord und Totschlag sprechen.

Eine Woche später, die Mutter von Bob hatte sich einigermaßen erholt, erfuhr Lena von Robert Marloff, dass der brutale Ehemann aus dem Krankenhaus entlassen und unter dem Verdacht des versuchten Totschlages in Untersuchungshaft genommen worden war.

Als seine Frau das hörte, kam sie zu Lena in die Praxis. »Um Gottes willen, Miss Mackingtosh, Sie müssen uns helfen. Man kann doch meinen Mann nicht einsperren. Wovon sollen wir leben, wenn er kein Geld mehr verdient?«

Verblüfft stand Lena der Frau gegenüber. »Aber er hätte Sie fast umgebracht. Es ist lebensgefährlich für Sie und die Kinder, mit ihm in einem Haus zu wohnen.«

»Aber er ist doch bloß selten zu Hause. Und wenn er trinkt, muss man halt aufpassen.«

»Ja, das habe ich erlebt, wie gut Sie aufgepasst haben. Wäre Bob nicht zu mir gekommen, wären Sie heute tot.«

»Ja, ja, ich weiß, aber nun geht das Leben doch weiter, und die Polizei wird ihn schon zurechtgestutzt haben. Wenn er wieder nüchtern ist, wird ihm alles leid tun. So ist er immer. Können Sie nicht ein gutes Wort einlegen?«

Lena schüttelte entschieden den Kopf. »Da helfen meine Worte gar nichts. Die Polizei hat alles gesehen, und wenn die Beamten als Zeugen aussagen, kann kein Mensch ihn vor einer gerechten Strafe schützen.«

»Dann kann ich mir gleich einen Strick nehmen, das ist dann wenigstens menschlicher als das langsame Verhungern. Wenn meine Kinder nicht wären, ich …«

»Schon gut, Sie brauchen mir Ihre Situation nicht weiter zu schildern. Ich verspreche Ihnen, dass Sie nicht verhungern werden. Ich werde mit Amy sprechen, und ab morgen werden wir alle Lebensmittel, die wir brauchen, bei Ihnen kaufen. Sie haben einen Gemüsegarten, Hühner, Gänse, Kaninchen und Obst, und irgendwann können Sie bei uns im Garten aushelfen und etwas Geld verdienen. Sie sehen, das Leben geht weiter.«

»Ich kann auch nähen und flicken.«

»Na also, wo ist dann das Problem? Gemeinsam schaffen wir das. Und wenn ich mit Ellen vom Pub rede, braucht sie bestimmt auch mal eine Aushilfe.«

Beruhigt verließ die verängstigte Frau wenig später die Praxis, und Amy kam mit glänzenden Augen zu ihrer Chefin.

»Toll, wie Sie das gemacht haben, einfach toll, Dr. Mackingtosh.«

Dass Amy gern schwatzte, wusste Lena, dass der Dorftratsch aber auch sehr hilfreich sein konnte, hatte sie nicht gewusst. Wenige Tage nach dem Besuch der Bäuerin hatte sich im Dorf herumgesprochen, dass die Frau Hilfe brauchte und was die Ärztin dazu gesagt hatte, und plötzlich konnte sich die Bäuerin kaum noch vor Anfragen retten. Dabei waren die Dörfler sehr behutsam mit ihren Angeboten und baten nur um kleine Hilfen. Geld hatte schließlich keiner, aber helfen wollten sie alle.

»So ist das eben in den Highlands«, erklärte Amy ihrer Chefin.

Kapitel 23

Wie verabredet holte der Ranger die Ärztin am 30. Juni, einen Tag vor dem Geburtstag des Earl of Archestown, in Broadfield ab. Er kam morgens vor Sonnenaufgang, denn er wollte auf der Fahrt einen Abstecher nach Edinburgh machen, wo er die antiken Seekarten für seinen Vater bestellt hatte.

Lena genoss die Fahrt. Sie wollte die drei Tage als einen Kurzurlaub betrachten und weder an Arbeit noch an Verpflichtungen denken. Tom war draußen bei den Alpakas, die er sehr verantwortungsvoll betreute, und Amy hatte ihr versprochen, zusammen mit ihrem Mann auf Sandy, das Haus und die Farm aufzupassen.

Auch über ihre Garderobe hatte Lena sich wenig Sorgen gemacht. Sie besaß ein elegantes, ärmelloses schwarzes Kleid mit einer Paillettenbordüre am runden Halsausschnitt und einer dazu passenden Stola für kühle Stunden. Sie hatte das Kleid schon mehrmals in Glasgow getragen und sich immer wohl darin gefühlt, weil es nicht auffallend, sondern schlicht und trotzdem elegant war. Warum soll ich Geld für ein neues Kleid ausgeben, wenn das hier im Schrank hängt, hatte sie überlegt, denn wann habe ich in Broadfield schon einmal Gelegenheit, so etwas Besonderes zu tragen.

Sie lehnte sich zufrieden zurück und freute sich über die sichere und angenehme Fahrweise des Rangers. Gesprochen wurde kaum. Der Mann konzentrierte sich auf den morgendlichen Berufsverkehr, und ein großer Redner war er sowieso nicht.

In Edinburgh half sie, die Anschrift des Antiquariats zu finden und sorgte auch in dem Geschäft dafür, dass die wertvollen Karten entsprechend geschmackvoll eingepackt wurden. Erst als sie gegen Mittag Edinburgh verlassen hatten und nun nach Nordosten zur Küste hin unterwegs waren, wurde der introvertierte Ranger gesprächiger. Er zeigte ihr Sehenswürdigkeiten, an denen sie vorbeikamen, wies auf berühmte Schlossruinen und verfallene Abteien hin und zeigte ihr Naturreservate, in denen Bekannte von ihm als Ranger tätig waren.

Lena, die sich schon seit dem Aufbruch am Morgen wunderte, dass Patrick McDoneral in voller Montur unterwegs war, nutzte die Gelegenheit und fragte: »Warum fahren Sie zu diesem Familienfest eigentlich in Uniform?«

Der Mann grinste etwas verlegen. »Ich will damit deutlich machen, dass ich einen festen Beruf habe und für andere Tätigkeiten nicht zur Verfügung stehe.«

Lena sah ihn verblüfft an. »Andere Tätigkeiten? Was meinen Sie damit?«

»Nun, zum Beispiel die Verwaltung einer Grafschaft.«

»Und wer will Sie damit beauftragen?«

»Meine Eltern natürlich. Sie sind und waren gegen meinen Beruf als Wildhüter. Sie wollen, dass ich endlich meine Pflichten gegenüber meiner Herkunft und meiner Familie wahrnehme.«

»Dann ist die Uniform so etwas wie eine Ritterrüstung?« Lena sah ihn ernst an. »Heute kann man doch keinen Menschen mehr zwingen, etwas zu tun, was er nicht will.«

»Ich bin der einzige Sohn, und in unseren Kreisen ist es eben üblich, dass der älteste oder der einzige Sohn in die

Fußstapfen des Vaters tritt und das entsprechende Erbe übernimmt.«

»Und das wollen Sie nicht?«

»Auf gar keinen Fall. Ich lege Wert auf meine Freiheit. Ich will das tun, was mir Spaß macht, was mich erfüllt, was mein Leben lebenswert macht.«

»Ja, das kann ich verstehen.« Lena dachte an ihre eigene Karriere. Auch sie wollte anders leben als ihre Eltern, frei sein und in der Großstadt wohnen statt in einem hinterletzten Dorf am Benderloch. Und was ist daraus geworden?, dachte sie, das Schicksal hat anders entschieden, und nun bin ich doch dort gelandet, wo meine Eltern mich immer haben wollten.

Der Ranger sah sie aufmerksam an. »Was ist los? Habe ich etwas Falsches gesagt?«

Lena schüttelte lächelnd den Kopf. »Nein, nein, aber manchmal kommt es dann doch anders, als man selbst plant.«

»Wie meinen Sie das?«

»Ich wollte niemals in einem Dorf leben, ich wollte die Großstadt genießen. Und wo bin ich gelandet?«

»Am wunderschönen Benderloch, mitten in den herrlichen Highlands.« Und verdammt nahe bei mir, dachte der Ranger, sagte das aber nicht.

Lena seufzte. »Das Leben geht eben seine eigenen Wege.«

»Nicht mit mir«, versicherte Patrick McDoneral sehr selbstbewusst.

»Sie haben Eltern, gegen die Sie angehen können, denen Sie widerstehen dürfen, ich hatte diese Eltern nicht mehr. Das machte mich hilflos.«

»Meinen Eltern geht es ja nicht nur um meine Zukunft als Earl und Verwalter, sondern um den angemessenen Fortbestand der Familie.«

»Sie deuteten so etwas an. Deshalb bin ich ja auch heute und hier unterwegs.«

»Wofür ich Ihnen sehr dankbar bin. Darf ich noch eine Bitte äußern, damit unser Auftritt glaubwürdig wird?«

»Und was wäre das?«

»Wir sollten uns vielleicht zum ›Du‹ entschließen und mit Vornamen ansprechen.«

»Ja, das wäre angebracht. Das genügt dann aber auch.«

»Was meinen Sie mit ›genügen‹?«

»Dass wir auf weitere Vertraulichkeiten verzichten können.«

Der Ranger grinste. »Ich werde die Chance nicht nutzen.«

»Das beruhigt mich.«

»Darf ich denn wenigstens ab und zu Ihre«, er räusperte sich, »ich meine, deine Hand halten?«

»Du darfst.«

»Und wie weit dürfen unsere Vertraulichkeiten gehen? Wir müssen doch glaubwürdig erscheinen.«

»Ich halte dich für einen Gentleman, also enttäusche mich nicht.«

»Meine Mutter ist eine sehr aufmerksame, neugierige Lady.«

»Ich rechne mit getrennten Schlafzimmern, um ganz deutlich zu werden.«

»Da kannst du sicher sein. Erstens weiß sie nicht, dass ich dich mitbringe, zweitens schlafe ich immer in meinem eigenen Zimmer, und drittens hat das Schloss mehr als dreißig Gästezimmer.«

»Meine Güte.«

»Es ist ein riesiger Kasten mit immer neuen Anbauten, denn jeder Earl hatte die Angewohnheit, seine Spuren zu hinterlassen, und das kann man am besten, wenn man baut.«

»Du machst mich neugierig.«

»Wir erreichen in wenigen Minuten die Küste, und dann siehst du auch Archestown.«

Die Sonne stand bereits tief im Westen, als das graue Schloss hoch über dem Meer am Rand der Steilküste auftauchte. Zahllose Fenster, Zinnen, Türme und Türmchen, beleuchtet von der untergehenden Sonne, ragten in den Himmel über der Beatnell Bay, und Lena bekam eine Gänsehaut beim Anblick dieser gewaltigen Anlage aus grauem Granit.

Der Ranger, der wusste, welche Reaktion Archestown bei fremden Besuchern auslöste, wollte die Wirkung herunterspielen. »Es sieht gefährlicher aus, als es ist.«

»Es ist umwerfend«, flüsterte Lena, »wie kann man in solch einem Gemäuer leben?«

Patrick grinste. »Genau das ist seit vierzig Jahren mein Problem. Aber wenn man daran gewöhnt ist, geht es. Wir bewohnen ja nur Teile des Schlosses, aber ich gebe zu, als Kind habe ich mich oft verlaufen. Und Angst hatte ich auch. Die Erzieher haben, wenn ich nicht gehorchte, mit Geistern und Gespenstern gedroht, und Eltern, die ich um Hilfe bitten konnte, waren ja nie da. Mutter hatte ihre Charity-Veranstaltungen und Fuchsjagden, und Vater war auf Geschäftsreisen oder auf Poloturnieren. Aber das habe ich, glaube ich, schon erzählt.«

»Ja, das hast du schon einmal erwähnt. Hast du keine Geschwister?«

»Nein, das ist ja das Problem. Ich bin der Erbe, und der Gedanke daran reicht, um die Flucht zu ergreifen.«

Lena schwieg eine Weile. Schließlich fragte Patrick: »Was ist los?«

»Es fällt mir schwer, das alles zu begreifen.«

»Es ist auch schwer. Es ist eine Last, die mich umbringen würde, wenn ich mein Leben nicht selbst in die Hand genommen hätte. Und dann diese familiären Verpflichtungen, diese Events, die ich so hasse.«

Lena nickte verständnisvoll. »Wir werden das schon schaffen.« Und im Stillen nahm sie sich vor, den Mann an ihrer Seite mit allen Mitteln zu unterstützen.

Je näher sie Schloss Archestown kamen, umso monströser wurde der Bau. Da die Gegend eben und kaum bewaldet war, ragte der graue Granitblock bedrohlich aus dem flachen Land oberhalb der Steilküste. Lena fand die Einsamkeit ringsherum bedrückend.

Kein Haus, kein Baum, kein Tier und auch kein Mensch waren zu sehen. Die schmale Straße führte nur durch abgegrenzte Koppeln und Weiden, die verlassen waren.

Fragend sah sie den Ranger an. »Ist es immer so … einsam hier?«

»Es kommt auf die Jahreszeit an. Es gibt riesige Schafherden, aber die weiden im Herbst hier, jetzt wird das Gras als Heufutter eingefahren.«

»Aber wohin denn? Doch nicht ins Schloss?«

Patrick lachte laut. »Nein, in die Scheunen und in die Silos natürlich.«

»Und wo sind die?«

»Das Dorf, das zu Archestown gehört, liegt von hier aus gesehen hinter dem Schloss in einer Senke. Da spielt sich auch das tägliche Leben ab.«

»Was verstehst du unter täglichem Leben?«

»Na, die Landwirtschaft eben. Wir haben ein Gestüt, Schaf- und Rinderherden, einen Hafen für den Fischfang unten in der Bucht, Getreidefelder und einen kleinen sauberen Bach für die Whiskybrennerei. Und unsere Angestellten sind alle in diesem Dorf zu Hause.«

»Das ist eine Menge Leben. Wenn man hier so entlangfährt, denkt man, ans Ende der Welt gekommen zu sein.«

»Ja, das ist die südliche Zufahrt, aber wenn wir da vorn um die Ecke kommen, siehst du auch den Park und den Graben mit der Zugbrücke, das ist die eigentliche Einfahrt.«

Die kleine Straße führte in einem Bogen um das Schloss herum, und Lena warf einen letzten Blick auf das ruhig in der Tiefe liegende Meer, über dem mittlerweile die Nacht hereingebrochen war.

Patrick lenkte den Wagen über die schmale, von weiß bemalten Steinen begrenzte Anfahrt und dann über die unter den Reifen klappernde schmale Zugbrücke, die über einen breiten, mit Seerosen und Schilf bedeckten Graben führte. Sie fuhren durch einen kurzen Tunnel und landeten mitten im Leben. Jedenfalls hatte Lena den Eindruck, denn hier auf dem Schlosshof herrschte reger Betrieb. Zahlreiche Autos parkten an den Hofseiten, Bedienstete hasteten hin und her, aus offenen Fenstern drang das Gelächter zahlreicher Menschen, und irgendwo spielte eine Dudelsackgruppe.

Patrick stellte den Range Rover neben einem kleinen

Brunnen ab, aus dem zwei Pointer eifrig Wasser schleckten. Als sie Patrick entdeckten, kamen sie aufgeregt wedelnd zu ihm gerannt und begrüßten ihn mit feuchten Schnauzen und freudigem Winseln. »Komm und streichle sie, dann wissen sie, dass du zu mir gehörst«, bat er Lena und half ihr aus dem Wagen.

Lena hielt ihnen die Hände hin, damit sie ihren Geruch aufnahmen und streichelte dann die beiden rot-braun gefleckten Hunde, die sich vor Freude auf den Rücken warfen und jaulten. Patrick sagte: »Sie stammen aus meiner Zucht, und vor zwei Jahren habe ich sie meinem Vater zum Geburtstag geschenkt. Aber er war nicht besonders glücklich darüber, sie waren klein und noch nicht erzogen, und er gab sie gleich weiter ins Dorf zu einem Mann, der sie ausbilden musste. Als ich im vorigen Jahr die Hunde nicht im Schloss, sondern im Dorf fand, habe ich damit gedroht, sie wieder mitzunehmen, wenn sie nicht hier oben leben durften. Na ja, nun sind sie wenigstens wieder im Schloss.«

Lena nickte und dachte: Ob sie hier in diesem Steinkoloss glücklicher sind als in einem Dorf, wo es von Tieren wimmelt?

Patrick, der Lenas Bedenken spürte, erklärte grinsend: »Sie haben natürlich jeden Auslauf, den sie wollen, die Freiheit fängt gleich nach der Zugbrücke an, und die ist immer geöffnet.«

Lena sah ihn lächelnd an. »Du bist ein verdammt guter Gedankenleser.«

»Das lernt man in und von der Natur. Du siehst, du kannst nichts vor mir verbergen.« Er holte das Gepäck aus dem Wagen und winkte einen jungen Hausdiener heran.

»Joel, bring das Gepäck ins Schloss und frag die Haushälterin nach einem Gästezimmer für meine Begleiterin.« Dann nahm er Lenas Hand. »Komm, da drüben ist der Haupteingang, stürzen wir uns ins Verderben.«

Lena sah ihn zweifelnd an. »Wenn du dein Zuhause als ›Verderben‹ siehst, wirst du hier niemals glücklich sein.«

»Da hast du recht, ich will es ja auch nicht werden.« Erstaunlich fröhlich zog er Lena in die große Empfangshalle, wo es von Gästen nur so wimmelte, und Lena dachte: Ist diese Fröhlichkeit nun der echte Patrick, oder ist sie eine aufgesetzte Maske, hinter der sich dieser introvertierte Mann verbirgt?

Aus der Menge der Gäste löste sich eine große, schlanke Frau in einem sehr schlichten dunkelblauen Seidenkleid und mit streng nach hinten gekämmtem und in einem Dutt zusammengefasstem grauem Haar. Sie begrüßte die beiden nicht, sondern kritisierte Patrick sofort. »Da bist du ja endlich. Und warum in dieser scheußlichen Uniform?«

»Guten Tag, Mutter. Schön, dich zu sehen. Ich hoffe, es geht dir gut«, erwiderte Patrick betont höflich. »Und was die Uniform betrifft, wir haben seit zwei Wochen Alarmstufe fünf wegen der Waldbrandgefahr im Land. Ich muss jederzeit abrufbereit sein.«

»Komm mir nicht damit. Würdest du hier leben, hättest du nicht mit Alarmstufen zu kämpfen.« Jetzt erst würdigte sie Lena eines Blickes, dann sagte sie naserümpfend: »Nach einem festlich gekleideten Gast sehen Sie nicht gerade aus.« Und zu Patrick gewandt: »Du hast eine fremde Dame dabei?«

»Ich habe eine gute Freundin mitgebracht. Darf ich dir Dr. Lena Mackingtosh vorstellen?«

Aber die Lady nickte nur und wandte sich ab. »Du weißt ja, wo deine Suite ist. Mrs. Crombie wird ein Zimmer für die Dame besorgen. Um acht Uhr wird gespeist.«

Lena sah den verärgerten Mann an ihrer Seite an. Kein Wunder, dachte sie, dass er sich ein anderes Zuhause gesucht hat.

Eine unhöflichere Frau ist mir in meinem ganzen Leben noch nicht begegnet. Aber bevor sie etwas sagen konnte, kam ein Zimmermädchen auf sie zu und bat: »Würden Sie mir bitte folgen?«

Unschlüssig sah sie Patrick an. »Wann und wo treffen wir uns wieder? Und gibt es Vorschriften für die Garderobe?«

»Ich schlage vor, in einer Stunde hier unten, bis dahin haben wir Zeit, nach dieser langen, staubigen Fahrt zu duschen und uns frisch zu machen. Ich ziehe wieder die Uniform an. Schon aus Trotz«, fügte er hinzu.

Lena spottete: »Na, in diesen Jeans würde ich Hausverbot bekommen.«

»Ja«, grinste Patrick, »dann würde ich sofort mit dir hinausgehen, und wir wären allen Ärger los.«

Lena nickte dem verlegen blickenden Mädchen zu. »Gehen wir.«

Sie folgte der Hausangestellten über Gänge und Treppen und durch Flure, bis sie irgendwann dachte: Hier finde ich niemals zurück in die Halle. Das Mädchen begleitete sie in ein Zimmer, das erstaunlich modern eingerichtet war und den Blick auf einen englischen Garten freigab.

»Bitte sehr, Miss Mackingtosh, ich werde Ihnen jetzt nebenan ein Bad einlassen. Miss Crombie hat veranlasst, dass Ihr altrosa Ensemble für die Festivität am Abend hergerichtet wird. Es wird Ihnen in dreißig Minuten gebracht. Das soll ich Ihnen ausrichten.«

Lena war so verblüfft, dass ihr nichts anderes einfiel, als sich zu bedanken. War es in diesen Kreisen üblich, einfach das Gepäck der Gäste zu öffnen und zu durchsuchen? Das kleine Seidenkostüm, das sie sich vor einem Jahr zu einem Abschiedsevent in Glasgow gekauft hatte, hatte sie nur aus Verlegenheit mit in den Koffer gepackt, weil sie nicht wusste, mit wie oft wechselnder Garderobe sie bei diesem hochoffiziellen Geburtstag rechnen musste.

Sie ging nach nebenan ins Bad und bat das Mädchen mit einem Lächeln: »Würden Sie bitte in einer Stunde wiederkommen und mich zurück in die Halle bringen? Den Weg finde ich allein ganz bestimmt nicht.«

»Selbstverständlich. Und auf Ihrem Nachttisch ist eine Klingel, Sie brauchen nur zu läuten, wenn Sie einen Wunsch haben.«

»Danke.«

Der Abend verlief sehr seltsam. Als Lena und Patrick sich in der Halle trafen, nahm der ihre Hand und erklärte: »Wir werden uns jetzt die Tischordnung besehen; so wie ich meine Mutter kenne, entspricht sie bestimmt nicht meinen Wünschen. Aber das werden wir ändern.« Er führte Lena durch mit Gästen gefüllte Räume, grüßte flüchtig hierhin und dorthin, ließ sich aber nicht aufhalten und öffnete schließlich eine kleine Seitentür, die von der Anrichte aus in den großen Speisesaal führte. Eine hufeisenförmig angelegte Tafel war für etwa achtzig Gäste feierlich gedeckt. Lena war sprachlos, diese Größe und diese elegant dekorierte Tafel hatte sie nicht erwartet. Langsam ging Patrick mit ihr um den verzweigten Tisch herum und studierte die Tischkarten. »Ja, genau so habe ich mir das gedacht«, erklärte er verärgert, nahm die Karte, die seinen Namen trug und ihn neben eine Duchess aus Inverness platzierte, und suchte weiter. Ganz am Ende des zweiten Tisches fand er dann Lenas Namen auf einer Karte, die sie neben einen alten Offizier setzte. »So, das wollen wir doch ganz schnell ändern«, flüsterte er, stellte seine Karte neben die von Lena und verbannte den alten Offizier neben die Duchess aus Inverness.

»Bitte«, flüsterte Lena, »das ist doch nicht nötig. Mir ist es egal, wo ich sitze, ich bin schließlich ein unerwarteter Gast.«

»Aber mir ist es nicht egal, neben wem ich sitze. Die Kuppelversuche meiner Mutter werden in jedem Jahr intensiver, und jetzt wird sie eine Lehre daraus ziehen müssen.«

Sie verließen den Saal gerade, als am anderen Ende die breite Tür geöffnet wurde und die ersten Gäste ihre Plätze suchten. Mit den anderen zusammen gingen sie zu ihrem Tisch und setzten sich, bevor Patricks Mutter, die Haushälterin oder der Butler den Tausch bemerkten.

Lena, die es nicht gewohnt war, in diesen Kreisen zu verkehren, bemühte sich, nicht durch ihre Neugier aufzufallen, aber sie konnte ihre Verblüffung über die bekannten Namen und die herrschende Eleganz kaum verbergen. Ganz besonders erstaunt war sie von der Noblesse des alten Grafen, der hier im Mittelpunkt stand. Mehrere Reden und Trinksprüche und seine feinen, kultivierten Antworten faszinierten sie. Ein Mann von Format, dachte sie, ein imposanter Mensch, eine raumfüllende Präsenz.

Nach dem erlesenen Essen zogen sich die älteren Herren

in einen Rauchsalon zurück, die Damen nahmen ihren Kaffee in einem Salon der Gräfin ein, und für die jüngeren Gäste wurde der Gartensaal mit einer fröhlich musizierenden Kapelle geöffnet.

Patrick führte Lena in den Park. »Ich bin kein Tänzer«, erklärte er kurz und bündig und zeigte ihr eine hundertjährige Linde, die in voller Blüte stand. Lena grinste heimlich. Sie hatte nichts anderes erwartet. Obwohl sie gern tanzte, ließ sie sich die Enttäuschung nicht anmerken und lauschte den Erzählungen ihres Begleiters, der fast zu jedem Baum eine Geschichte wusste.

Kurz nach Mitternacht gingen sie schlafen. Patrick brachte Lena bis zu ihrem Zimmer, verabschiedete sich höflich und erklärte ihr, dass nach dem Frühstück am nächsten Morgen die Geschenkübergabe in der großen Halle stattfand. »Dann gibt es ein Tontaubenschießen am Steilufer, anschließend eine Cocktail-Begrüßung für Gratulanten aus der näheren Umgebung, die nicht im Schloss wohnen, und danach ein Kricketspiel im Garten. Aber wenn ich ehrlich bin, an dem ganzen Brimborium liegt mir nichts«, erklärte er müde. »Ich möchte am liebsten nach der Geschenkübergabe verschwinden. Ist es dir recht, wenn wir so schnell wie möglich wieder abfahren?«

Lena lächelte. Es war so typisch für diesen introvertierten Mann, den Feierlichkeiten so schnell wie möglich den Rücken zu kehren. »Selbstverständlich. Du weißt am besten, wann du gehen kannst, und ich schließe mich an. Ich kenne hier keinen Menschen, also bin ich an deiner Seite, sobald du abfahren willst.«

»Danke.« Er drehte sich um und ging.

Typisch, dachte Lena, als sie allein war, da ist sie wieder, diese kühle, abweisende Art, mit der er sich in seine Einsamkeit zurückzieht.

Kapitel 24

Gleich nach dem zweiten Frühstück am nächsten Tag, die Geschenke waren überreicht und die Glückwünsche überbracht worden, fuhren Patrick und Lena heimlich ab.

»Es gibt nichts, was mich hier noch hält«, erklärte Patrick seiner Begleiterin, »und wenn es dir recht ist, fahren wir jetzt zurück.«

Lena, die sich in dieser Gesellschaft sowieso nicht wohlfühlte und weder am Tontaubenschießen noch an Kricket Interesse hatte, nickte zustimmend. Und so packten die beiden ihre Koffer und verließen unbemerkt das Schloss.

Zwischen Dundee und Perth erreichte Patrick ein Alarm der Forstverwaltung von Glasgow.

Kontrollflugzeuge, die bei der großen Waldbrandgefahr ständig unterwegs waren, hatten am nördlichen Ende des Creach Bheinn einen sich schnell ausbreitenden Wald- und Heidebrand entdeckt.

Patrick bremste am Straßenrand und studierte die Landkarte. »Wir nehmen ab Perth die A85 und biegen hinter dem Loch Earn nach Norden ab, dann kommen wir über die A82 von Norden aus in das Gebiet. Ist es dir recht, wenn du mich begleitest, oder möchtest du lieber von Perth aus mit einem Bus weiterfahren?«

»Nein, ich komme mit. Meine Alpakaherde grast am Fuß des Creach Bheinn, ich muss mich darum kümmern.«

Patrick wendete den Wagen, und Lena studierte die Karten und dirigierte ihn. Trotzdem war es fast dunkel, als sie die Gegend ums nördliche Ende des Benderlochs erreichten. Immer wieder blockierten Schaf- und Rinderherden, die ins Tal getrieben wurden, die kleinen Straßen, sodass der Ranger schließlich sein blaues Polizeilicht auf das Autodach und die Sirene anstellte, um überhaupt weiterzukommen. Je näher sie dem Bergmassiv kamen, umso gefährlicher erschien das Feuer. Der Himmel war glutrot gefärbt. Als sie wieder einmal hielten, weil eine Herde den Weg versperrte, nahm der Ranger sein Fernglas und betrachtete die Gegend. »Verdammt«, flüsterte er, »da hat sich ein Wipfelbrand entwickelt.«

»Was bedeutet das?«

»Das Feuer springt im Wald von Wipfel zu Wipfel, da sind wir machtlos. Unten auf der Erde kann man löschen, aber oben reicht kein Wasserstrahl ran.«

Er schaltete das Funkgerät ein. Sie hatten endlich ein Gebiet erreicht, in dem die Funkfrequenzen bis in seinen Wagen reichten.

Er hörte die Berichte der einzelnen Löschzüge ab und schaltete sich dann ein, um durch Beschreibungen von Wegen und Hindernissen beim Rangieren der Löschtrupps zu helfen. Gleichzeitig fuhren sie dem Feuer entgegen. Lena hatte Probleme mit dem Atmen, denn der Wind trieb ihnen den Rauch entgegen. Die Eulenwälder hat es am schlimmsten erwischt, dachte Lena, und gleich dahinter sind meine Weiden für die Alpakas. Hoffentlich hat Tom die Gefahr früh genug erkannt und die Herde ins Tal getrieben. Gleichzeitig wusste sie aber auch, dass das kaum möglich war, denn die Eulenwälder waren eine Barriere zwischen den Weideflächen und dem Tal von Broadfield, und wenn die brannten, wie sollte dann eine Herde hindurchgetrieben werden? Und selbst wenn Tom früh genug reagiert hat, überlegte Lena ängstlich, wie soll ein alter Mann mit nur zwei Hunden als Helfer so eine große, vermutlich in Panik geratene Herde durch einen brennenden Wald treiben?

Patrick, der trotz aller Aufregung ein feines Gespür für Lena hatte, fragte: »Du bist in Sorge wegen deiner Herde?«

»Tom wird sie nicht retten können. Wenn die Eulenwälder brennen, müsste er sie mitten durchs Feuer treiben, um zur Farm zurückzukommen.«

Der Ranger schüttelte den Kopf. »Das wird er bestimmt nicht. Wenn er schlau ist, bringt er sie hinauf in die Hügel vom Benderloch, da oben in den Mooren sind die Tiere sicher.«

Aber die Angst konnte er Lena nicht nehmen.

Um die Löschfahrzeuge richtig zu dirigieren, fuhr Patrick kreuz und quer durch die Wälder, erkannte aber bald, dass der Wassermangel die Bekämpfung des Feuers unmöglich machte. Die Tanklastwagen waren schnell geleert, und oben, jenseits der Eulenwälder gab es keine Seen oder Flüsse, denen man Wasser entnehmen konnte. Die wenigen kleinen Bäche, die das Land durchzogen, reichten gerade zum Tränken der Viehherden, aber nicht zum Bekämpfen eines riesigen Waldbrandes. Kurz entschlossen ordnete der Ranger das Abholzen breiter Waldstücke an, um das Feuer durch die entstehenden Schneisen zum Stoppen zu bringen. Aber immer wieder kamen von den Beobachtungsfliegern neue katastrophale Meldungen, und die Feuerwehren mussten sich Kilometer um Kilometer zurückziehen.

»Wenn das so weitergeht, ist Broadfield in Gefahr«, stöhnte

der Ranger und versuchte mit den Feuerwehren andere Möglichkeiten der Brandbekämpfung zu besprechen. Aber die Dürre war hier zu intensiv, der Boden zu ausgedörrt und die Wälder kurz vor dem Austrocknen, schließlich hatte das Unwetter vor ein paar Tagen nur einzelne, kleine Gebiete erreicht.

»Das ist es, was ich so hasse, diese Hilflosigkeit«, flüsterte der Ranger. »Da hegt und pflegt man die Wälder, kennt fast jeden Baum seit Jahren, und dann kommt so ein Feuer und zerstört alle.«

»Aber wie konnte das entstehen? Bei der Hitze sind doch kaum noch Touristen unterwegs, die durch Leichtsinn so ein Feuer entfachen konnten.«

»Ach, Lena, eine alte Glasscherbe genügt oder ein Ast, der sich an einem anderen reibt, oder ein Hufeisen, das auf einen Stein trifft und Funken versprüht, es gibt so viele Möglichkeiten. Ein ausgetrockneter Wald ist unberechenbar.«

»Als ich klein war, erzählte man immer wieder von einem Fluch der Eulenwälder.«

»Unsinn, an so etwas glaubst du doch nicht wirklich.«

»Ich finde, die Eulen, die hier nisten, sind sehr gefährlich. Als ich neulich abends unterwegs war, sind sie bedrohlich nahe über mich hinweggeflogen.«

Patrick lachte etwas verhalten. »Eulen sind wunderschöne Tiere, und wenn sie auf Beuteflug sind, müssen sie niedrig fliegen, um Mäuse und andere Nahrung zu entdecken.«

»Na, so klein bin ich ja nun wirklich nicht.«

»Vielleicht hast du sie gestört, und sie wollten dir sagen: bis hierhin und nicht weiter.«

Lena nickte. »Stören wollte ich sie natürlich nicht. Aber

ich war zu Fuß auf dem Rückweg von einer unserer Weiden und wollte eine Abkürzung nehmen, da haben sie fast meinen Kopf gestreift.«

»Vielleicht waren sie nervös wegen der anhaltenden Dürre, oder sie haben die nahende Gefahr gespürt. Du weißt doch, Ratten verlassen das sinkende Schiff, bevor die Menschen überhaupt merken, dass es untergeht.«

Patrick hielt an einem Waldrand und stieg aus. Im Osten zeigten erste graue Streifen den beginnenden Tag an. Er bückte sich, befühlte den Boden und kratzte ihn an einigen Stellen mit den Händen auf.

Fragend sah Lena ihm zu. »Suchst du etwas?«

»Ich kontrolliere die Wärme des Bodens. Diese Heide- und Moorbrände verbreiten sich oft unterirdisch und können sehr gefährlich werden, wenn sie plötzlich irgendwo ausbrechen, wo kein Mensch damit gerechnet hat.«

Lena fühlte, wie Furcht und Grauen in ihr aufstiegen. »Und du glaubst, hier könnte das der Fall sein?«

»Die Neigung des Abhangs, die Richtung des Windes, der Verlauf des Bodens, wenn alles zusammenkommt, könnte das eine gefährdete Stelle sein.«

»Und wie ist es mit der Wärme?«

»Bedrohlich. Komm, steig ein, wir bringen den Wagen woanders hin.« Aber der Ranger wurde durch ein paar Funksprüche und telefonische Anweisungen aufgehalten, und während er noch sprach, sah Lena, wie kleine Rauchschwaden aus dem Boden aufstiegen. Bevor sie ihn darauf hinweisen konnte, knisterten erste Flammen unter dem Land Rover, und der Qualm hüllte den Wagen fast vollständig ein.

Patrick sprang hinters Steuer und wollte starten. Aber bevor er den Starterknopf berührte, zog er die Hand schnell zurück. »Raus hier, Lena, spring raus und lauf weg.«

Lena gehorchte sofort, sah, wie er ein paar Decken, sein Gewehr und eine schwarze Tasche aus dem Wagen riss und ihr folgte. Sekunden später explodierte der Tank, und der Wagen flog in Einzelteilen durch die Luft. Zum Glück waren die beiden weit genug entfernt und wurden nicht von den umherfliegenden Karosserieteilen getroffen. »Mein Gott«, flüsterte der Ranger. »Wäre ich gestartet, wären wir beide jetzt tot.«

Ein dritter, bedrohlicher Brandherd war entstanden, und die beiden Menschen standen mittendrin.

Lena war entsetzt. Der Boden war glühend heiß, sie spürte es durch die dünnen Sohlen ihrer Schuhe hindurch.

Patrick warf ihr eine Decke zu. »Umhängen und durchlaufen.«

»Was? Wohin denn?«

»Geradeaus durchs Feuer. Es ist nur eine kurze Strecke, dahinter ist Asche und Ruhe.«

»Ich kann doch nicht durch diese Wand aus Feuer laufen.«

»Du musst, ich komme gleich nach dir. Los, Lena, lauf.«

Und Lena rannte los. Die Decke ließ nur die Augen frei. Sie hatte Angst hinzufallen, schreckliche Angst, und sie rannte um ihr Leben. Gebeugt, die Augen starr auf den Boden gerichtet, lief sie durch die Feuerwand. Es stank nach verkohlter Wolle, brennendem Holz, Rauch – und dann war sie hindurch. Irgendwo kreischten verschreckte Vögel, irgendwo fielen krachend verkohlte Äste auf den Boden, irgendwo schrie eine Eule.

Lena versuchte tief durchzuatmen, aber der Rauch war zu dick, sie musste husten. Ihre Füße brannten, sie sprang zur

Seite. Und dann drehte sie sich um, suchte nach dem Ranger. Aber er war nicht da. Er war ihr nicht gefolgt. Sie war ganz allein in diesem tosenden Inferno. Sie rief nach ihm, bekam aber keine Antwort.

Kapitel 25

Patrick McDoneral schüttete seine Tasche aus, hängte sich das Fernglas, die beiden Funktelefone und ein Ersatzhandy um, schulterte sein Gewehr und wollte sich gerade die Decke über die Schultern werfen, als neben ihm ein weitverzweigter lodernder Baumwipfel auf den Boden krachte, in seiner Astgabel ein Nest mit zwei jungen Eulen, das vom Feuer noch nicht erfasst war. Patrick griff nach den Jungvögeln und steckte sie gerade in die Taschen seiner Uniformjacke, als ein großer Uhu kreischend auf ihn zustieß und ihm einem Schwall Kot mitten ins Gesicht spritzte. Patrick war plötzlich blind. Die ätzende Masse hatte seine Augen getroffen, und ein gewaltiger Schmerz lähmte seinen ganzen Körper. Er spürte. dass die Eule zu einem zweiten Sturzflug ansetzte, und warf sich die Decke über den Körper. Gleichzeitig fühlte er, wie die Flammen an seinen Beinen hochzüngelten und wie auch die Decke Feuer fing. Er warf das Gewehr von sich und versuchte verzweifelt, sich die Augen freizureiben, was den Schmerz jedoch nur verschlimmerte. Er versuchte nach Lena zu rufen, aber die Stimme gehorchte ihm nicht mehr.

Lena, entsetzt darüber, den Ranger nicht an ihrer Seite zu sehen, rief mehrfach seinen Namen. Als sie keine Antwort bekam, wusste sie, dass ihm etwas zugestoßen war. Er ist nicht der Mann, der eine Frau mitten in einer Gefahr allein lässt, dachte sie und rief noch einmal gellend, um das prasselnde Feuer zu übertönen. Aber sie bekam keine Antwort.

Einen Augenblick lang überlegte sie, wo sie eine der Feuerwehren finden könnte, gleichzeitig aber wusste sie, dass sie den Mann hier nicht allein zurücklassen konnte. Entsetzt von der Notwendigkeit, durch das Feuer zurücklaufen zu müssen, hängte sie sich die teilweise versengte Decke wieder um Kopf und Schultern und rannte in Todesangst zurück durch die prasselnde Glut.

Im dichten Qualm fand sie die Tasche, die verkohlt zwischen verbrannten Ästen lag. Dann sah sie die zweite Decke, an der Flammen emporzüngelten, und dann erkannte sie darunter die zusammengesunkene Gestalt des Rangers auf dem Boden. Sie rannte hin, zog den Stoff weg und sprang entsetzt zur Seite, als sie das mit Vogelkot bedeckte Gesicht sah. »Oh, mein Gott, was ist passiert?«

»Ein Uhu«, krächzte Patrick. »Hilf mir, meine Beine verbrennen.«

Da erst sah sie, dass die Hosen des Rangers bis zu den Knien hinauf verbrannt waren und das blanke Fleisch den Flammen ausgesetzt war. Sie warf ihre Decke darüber und löschte damit das Feuer, sah aber auch, dass der Mann nicht eine Sekunde länger hier liegen bleiben durfte.

»Wir müssen fort, kannst du aufstehen wenn ich dir helfe?«

»Ich weiß es nicht. Hüte dich vor dem Uhu, er wird wieder angreifen.«

»Aber warum denn?«

»Ich habe seine Jungen vor dem Feuer gerettet, er will sie zurück, aber sie sind noch nicht flügge.«

»Um Gottes willen, wo sind sie, gib sie ihm.«

»Ich kann nicht. Sie sind so wertvoll, sie stehen unter Naturschutz.«

Lena verstand die krächzenden Worte kaum, half ihm aber aufzustehen. »Komm jetzt, wir müssen durch das Feuer, dahinter sind wir tatsächlich in Sicherheit.«

»Ich kann nichts sehen.«

»Ich führe dich.«

»Es tut so verdammt weh.«

Langsam, Schritt für Schritt, führte Lena ihn bis an den Rand des Feuers, dann sagte sie: »Und jetzt müssen wir rennen. Leg deine Hände auf meine Schultern, und lauf so schnell du kannst hinter mir her.« Und so rannten, stolperten und taumelten sie durch die Feuerwand und erreichten, weinend vor Schmerzen und Entsetzen und auch vor Dankbarkeit halb nackt den verkohlten, glimmenden, abgebrannten Wald, in dem eine Totenstille herrschte.

Lena führte den Ranger, bis sie ein Stück abgekühlten Waldboden fand, räumte ein paar geschwärzte Äste zur Seite und half ihm, sich zu setzen. Sie nahm ihm die Geräte, die er noch immer um den Hals trug, ab und zog ihm dann die teilweise versengte Uniformjacke aus. Sie holte die kleinen Vögel aus den Taschen, formte mit dem Rest der Jacke ein Nest und setzte die Federknäuel hinein.

»Wie geht es ihnen?«, flüsterte der Ranger. »Der Uhu wird sie suchen, leg die Jacke etwas entfernt von uns ab, damit er uns nicht wieder angreift.«

Lena suchte ein anderes unverbranntes Stück Waldboden und legte die Jacke dort ab. Es wird höchste Zeit, dass ich mich um den verletzten Mann kümmere, dachte sie, aber womit um Himmels willen soll ich ihm hier helfen? Sie besah sich ihre rußverschmierten Hände, ihr halb versengtes Kleid und die verkohlten Schuhe an ihren schmerzenden

Füßen. Schließlich zog sie ihr feines, schwarzes, angesengtes Seidenkleid aus und legte es unter die verbrannten Beine des Rangers. Dann schälte sie sich aus ihrem Unterkleid und bedeckte damit die offenen Wunden, in die sich bereits die ersten Fliegen setzten. Danach besah sie sich das Gesicht des Rangers. Sie zog ihm das Unterhemd aus und versuchte damit den Vogelkot aus dem Gesicht zu wischen, doch der war in der Hitze festgetrocknet und hart wie Zement. Patrick stöhnte vor Schmerzen, dann wurde er bewusstlos. Lena war vollkommen hilflos.

Plötzlich klingelte eines der Handys. Sie griff schnell danach, aber sie hatte Angst, es falsch zu bedienen und die Verbindung zu unterbrechen. Vorsichtig drückte sie erst einen, dann einen zweiten Knopf, und zu ihrer Erleichterung hörte sie eine Stimme, die irgendwelche Befehle durchgab. »Hallo, hallo, Hilfe!«, rief sie immer wieder, und plötzlich fragte eine Stimme klar und deutlich: »He, wer sind Sie, und was wollen Sie?«

»Ich bin Dr. Mackingtosh aus Broadfield, und ich bin hier mit Ranger McDoneral. Er ist schwer verletzt und braucht dringend Hilfe.«

»Um Himmels willen, Lena, hier ist Robert Marloff. Wo seid ihr?«

»Im oberen Eulenwald, direkt hinter der Feuerfront.«

»Bleib am Telefon, ich schicke gleich ein Rettungsteam los. Sie werden immer wieder fragen, wo sie euch finden, also bleib am Handy.«

»Ein Wagen wird hier nicht durchkommen, um uns herum brennt der ganze Wald.«

»Verdammt, wie seid ihr denn dahin gekommen?«

»Mit dem Land Rover, aber der ist inzwischen in die Luft geflogen. Außerdem gibt es auch einen Flächenbrand im Boden.«

»Auch das noch. Ich versuche einen Helikopter zu finden, aber der kann dann nicht landen, sondern muss in der Schwebephase bleiben.«

»Tausend Dank. Der Ranger muss getragen werden, und ein paar Decken brauchen wir auch, unsere Kleidung ist verbrannt.«

»Okay, versuch dich bemerkbar zu machen, wenn du den Helikopter hörst, hoffentlich kriege ich einen. Bis später und Kopf hoch, Lena.«

Lena setzte sich neben den bewusstlosen Mann, versuchte ihm mit den Händen etwas Luft zuzufächeln, horchte immer wieder in das Telefon und beobachtete den Uhu, der sich in der Nähe der Jungvögel auf den mit grauer Asche überzogenen Boden gesetzt hatte und wild mit den Flügeln schlug, sobald sie sich bewegte.

Später, unendlich viel später hörte Lena das näher kommende Geräusch eines Motors. Sie nahm ihre halb verkohlte Decke und lief zu einer kleinen Erhebung. Dann sah sie die Maschine trotz des noch immer aufsteigenden Rauches und winkte und rief, bis der Pilot sie gesehen hatte, eine Runde drehte und zur Landung ansetzte. Einen halben Meter über der Erde stoppte er, eine Tür öffnete sich, und drei Männer sprangen heraus.

Zwei hatten eine Trage und Decken bei sich, der dritte einen Arztkoffer, einen Verbandskasten und ein Beatmungsgerät.

»Wir können nicht landen, wenn der Heli Feuer fängt,

fliegt der auch in die Luft. Steigen Sie ein, Miss, wir kümmern uns um den Mann.«

»Vorsichtig, er ist schwer verletzt und bewusstlos. Und Vorsicht mit den Augen, er hat giftigen Vogelkot im Gesicht.«

»Auch das noch. Aber nun laufen Sie schon, damit wir gleich nachkommen können. Hier, nehmen Sie das.« Der Sanitäter reichte ihr eine Decke, die sie sich umhängen konnte. Dann sah sie sich um. Der Uhu war, aufgeschreckt durch den Helikopter, aufgeflogen und drehte in einiger Entfernung seine Kreise. Lena rannte zu dem Uniformnest, ergriff es und lief, die kleinen Vögel fest an sich gepresst, zurück. Der Co-Pilot nahm ihr das provisorische Nest ab und half ihr dann, auf die einen halben Meter über dem Boden schwebenden Kufen zu klettern und in die Maschine zu steigen.

Sprachlos sah der Pilot sie an. »Sie sind in Lebensgefahr, aber Sie retten Jungvögel?«

»Der Ranger hat sie gefunden, es sind geschützte junge Uhus, und er sah es als seine Pflicht an, sie zu retten.«

»Na, das ehrt ihn natürlich, hoffentlich riskiert er nicht sein Leben wegen der Vögel.«

»Nein«, erklärte Lena energisch, »der Ranger war im Brandeinsatz, als sein Land Rover Feuer fing und explodierte. Dann krachte ein Baumwipfel herunter und mit ihm das Nest mit den Uhus.«

»Ist schon gut, Miss, wir wissen, dass der Ranger ein hervorragender Wildhüter ist«, versuchte der Co-Pilot Lena zu beruhigen und reichte ihr eine Wasserflasche. »Hier, trinken Sie erst einmal, das wird Ihnen gut tun.«

»Danke.« Mehr konnte Lena nicht sagen, denn die Tränen

liefen ihr über das verrußte Gesicht, als sie sah, wie die Sanitäter den verletzten Ranger, der eine Sauerstoffmaske trug, in den schwebenden Helikopter hoben. Der Arzt kletterte mit dem Beatmungsgerät hinterher.

»Los, Mann, ab nach Barcaldine ins Krankenhaus, auf dem kürzesten Weg, der Ranger erstickt am Vogelmist.«

Kapitel 26

Lena wusste, dass das kleine Krankenhaus von Barcaldine nicht die richtigen Behandlungsmöglichkeiten für Patrick McDoneral bieten konnte. Er musste so schnell wie möglich in eine Spezialklinik, um seine Augen zu retten, aber sie wagte nicht, dem Notarzt zu widersprechen. Mit seinem Eintreffen hatte er die Verantwortung für den Ranger übernommen, und sie war froh, nicht mehr allein mit der Angst um sein Leben zu sein. In Barcaldine gelandet, wurde der Schwerverletzte in die Notaufnahme gebracht, wo man vor allem seine Brandwunden an Armen und Beinen behandelte.

Ihr selbst drückte der Co-Pilot das provisorische Eulennest mit den zwei Jungvögeln in die Arme und erklärte: »Länger kann ich mich nicht um Ihre Vögel kümmern, Miss, wir heben wieder ab, aber vielleicht übernimmt ein Sergeant von der hiesigen Polizeiwache die Tiere und bringt sie in die Vogel-Aufzuchtstation in Creagan.«

Verlassen stand Lena mit der Decke um die Schultern und dem Nest in den Händen mitten auf dem kleinen Landeplatz und sah sich Hilfe suchend um. Eine Schwester, die die Übergabe beobachtet hatte, kam zu ihr. »Kann ich Ihnen helfen?«

Lena nickte dankbar. »Ich brauche jemanden, der diese wertvollen Vögel in die Aufzuchtstation nach Creagan bringt. Ich selbst bin, wie Sie sehen, dazu nicht in der Lage. Außerdem muss ich meinen Patienten begleiten, den man gerade in die Notaufnahme bringt.«

Die Schwester verstand die Bedeutung der Vögel nicht und sah Lena ratlos an.

»Es sind junge Uhus, sie stehen unter Naturschutz, sie sind sehr wertvoll, und der Patient, der eben in die Klink gebracht wurde, hat sie unter Lebensgefahr aus einer Feuerwalze gerettet.«

»Ach du meine Güte.« Die junge Frau besah sich verängstigt die fiependen und mit offenen Schnäbeln schreienden Jungvögel. »So wertvoll?«

»Ja, und sie brauchen dringend Futter und Wasser. Kennen Sie jemanden, der die Vögel nach Creagan bringen könnte?«

»Na ja, seit dem Feuer am Benderloch sind dauernd Polizisten vor der Klink, wir könnten jemanden fragen.«

»Bringen Sie mich bitte zu ihnen. Und bitte, könnten Sie mir einen Arzt- oder Schwesternkittel besorgen? Ich kann unmöglich nur mit Unterwäsche und Decke bekleidet hier herumlaufen.«

Während sie den Landeplatz verließen und durch das Krankenhaus zum Vordereingang liefen, sah die Schwester Lena fragend an. »Ich weiß nicht, ob ich Ihnen so einen Kittel einfach besorgen kann. Ich kenne Sie doch gar nicht.«

»Ja«, nickte Lena verständnisvoll, »da haben Sie recht. Ich habe nicht einmal einen Ausweis bei mir, aber ich versichere Ihnen, ich bin Ärztin, und ich werde das sofort klären, wenn ich die Vögel abgegeben habe.«

Vor dem Eingangsportal parkte ein Polizeiwagen, um den mehrere Sergeants herumstanden und anhand von Landkarten den Verlauf des Feuers diskutierten.

Lena, mit der einen Hand die Decke haltend, mit der anderen das Nest, ging direkt auf die Männer zu. »Bitte, ich brauche Ihre Hilfe. Diese Vögel hat der Ranger vom Benderloch vor dem Feuer gerettet. Er selbst wurde schwer verletzt und liegt in der Notaufnahme, aber die Vögel müssen dringend in die Aufzuchtstation von Creagan, würden Sie das bitte übernehmen?«

Verblüfft sahen die Männer sie an. Einige verkniffen sich ein Lachen, aber zwei erkannten Lena. »Sie sind doch die Ärztin von Broadfield, wir haben Sie schon gesucht. Sie und der Ranger McDoneral gelten als vermisst.«

»Der Ranger ist bei seinem Einsatz schwer verletzt worden. Aber er hat die Vögel unter Lebensgefahr gerettet, und nun müssen die Tiere so schnell wie möglich in die Aufzuchtstation.«

»Okay, geben Sie her, wir bringen sie hin.« Einer der Männer nahm ihr die verbrannte Uniformjacke mit den fiependen Vögeln ab und lief zu einem zweiten Polizeiwagen. Ein anderer fragte: »Können wir sonst noch etwas für Sie tun, Dr. Mackingtosh?«

»Danke, nein, ich muss mich jetzt um den Ranger kümmern, es geht ihm sehr schlecht.«

»Verdammt, können wir etwas für ihn tun?«

»Rufen Sie bitte im Försterhaus an, damit sich jemand um seine Tiere kümmert, das wird ihm am wichtigsten sein.«

»Wird gemacht«, versicherte ein anderer Sergeant. »Wir kümmern uns darum, sagen Sie ihm das.«

»Vielen Dank.«

Man lieh Lena einen Arztkittel, den sie anziehen konnte und ein Paar weiche Sandalen, damit sie die verbrannten Fußsohlen nicht in irgendwelche Schuhe zwängen musste. Sie durfte bei der Versorgung des Rangers dabei sein, wo sie sich vor allem um sein Gesicht bemühte. Der Vogelkot ließ sich langsam und mit desinfizierenden Tinkturen abwaschen, aber aus den verklebten und geschlossenen Augen war der giftige Kot nicht zu entfernen. Schließlich bat Lena den behandelnden Arzt um ein Gespräch.

»Bitte, Dr. Droman, wäre es möglich, dass ich Kontakt zu Professor Trabensting in der Overland-Klinik von Glasgow aufnehme? Ich habe dort mehrere Jahre gearbeitet und weiß, dass Professor Trabensting ein sehr modernes Augenhospital innerhalb der Klink betreibt.«

Dr. Droman, der genau wusste, dass man dem Wildhüter in Barcaldine nicht helfen konnte, stimmte sofort erleichtert zu. »Sprechen Sie mit dem Professor, und dann übergeben Sie das Gespräch mir, damit ich die Einzelheiten und den Transport klären kann. Ich fürchte, wir dürfen keine Zeit mehr verlieren.«

Kaum eine halbe Stunde später befand sich Patrick McDoneral in Begleitung von Dr. Droman in einem Rettungshubschrauber auf dem Weg nach Glasgow und Lena Mackingtosh auf dem Weg nach Broadfield. Robert Marloff hatte ihren Rücktransport arrangiert, obwohl er selbst sich nicht um sie kümmern konnte. Die Eulenwälder brannten nach wie vor, und ein Ende war nicht abzusehen.

Amy weinte vor Erleichterung, als Lena auf *Paso Fernando* aus dem Wagen des Sergeants stieg und zur Haustür humpelte. Noch immer mit dem fremden Arztkittel bekleidet, ließ sie sich auf die Couch fallen und bat Amy: »Bitte, bringen Sie dem Sergeant und mir etwas zu trinken, und holen Sie mir einen Kittel aus dem Praxisschrank, damit ich diesen hier zurück ins Krankenhaus nach Barcaldine geben kann.« Dann dankte sie dem Sergeant für die Fahrt und schloss die Augen. Sie war am Ende ihrer Kräfte.

Amy deckte sie behutsam zu, schob ihr ein Kissen unter den Kopf und bewachte ihren Schlaf, bis gegen Abend das Telefon klingelte.

Am Apparat war Dr. Daniel Finerfield, der darauf bestand, mit Lena persönlich zu sprechen. Amy brachte ihr das Telefon ans Sofa.

»Hallo, Daniel, was ist los?«, flüsterte sie müde und verwirrt.

»Lena, du hast uns hier einen Patienten geschickt, mit dem keiner fertig wird.«

»Meinst du den Ranger?«

»Ich glaube, er dreht durch.«

»Er ist schwer verletzt. Was ist mit seinen Augen?«

»Die sind das Problem. Die Brandwunden haben wir unter Kontrolle, und er bekommt genügend Mittel gegen die Schmerzen, aber mit den Augen hat er Pech.«

»Pech? Was meinst du damit?«

»Ich fürchte, der Professor kann sie nicht retten. Der Vogelkot hat sie verätzt, und wo nichts mehr ist, ist nichts mehr zu machen.«

»Um Gottes willen, Daniel, ihr müsst die Augen retten! Ich habe ihn extra zu euch überwiesen, weil ich die Augenklinik kenne, sie hat den besten Ruf in ganz Schottland.«

»Lena, wir haben alles versucht.«

»Das kann ich einfach nicht glauben. Weiß er es schon?«

»Nein. Wir fürchten, er dreht durch, wenn er es erfährt. Und wir müssen seine Familie verständigen, aber er weigert sich, eine Adresse oder Namen anzugeben. Kannst du uns mehr sagen?«

»Nicht ohne seine Einwilligung.«

»Aber so kommen wir nicht weiter. Wir brauchen die Angehörigen, es gibt Probleme, die nur die Familie entscheiden kann.«

»Was für Probleme?«

»Bist du die Familie?«

»Nein, natürlich nicht.«

»Lena, das ist ein blinder Mann, um den muss sich jemand kümmern. Wenn die Brandverletzungen so weit geheilt sind, dass er entlassen werden kann, dann muss ihn seine Familie auffangen.«

»Oh Gott.«

»Ja, Lena, das ist wirklich eine ernste Angelegenheit. Und hinzukommt seine Aggressivität. Noch glaubt er, das mit seinen Augen ist nur vorübergehend, aber was wird, wenn wir ihm die Wahrheit sagen müssen?«

»Daniel, ich komme nach Glasgow. Sobald es hell wird, fahre ich los.«

»Sei vorsichtig, liebestolle Rehe machen die Straßen unsicher. Mit der Hitze der Sommertage hat die Paarungszeit begonnen, und die Böcke jagen blindlings hinter den weiblichen Tieren her.«

»Das weiß ich, hinzu kommen die Feuerwalzen, die die Tiere in die Täler treiben.«

»Also sei vorsichtig. Ich bleibe über Nacht hier und warte morgen Mittag auf dich.«

»Sei nett zu dem Ranger.«

»Ich werde es versuchen, aber leicht ist es nicht.«

Lena humpelte, von Amy gestützt, in die Praxis und versorgte ihre Füße mit frischen Salben und Verbänden.

Dann ging sie nach oben, wusch sich, zog frische Wäsche an und legte sich aufs Bett. »Bitte wecken Sie mich, sobald es hell wird mit einem starken Kaffee«, flüsterte sie müde und war gleich darauf eingeschlafen.

Als die ersten Sonnenstrahlen Benderloch streiften, weckte Amy die Ärztin. Lena fühlte sich besser und trank den heißen Kaffee in großen Schlucken. »Haben Sie etwas von Tom gehört? Ich mache mit große Sorgen um ihn und die Alpakas, gestern war ich viel zu erschöpft, um an die Herde zu denken.«

»Sie sind in Sicherheit. Ein fremder Wildhüter hat sie unterhalb von Creach Beinn gesehen, dahin haben auch Schafhirten ihre Herden gebracht.«

»Gott sei Dank.«

Eine Stunde später war Lena unterwegs. In ihrem Rücken verdunkelten riesige Rauchwolken die frühen Sonnenstrahlen. Sie haben das Feuer immer noch nicht unter Kontrolle, dachte sie und versuchte mit den wunden Füßen die Pedale ihres Wagens so vorsichtig wie möglich zu bedienen.

Kapitel 27

Lena war sehr erschöpft, als sie Glasgow erreichte. Zweimal hatte sie unterwegs eine Schmerztablette genommen, denn obwohl sie ein paar alte Schuhe ihres Vaters angezogen hatte, konnte sie kaum mit den bandagierten Füßen Gaspedal und Bremse betätigen.

Daniel erwartete sie in der Halle. »Na, mein Mädchen, du siehst aber nicht gut aus«, waren seine ersten Worte.

»Ich habe mir die Füße verbrannt, ein scheußliches Gefühl. Wie geht es dem Ranger?«

»Schlecht. Wir geben ihm Schmerzmittel und Beruhigungsspritzen. Aber sobald er zu sich kommt, versucht er den Verband abzureißen und sich die Augen zu reiben.«

»Was sagt der Arzt?«

»Noch gar nichts. Die Augen sind total mit Kot verklebt, und der ist hart wie Gips. Vorläufig konnte man sie noch nicht untersuchen. Mund und Nase haben wir gesäubert, aber an die Augen kommen wir nicht heran, zumal der Ranger sich so verrückt benimmt.«

»Er hat Schmerzen.«

»Natürlich hat er Schmerzen, aber er muss trotzdem zur Vernunft gebracht werden. Je mehr er an seinen Augen herumreibt, umso schlimmer wird es.«

»Ich werde versuchen, ihn zu beruhigen.«

»Ja, darauf warten wir schon seit Stunden. Hoffentlich schaffst du es.«

Daniel brachte Lena zur Intensivstation in ein Einzelzimmer, das man für den Ranger eingerichtet hatte. Sie war erschrocken, als sie den Mann dort in seinem Bett sah. Über den Beinen mit den offenen Brandwunden wölbte sich ein Gestell aus Draht und Gaze, damit keine Decke mit den Wunden in Berührung kam. Hände und Arme waren bandagiert, und ein Verband bedeckte einen großen Teil des Gesichtes.

Daniel flüsterte: »Ich lass dich erst mal allein. Versuche ihn ruhig zu halten.«

Lena nickte nur, nahm sich einen Stuhl und humpelte neben das Krankenbett. Behutsam strich sie dem Mann über die Wange. »Ich bin gekommen, Patrick. Kannst du mich hören?«

»Ja, verdammt noch mal. Was ist los? Warum hat man meine Augen verbunden?«

»Sie sind verschmutzt, und wenn du an ihnen reibst, dringt der Schmutz tiefer ein. Das will man vermeiden.«

»Gib mir Wasser und Watte, und ich kümmere mich selbst darum.«

»Patrick, du hast giftigen Vogelkot in die Augen bekommen, da muss der Arzt sehr vorsichtig sein.«

»Verdammt noch mal, der Uhu. Was ist mit den Jungtieren?«

»Sie sind in der Aufzuchtstation, denen geht es gut.«

»Endlich mal eine gute Nachricht. Brennt der Wald immer noch?«

»Als ich heute Morgen abgefahren bin, brannte er noch. Aber die Feuerwehren haben es unter Kontrolle, das wurde im Radio durchgegeben.«

»Und wie geht es dir? Wie sind wir eigentlich aus der Feuerfalle herausgekommen?«

»Die Polizei hat einen Hubschrauber geschickt.« Lena

schilderte die Rettungsaktion und beruhigte den Mann so gut wie möglich.

»Verdammt, und wie soll es jetzt weitergehen? Ich muss hier raus, ich muss in mein Revier, was glaubst du, wie viel Arbeit dort auf mich wartet.«

»Patrick, vor allem musst du gesund werden. Deine Beine haben schlimme Brandwunden und deine Hände auch. Und vor allem müssen deine Augen gerettet werden.«

»Was heißt denn gerettet? Der Kot wird doch wohl zu entfernen sein.«

»Du weißt, dass der Kot giftig ist, Patrick.«

»Ja, verdammt noch mal. Aber man wird doch wohl ein Gegenmittel haben.«

»Natürlich«, beruhigte Lena den aufgebrachten Mann, »aber vor allem brauchst du Geduld.«

»Und dann? Und wie lange? Ich habe keine Zeit, wir müssen die Eulenwälder neu aufforsten, das Wild kontrollieren, die Schäden auflisten, und ein Haus mit Hunden und Pferd habe ich auch noch zu versorgen.«

»Um dein Haus und die Tiere kümmern sich Lilly und ihr Mann. Und mit den Eulenwäldern werden sich deine Kollegen beschäftigen. Du musst jetzt erst einmal gesund werden, und das kannst du nur, wenn du ruhig und geduldig bist.«

»Ich habe aber keine Ruhe und keine Geduld.«

»Du wirst sie haben müssen, Patrick. Du riskierst deine Augen, wenn du nicht vernünftig bist.«

»Wie redest du denn mit mir? Ich weiß am besten, was gut für mich ist.«

»Patrick, du musst den Ärzten vertrauen, du wirst ohne ihre Hilfe nicht gesund werden.«

»Was soll das heißen? Ich will hier raus, und zwar so schnell wie möglich.«

»Ich weiß. Aber das wird nicht gehen.«

»Und warum nicht? Meine Beine werden verheilen, am besten an der frischen Luft, und meine Hände auch.«

»Und deine Augen? Du wirst nichts sehen können.«

»Was?«

»Patrick, deine Augen sind verätzt und vergiftet. Sie werden lange Zeit brauchen, um zu heilen, vielleicht ein ganzes Leben lang.«

»Willst du damit sagen, ich bin blind?«, flüsterte der Ranger entsetzt.

»Man weiß es noch nicht, aber die Gefahr besteht.« Vorsichtig strich ihm Lena über die Wange.

»Ich will hier raus. Ich will zu den besten Spezialisten in London, sofort.«

»Du kannst mit den Brandwunden nicht reisen. Du bist nicht transportfähig. Aber man lässt die Spezialisten herkommen. Es ist alles vorbereitet«, versuchte Lena ihn zu trösten, obwohl sie keine Ahnung hatte, was die hiesigen Ärzte planten. Wichtig war jetzt nur, den Mann zu beruhigen. »Patrick, vielleicht sollten wir deine Eltern benachrichtigen.«

»Nein, nein, auf keinen Fall. Liege ich etwa im Sterben? Nein, das kommt überhaupt nicht in Frage.«

»Aber Patrick, es sind deine Eltern, sie sollten wissen, dass es dir nicht gut geht.«

»Nein, es wäre für sie der absolute Höhepunkt ihrer Abneigung gegen meinen Beruf. Lena, ich verbiete es, meine Eltern zu benachrichtigen. Sag das auch den Ärzten.«

»Ja, Patrick, ist schon gut. Ich sage es ihnen.«

Lena war erschöpft, die Wirkung ihrer Schmerztabletten ließ nach, Tränen liefen ihr über die Wangen. Sie streifte die schweren Schuhe ihres Vaters von den Füßen und ballte die Fäuste, um nicht laut zu schluchzen.

»Bist du noch da?«, flüsterte Patrick.

»Ja, ich bin hier.«

»Ich habe Durst.«

Lena hielt seinen Kopf hoch und flößte ihm vorsichtig etwas Wasser ein.

»Danke. Was ist mit deiner Praxis und der Herde?«

»Die Alpakas hat Tom zum Creach Bheinn hochgetrieben. Die Praxis ist geschlossen. Ich bin selbst verletzt und kann im Augenblick noch niemanden behandeln.«

»Was fehlt dir? Hast du Brandwunden?«

»Ja, meine Fußsohlen sind verletzt. Der Boden brannte, über den wir laufen mussten.«

»Ja, verdammt, daran kann ich mich noch erinnern, und plötzlich standen meine Hosen in Flammen.«

»Es sah schrecklich aus. Ich habe sie mit der Decke ausgeschlagen.«

»Danke.«

»Das war selbstverständlich. Aber ohne dein Handy, das ich gefunden habe, wären wir dort nicht mehr herausgekommen.«

»Du hast mir das Leben gerettet.«

»Sergeant Marloff hat uns gerettet.«

»Lena, was nützt mir ein Leben, wenn ich nichts mehr sehen kann?«

»So darfst du nicht denken.«

»Mein Gott, Lena, ich will kein blindes Leben.«

»Wir müssen auf die Ärzte warten. Sie kommen morgen.«

»Warum dauert das alles so lange?«

»Patrick, du warst in einem sehr schlechten Zustand, als du hier eingeliefert wurdest. Die Ärzte mussten dich erst wieder stabilisieren.«

»Ja, stabilisieren, genau so fühle ich mich. Der halbe Körper bandagiert, die Schmerzen betäubt, Herrgott noch mal, wie soll das weitergehen?«

»Bitte, Patrick, sei nicht so ungeduldig. Die ersten Tage sind schlimm, aber mit jeder Stunde wird es dir ein wenig besser gehen.«

»Wenn du das sagst«, flüsterte er, und Lena sah, dass er erschöpft war.

»Schlaf jetzt ein wenig, danach geht es dir besser.«

»Bist du dann noch hier?«

»Ich bleibe bei dir.«

Lena lief mit den bandagierten Füßen auf den Flur, ließ die Tür aber offen, um den Patienten zu beobachten. Draußen bat sie eine Schwester: »Würden Sie bitte Dr. Finerfield sagen, dass ich ihn gern sprechen würde?«

»Selbstverständlich, ich rufe ihn sofort.«

Als Daniel wenig später kam, hatte Lena sich einen Stuhl geholt und saß so auf dem Flur, dass sie Patrick im Blick behalten konnte. »Daniel, was wird aus ihm?«

»Hast du ihm gesagt, dass wir seine Augen nicht retten können?«

»Nicht direkt, aber ich habe ihn gewarnt, dass er, wenn er sich nicht ruhig verhält, erblinden könnte.«

»Er rechnet also damit.«

»Ja, aber er glaubt es nicht.«

»Das ist normal. Wir haben seine Eltern informiert.«

»Aber das ist das Letzte, was er will.«

»Wir werden einen Spezialisten aus Edinburgh kommen lassen, aber wir haben keine Hoffnung. Da müssen die Angehörigen informiert werden.«

»Er hat ein sehr schlechtes Verhältnis zu seinen Eltern.«

»Das wird sich jetzt vielleicht ändern.«

»Sie waren gegen seine Berufswahl und wollten ihn als einzigen Sohn in der Grafschaft behalten.«

»Jetzt können sie ihn zurückbekommen.«

»Als einen blinden Mann. Daniel, du bist ganz schön grausam.«

»Ich sehe die Dinge, wie sie sind.«

»Deine Prognosen sind nicht endgültig. Du bist kein Augenarzt.«

»Aber ich bin Arzt genug, um den Tatsachen ins Auge zu sehen. Bist du in ihn verliebt?«

Sprachlos starrte Lena den Freund an. »Wie kommst du denn darauf?«

»Du bist sehr besorgt um ihn. Viel mehr, als es für eine normale Ärztin üblich ist.«

»Wir haben ein paar verdammt schwere Stunden miteinander erlebt.«

»Eben. Solche Erlebnisse kitten Menschen zusammen.«

»Aber daraus muss sich doch nicht gleich Liebe entwickeln.«

»Es muss nicht, aber es kann. Also, bist du in ihn verliebt?«

»Und wenn ich es wäre, ich würde es dir nicht sagen.«

Lena wollte das Gespräch beenden. Sie hatte Daniel nicht

zu sich gebeten, um mit dem alten Freund über ihre Gefühle zu sprechen, sondern um Hilfe für Patrick zu erbitten. Aber wenn Daniel der Meinung war, sie hätte sich in diesen Ranger verliebt, konnte sie kaum Hilfe von ihm erwarten. Eifersucht war eine Empfindung, die man nicht so einfach beiseite schieben konnte. »Wann habt ihr die Eltern benachrichtigt?«

»Gestern Abend, als die Diagnose feststand. Sie müssten jeden Augenblick eintreffen. Vorausgesetzt, sie kommen, was ja nach deiner Beurteilung des Verhältnisses nicht unbedingt selbstverständlich ist.«

»Ich mische mich da nicht ein. Ich kenne diese Leute kaum, und ich habe auch nicht das Bedürfnis, sie näher kennenzulernen.«

»Du nimmst Reißaus?«

»Als Mensch, ja – als Ärztin natürlich nicht.«

Lena beobachtete, dass Patrick unruhig wurde. Wie immer versuchte er sofort, sich mit den bandagierten Händen die Augen zu reiben. Sie ging schnell zu ihm, hielt seine Hände fest und flüsterte: »Nicht reiben, Patrick, ganz ruhig bleiben.«

Daniel, der ihr gefolgt war, versicherte: »Wir haben einen Spezialisten gerufen, er wird den Verband abnehmen und die Augen untersuchen, sobald er eingetroffen ist. Bitte bleiben Sie ganz ruhig liegen.«

Auf dem Korridor waren Stimmen zu hören. Zwei Frauen unterhielten sich. Patrick versuchte sich aufzurichten, was ihm aber nicht gelang. »Höre ich da die Stimme meiner Mutter?«, fragte er verärgert. »Hast du meine Eltern doch benachrichtigt, Lena?«

»Nein, das Krankenhaus hat gestern mit ihnen telefoniert.«

»Es ist selbstverständlich für uns, Angehörige nach einem Unfall zu benachrichtigen«, mischte sich Daniel ein.

»So ein Blödsinn«, schimpfte Patrick, »ich bestimme selbst, wen ich sehen will und wen nicht.«

Lena zuckte erschrocken zusammen. Ob er wohl jemals seine Mutter sehen kann?, dachte sie traurig und ging nach draußen, um die Gräfin zu begrüßen. Die Schwester, die sie begleitete, stellte die Frauen einander vor und ging dann weiter.

»Danke«, erwiderte Lena und begrüßte die Lady, die sie mit abweisender Miene betrachtete und ihren Blick lange und missbilligend auf den bandagierten Füßen ruhen ließ. »Kennen wir uns?«, fragte sie schließlich und sah sich um. »Wo ist der behandelnde Arzt?«

Daniel kam aus dem Krankenzimmer. »Guten Tag, Lady McDoneral, mein Name ist Finerfield, ich bin der zuständige Arzt, und Dr. Mackingtosh ist die Ärztin, die Ihrem Sohn das Leben gerettet hat.«

Lady McDoneral überhörte die letzten Worte und fragte: »Wo ist er? Ich bin in Eile. Mein Chauffeur wartet unten, wir nehmen meinen Sohn gleich mit.«

Daniel und Lena starrten die Dame fassungslos an. »Lady McDoneral, Ihr Sohn ist schwer verletzt und nicht transportfähig«, erklärte Daniel verärgert. »Sie haben meine Nachricht anscheinend missverstanden, als ich Sie bat, Kontakt mit unserem Krankenhaus und den behandelnden Ärzten aufzunehmen.«

»Ich habe nichts missverstanden. Ich bin gekommen, um meinen Sohn abzuholen. Er hat in Schloss Archestown die besten pflegerischen Voraussetzungen für eine schnelle Genesung.«

»Tut mir leid, Lady McDoneral, aber ich als verantwortlicher Arzt muss den Transport ablehnen. Außerdem erwarten wir einen Spezialisten für die Behandlung der verätzten Augen, die zu erblinden drohen.«

»Spezialisten können auch zu uns nach Northumberland kommen. Kann ich jetzt endlich meinen Sohn sehen?«

»Bitte sehr«, murmelte der verärgerte Arzt und öffnete die Tür zum Krankenzimmer. Einen Augenblick lang war die Lady über den Anblick des Bettes mit dem Drahtgestell und dem bandagierten Mann schockiert, dann trat sie an das Bett und erklärte: »Patrick, was hast du gemacht? Statt mit uns zu feiern, rast du in dein Unglück. Dein Vater ist außer sich.«

Patrick fragte leise: »Doktor?«, und als der Arzt neben ihm stand: »Doktor, ich bin müde, bitte sorgen Sie für Ruhe in diesem Zimmer.«

Daniel grinste Lena heimlich an und nickte. »Selbstverständlich. Bitte, Lady McDoneral, kommen Sie nach draußen, der Patient braucht unbedingt Ruhe, er hat starke Schmerzmittel bekommen.«

Aber Lady McDoneral dachte gar nicht daran, das Zimmer zu verlassen. »Bitte lassen Sie meinen Sohn ankleiden, und besorgen Sie einen Rollstuhl.«

Daniel spürte, dass die Frau es tatsächlich ernst meinte. Er beugte sich zu Patrick und fragte: »Mr. McDoneral, ist es Ihr Wunsch, die Klinik zu verlassen und nach Northunberland zu fahren?«

»Nein«, erklärte Patrick so energisch wie möglich. »Ich bleibe hier. Und bitte, verlassen Sie jetzt alle dieses Zimmer.«

Daniel richtete sich auf und sah die Gräfin an. »Madam, es ist meine Pflicht, den Wunsch des Patienten zu respektieren.

Bitte kommen Sie nach draußen. Wir können uns in meinem Sprechzimmer weiter unterhalten.«

Endlich folgte Lady McDoneral dem Arzt, und eine halbe Stunde später beobachtete Lena, wie die gräfliche Limousine den Parkplatz vor der Klink verließ.

Aber auch Lena verabschiedete sich. »Daniel, ich muss zurück in meine Praxis. Ich habe Patienten, die ich endlich wieder betreuen muss, und einen Stall voller Tiere, die versorgt werden müssen, nachdem ihre Weideflächen verbrannt sind.«

»Und dein Patient? Willst du den etwa allein hier lassen?«

»Patrick McDoneral ist hier in den besten Händen. Der Spezialist beginnt morgen mit den Untersuchungen, und ich rufe dich regelmäßig an. Ich hoffe, du bist fair genug, mir die Wahrheit über seinen Zustand zu sagen.«

»Ich verspreche es.«

»Danke. Ich komme am Wochenende wieder. Sag ihm das bitte, ich will ihn jetzt nicht wecken, er ist endlich ruhiger geworden.«

»Wird gemacht. Fahr vorsichtig und pflege deine Füße, noch ein Feueropfer kann ich hier nicht gebrauchen.«

Als Daniel allein war, schüttelte er den Kopf. Nach der großen Liebe sieht das allerdings nicht aus, dachte er. Wenn ich verliebt wäre, würde ich Tag und Nacht am Bett meiner Liebsten wachen, sie streicheln und ihr Zärtlichkeiten sagen. Ich würde sie nicht einen Augenblick lang allein lassen, und ich würde ihr jeden Wunsch von den Augen ablesen. Ach, verdammt, unterbrach er seine Gedanken, das wird nichts mehr. Der Spezialist ist sich sicher, dass die Augen verloren sind.

Kapitel 28

Lena wurde von blökenden Schafen und bellenden Hunden geweckt. Müde rieb sie sich die Augen und sah aus dem Fenster. Die Morgendämmerung hatte den Himmel erobert, und der Duft der Petunien, die Amy in die Blumenkästen vor ihren Fenstern gepflanzt hatte, streifte durch das Schlafzimmer.

Sie sah auf die Uhr. Gleich sechs! Zeit zum Aufstehen! Die Herde ist schon vor dem Haus, dachte sie glücklich, denn das Eintreffen der Tiere alle paar Wochen war für sie ein Glücksmoment, der das Wohlbefinden in diesem Abschnitt ihres neuen Lebens stärkte.

Einen Augenblick lang beobachtete sie die braunen, schwarzen und grauen Tiere, die das Heidekraut kurz hielten, das gelbe, wild wuchernde Gras, das die Heidepflanzen zu ersticken drohte, fraßen, und die den unerwünschten Birkenpflänzchen, deren Samen der Wind im Frühling über die weiten Flächen verteilte, den Garaus machten.

Und sie freute sich auf Marc. Der Schäfer war so ruhig, so selbstbewusst, so beständig, dass er ihr wie ein Fels in der Brandung erschien. Regelmäßig zog er mit den Schafen der Gemeinde von Fasnacloich durch die Highlands, und alle vier Wochen kam er an ihrem Haus vorbei. Dann weideten die Schafe einen ganzen Tag lang vor ihrem Zaun, und sie konnte den Schäfer zum Essen einladen.

Sie genoss die Gespräche mit dem sechzigjährigen Mann, hörte gespannt zu, wenn er alte Highland-Geschichten erzählte und ihr Ratschläge für das Leben in den Hügeln gab.

Er half ihr die Menschen zu verstehen, das Wetter zu beobachten, die wilde Sandy zu erziehen und mit der persönlichen Einsamkeit fertig zu werden. Denn einsam war sie, auch wenn sie es nie zugeben würde.

Lena stand schnell auf. Wenn sie sich beeilte, konnten sie gemeinsam frühstücken, bevor sie die ersten Krankenbesuche machte. Der Mittwoch war ihr Hausbesuchstag.

Lena sah noch einmal nach draußen. Wie ein lebender Teppich ergoss sich die graue Masse der mehr als sechshundert Tiere geruhsam über die Hügel. Der Himmel sieht freundlich aus, dann können wir draußen essen, überlegte sie. Da hat der Schäfer seine Herde im Blick, und die Hunde gehorchen ihm auf den kleinsten Ruf.

Sie duschte, zog sich rasch an und lief nach draußen in den Garten. »Hallo, Marc«, rief sie fröhlich winkend, »das Frühstück ist gleich fertig.«

Er erwiderte den Gruß und sagte: »Auf dem Tisch ist mein Beitrag.«

Sie drehte sich um. Auf dem Gartentisch lagen zwei Päckchen, beide in weiße Tücher gehüllt und mit feuchtem Moos umwickelt. Sie öffnete sie behutsam und naschte von jedem eine Fingerspitze voll. Das eine enthielt frischen Schafskäse, das andere Sahnequark.

»Na, kannst du's nicht erwarten?«, rief der Schäfer.

»Nein, nie, deine Geschenke schmecken wunderbar, wir werden gleich davon kosten.«

Sie ging in die Küche, stellte die Kaffeemaschine an, holte Toast Butter, Wurst und Honig aus dem Kühlschrank und stellte alles zu dem Geschirr auf ein Tablett. Sie wusste, dass der Schäfer den besten Käse der ganzen Gegend zubereitete, und immer, wenn er hier vorbeikam, schenkte er ihr etwas davon. Da hat er wieder die halbe Nacht in seiner kleinen Meierei zugebracht, um mir frischen Quark zu bringen, dachte sie dankbar, froh, diesen Freund gefunden zu haben.

Dabei hatte alles vor drei Monaten gar nicht freundschaftlich begonnen. Sie hatten sich wegen der Heilerin gestritten, als sie sich zum ersten Mal trafen. Sie hatte sich über die Behandlungsmethoden der Frau beschwert, die ihr die Patienten abspenstig machte, und er hatte die Frau in ihrem Cottage verteidigt, ihre Kräutersalben und Heiltränke gelobt und ihr, der approbierten Ärztin mit dem langen Medizinstudium, Unwissenheit und Unverständnis vorgeworfen. Er hatte sie mit seinen Worten und Gesten regelrecht angegriffen, als sie sich zufällig auf einem Weg trafen, wo sie darauf wartete, dass seine Schafe den Pfad für ihr Auto frei machten und er gar nicht daran dachte, die Tiere zu einer flotteren Gangart anzutreiben.

Wütend hatte sie dem Besserwisser zugerufen: »Und was soll ich machen, damit die Kranken zu mir kommen?«

Und er hatte zurückgerufen: »Werden Sie besser als Colleen!« Der schnellen, heftigen Aussprache war eine schnelle, heftige Versöhnung gefolgt, und seitdem waren sie die besten Freunde.

Der Kaffee war fertig. Sie ging mit dem Tablett nach draußen und deckte den Tisch. Der Schäfer pfiff seinen Hunden ein Kommando zu, und ganz ruhig umrundeten die vier Border Collies die Herde.

Lächelnd kam der Mann in den Garten, »Na, Doktor, hast du ausgeschlafen, oder haben dich meine Schafe geweckt?«

»Beides, Schäfer, beides.« Sie umarmten sich freundschaftlich. Die Anrede von Doktor und Schäfer hatten sie beibehalten, denn damals, als sie sich zum ersten Mal begegneten und ihre Namen nicht kannten, hatten sie sich so angesprochen.

Der Schäfer nahm den Filzhut, der ihn vor Regen und Sonne schützte, vom Kopf und setzte sich. »Frischer Kaffee, wunderbar.«

Lena schenkte ein und reichte ihm das Brot. »Seit wann bist du heute schon unterwegs?«

»Seit drei. Bei heißem Wetter müssen die Schafe mittags in den Wald, damit sie im Schatten ausruhen können. Wenn ich dann erst vormittags losziehe, sind sie mittags noch hungrig und geben keine Ruhe.«

»Schade, ich hatte gehofft, du kommst wieder zum Mittagessen, wie damals Anfang Juni.«

»Das geht nicht. Im Frühsommer sind die Tiere frisch geschoren, und die Sonne ist nicht zu heiß, da können sie mittags weiden. Aber jetzt im Hochsommer ist das Fell nachgewachsen, und die Sonne brennt vom Himmel.«

»Hast du bestimmte Stellen, wo ihr im Wald lagert?«

»Nach dem Feuer in den Eulenwäldern sind die Plätze knapp geworden. Aber der neue Ranger hat mir Stellen zugewiesen, an denen es Wasser für die Tiere gibt. Warum fragst du?«

»Ich könnte mittags vorbeikommen und dir einen schönen frischen Salat bringen und ein kaltes Getränk. Du bist ja heute hier in der Nähe.«

»Wenn du mir ein Blatt Papier bringst, zeichne ich den Platz auf. Den Weg bis zu den Hügeln kennst du ja. Dann nimmst du den Brombeerweg, und da ist es gleich um die

Ecke. Du hast doch eine eingeschränkte Fahrerlaubnis durch das Naturschutzgebiet?«

»Ja, und den neuen Ranger kenne ich auch inzwischen, der drückt dann schon mal ein Auge zu, wenn ich zu einem Einsatz muss.« Lena holte Papier und Kugelschreiber, und während der alte Mann zeichnete, dachte sie an den vorherigen Ranger, den sie seit seinem Krankenhausaufenthalt nicht mehr gesehen hatte.

»Hast du was von Patrick McDoneral gehört?«, fragte sie vorsichtig.

»Nein, nicht mehr seit dem Waldbrand vor vier Wochen. Es heißt, er lebt bei seinen Eltern, der neue Ranger wohnt in seinem Haus.«

»Kanntest du ihn näher, ich meine Mr. McDoneral?«

»Wir waren Freunde, aber auf Distanz.«

»Was heißt das?«

»Na, wie das so bei Einsiedlern ist. Er lebte sehr zurückgezogen und ich auch. Er liebte die Einsamkeit und ich auch. Deshalb ist er auch damals hergekommen, obwohl er attraktivere Stellen in Schottland hätte haben können, und bei mir war es genauso.«

»Habt ihr als junge Männer schlechte Erfahrungen mit anderen Leuten gemacht?«

Der Schäfer zuckte mit den Schultern. »Ich nicht, und von ihm weiß ich es nicht. Aber er soll schon als Student sehr zurückhaltend gewesen sein, das weiß ich von anderen Rangern.« Er sah Lena prüfend an. »Sag mal, du interessierst dich wohl für ihn?«

Lena schüttelte den Kopf. »Nein, das nicht, aber wir waren zusammen unterwegs, als uns das Feuer überraschte und verletzte, und einmal habe ich ihn im Krankenhaus besucht, aber da ging es ihm sehr schlecht. Später sollen ihn dann seine Eltern zu sich nach Northumberland geholt haben. Seitdem habe ich nichts mehr gehört.«

»Warum erkundigst du dich nicht?«

»Die Herrschaften mögen mich nicht. Sie haben ganz bestimmte Pläne mit ihrem Sohn, und da störe ich.«

»Wenn du ihn magst, musst du was unternehmen. Von alleine hat sich noch keine Tür geöffnet.«

»Warum und wo sollte sich denn eine Tür öffnen?«

»Ich kenne dich, Doktor, vor mir kannst du deine Gefühle nicht verstecken.«

»Schäfer, du bist ein guter Freund, aber meine Gefühle sind meine ureigene Angelegenheit.«

»Klar, Doktor, weiß ich doch. Ich rede dir auch nicht rein. Ich will nur, dass du glücklich bist, und das bist du im Augenblick ganz und gar nicht.«

Lena sah auf die Uhr. »Ich muss los, Schäfer, du kannst gern hier sitzen. Amy kommt gleich, sie räumt später alles weg. Also bleib und genieß die Ruhe und den Anblick deiner Herde, die sich so mustergültig verhält.«

»Das ist die Arbeit der Hunde.«

»Woher hast du die?«

»Vor vielen Jahren in Inverness gekauft und dann selbst gezüchtet. Es sind die besten Schäferhunde, die es gibt. Ich habe schon viele Preise mit ihnen gewonnen. Was macht Sandy?«

»Sie hat Stubenarrest, wenn deine Schafe kommen. Sie würde vor Freude die ganze Herde aufmischen.«

»Wir werden daran arbeiten. Aber heute nicht. Ich bin froh, dass die Herde ruhig ist.«

»Habe ich mir gedacht. Bye, Schäfer, bis zum Mittagessen.«

Lena stand auf, nahm ihr Geschirr mit in die Küche und schrieb Amy ein Zettelchen: »Seien Sie so nett und bereiten ein Picknick für den Schäfer und für mich vor. Wir essen mittags im Wald. Danke.« Dann zog sie ihren Arztkittel an, nahm die Patientenliste und den Arztkoffer und fuhr zu ihrem ersten Hausbesuch.

Als sie mittags zurückkam, wartete Amy schon auf sie. »Ich wollte nicht extra anrufen, weil Sie geschrieben hatten, Sie kämen gleich ins Haus. Aber der Fischereimeister von Quarries hat vor zwei Minuten angerufen. Einer seiner Arbeiter hat eine Verrenkung an der Schulter, ob Sie mal vorbeischauen könnten.«

»Und wo finde ich den Arbeiter? Eine Verrenkung kann sehr schmerzhaft sein.«

Amy holte eine Skizze vom Tisch. »Hier, er hat die Stelle beschrieben. Es ist der letzte Teich der Dover-Anlage, Sie können mit dem Auto bis ans Ufer fahren.«

Lena holte ihre Straßenkarte aus dem Wagen und verglich die Beschreibung mit der Skizze des Schäfers. »Das trifft sich gut. Ich wollte ganz in die Nähe. Hat er etwas gesagt, wie es zu dem Unfall kam?«

»Der Mann ist mit einem kleinen Bulldozer umgekippt, als er eine Schleuse reinigen wollte.«

»Gut, dann hole ich nur meinen Picknickkorb aus der Küche, und Sie rufen bitte den Fischereimeister an und sagen ihm, dass ich unterwegs bin.«

»Ein Glück, dass es diese Handys gibt.«

»Ja, es erleichtert die Arbeit sehr.« Lena ging in die Küche und holte den Korb aus der Speisekammer. »Ich habe reichlich eingepackt, den Rest kann der Schäfer als Abendessen nehmen«, versicherte die Haushälterin.

»Danke, Amy.«

Und schon saß Lena wieder im Wagen und fuhr zu der Stelle, die Amy beschrieben hatte. »Verletzte gehen vor«, dachte sie hungrig und versuchte, sich auf den für den öffentlichen Verkehr gesperrten Landwegen nicht zu verfahren.

Hier am Rande des Naturschutzparks in der Nähe der Dörfer grasten Gallowayrinder auf den Wiesen, ein paar Bauern brachten die zweite Heuernte ein. Dann tauchte die Teichlandschaft vor Lena auf. Wohlgepflegte Becken mit befahrbaren Uferwegen lagen wie mit dem Lineal abgemessen in der Gegend. Sorgfältig gepflegte Siele leiteten frisches Wasser vom Loch Etive in die Teiche. Am Uferrand eines kleinen Flusses, der sein wildes Gebaren nach einem Gewitter wieder eingestellt hatte, tauchten Weiden ihre Zweige ins Wasser.

Am letzten Teich sah Lena eine Gruppe von Männern stehen. Sie umringen wohl den Verletzten, dachte sie und lenkte ihren Wagen mit dem Allradantrieb vorsichtig über die schmalen Dämme zwischen den Wasserflächen.

Die Verletzung des Arbeiters war zum Glück nicht schwer, keine Bänder gerissen, keine Knochen gebrochen. Lena renkte das Schultergelenk mithilfe eines anderen Arbeiters, der den Verletzten halten musste, wieder ein, legte ihm einen festen Verband an und verordnete Ruhe. »Sobald die Schwellung abgeklungen ist und die Schmerzen nachlassen, kommen Sie in meine Praxis, damit ich die Schulter röntgen kann. Ich will sicher sein, dass das Gelenk in der richtigen Stellung liegt und keine Muskeln oder Sehnen beschädigt sind. Vorläufig sind Sie krankgeschrieben.«

Und zu dem Fischereimeister sagte sie: »Lassen Sie den Mann nach Hause bringen, er braucht Bettruhe, damit sich nicht noch Blutergüsse oder Entzündungen entwickeln.«

»Ich fahre ihn selbst nach Hause und sage seiner Frau, wie sie ihn behandeln soll.«

»Die Schulter muss absolut ruhig gestellt werden.« Lena füllte eine Bescheinigung aus und gab sie dem Verletzten. »Hier ist Ihre Krankschreibung, und ich sehe Sie spätestens in einer Woche zum Röntgen.«

Der Arbeiter, blass, mit ängstlich aufgerissenen Augen und schmerzverzerrtem Mund, nickte nur. Lena legte ihm die Hand auf die unverletzte Schulter. »Es kommt alles wieder in Ordnung, aber es wird eine Weile dauern. Hier sind einige Schmerztabletten, nehmen Sie die vor dem Schlafengehen, morgen sieht dann alles schon wieder besser aus.« Sie schloss ihren Arztkoffer und verabschiedete sich.

Es war fast drei Uhr, als sie losfuhr, um den Schäfer zu treffen. Aber sie kam nicht weit. Kurz bevor sie den Brombeerweg erreichte, hörte sie das jämmerliche Schreien eines Tieres und die wütende Stimme eines Mannes. Langsam fuhr sie weiter, die Schreie wurden lauter. Dann sah sie auf dem Weg zu einer kleinen Hütte den geparkten Land Rover des neuen Rangers.

Wenn mich nicht alles täuscht, dann ist das das Cottage von Colleen, dachte Lena und fuhr langsam weiter. Das Geschrei kam aus dem Garten, den eine dichte Eibenhecke zum

Weg hin abschloss. Lena hielt an und stieg aus. Langsam ging sie um die Hecke herum. Im Garten blühten Klematis und ein später Jasmin. Steinerne Ziergefäße quollen über von Geranien und Petunien. Von kleinen Buchsbaumhecken unterteilt, standen auf kleinen Parzellen Kräuterstauden und unbekannte Blattgewächse. Auf kleinen Beeten wuchsen Küchenkräuter wie Salbei, Majoran, Thymian, Kerbel und verschiedene Petersiliensorten. Abgeteilt auf anderen Beeten gediehen Heilpflanzen wie Arnika und Kamille, Lavendel, Wegerich und Sauerampfer. Und dann bot sich ihr ein Bild, das sie wohl ein Leben lang nicht vergessen würde: Am Zaun angebunden standen zwei qualvoll meckernde Ziegen. Während der Wildhüter in voller Uniform vor der einen Ziege im Gras kniete und das Tier zu melken versuchte, versuchte die andere, sich loszureißen.

Verblüfft und ein wenig erschrocken von der fluchenden Stimme trat Lena näher. »Mister, was machen Sie denn hier?«

»Verdammt noch mal, das sehen Sie doch. Hocken Sie sich hin, und helfen Sie. Da drüben steht noch ein Milchkrug für das andere Tier. Den Ziegen platzen die Euter, sie sind seit gestern nicht gemolken worden. Und statt dankbar zu sein, treten sie um sich und stoßen dauernd die Milchkanne um.«

»Und wo ist die Frau, die in der Hütte wohnt? Warum kümmert sie sich nicht um ihre Tiere?« Lena musste sich noch immer das Lachen verkneifen. Das Bild der tretenden Ziege mit dem Ranger im Gras war geradezu köstlich.

»Die Frau liegt im Bett und wimmert vor Schmerzen.«

»Was? Da muss ich aber erst nach der Frau sehen, bevor ich mich um die Ziege kümmere.«

»Bleiben Sie bloß draußen, sie hat mir verboten, Hilfe zu holen. Einfach rausgeschmissen hat sie mich.«

»Aber was fehlt ihr denn?«

»Sie kriegt ein Kind, und sie meint, sie kann das alleine.«

»Gott im Himmel, wie alt ist die Frau denn?«

»Was weiß ich, so um die vierzig?«

»Vierzig? Und ich dachte immer, diese Colleen ist eine uralte Frau. Ich gehe auf jeden Fall rein, und wenn ich Hilfe brauche, lassen Sie die Ziegen stehen und helfen mir.«

»Ach, so ein Mi…« Der Ranger klatschte der Ziege mit der flachen Hand auf das Hinterteil, sie hatte den Krug wieder umgestoßen. Das verschreckte Tier machte einen Satz an der kurzen Leine und stand dann mit einem Vorderbein im Krug. Mühsam richtete der Wildhüter sich auf und starrte Lena an. »Ich bin ein Mann. Lassen Sie mich mit diesem Frauenkram in Ruhe.«

»Nichts da, wenn ich Hilfe brauche, werden Sie kommen!«

Lena holte ihren Koffer aus dem Wagen und rief ihm zu: »Wie heißt die Frau mit Nachnamen?«

»Keine Ahnung, sie ist Irin«, rief er zurück und befreite die Ziege aus dem Krug. Lena lief zum Cottage, das so stark von Efeu überwuchert war, dass die Hütte fast darunter verschwand. Lena erwartete einen dunklen, ungepflegten, muffigen Raum. Aber sie hatte sich getäuscht. Das erste Zimmer, das sie betrat, war ein sauberer, heller, peinlich aufgeräumter Wohnraum, mit offener Feuerstelle und zahllosen trockenen Kräuterbüscheln an den Wänden, der durch ein großes, flaches Dachfenster erleuchtet wurde, während die kleinen Fenster, hinter dem Efeu verborgen, kaum Licht spendeten.

Aus einem zweiten Raum klang das Wimmern der Frau. Lena klopfte an und trat sofort ein. »Hallo, ich bin Ärztin und möchte Ihnen helfen.«

Die Frau versuchte erschrocken sich aufzurichten. »Verschwinden Sie. Ich brauche Sie nicht, und ich will Sie nicht. Und den Ranger soll der Teufel holen, wenn der Sie gerufen hat.«

»Ich bin zufällig vorbeigekommen. Und ich bleibe, ob Sie wollen oder nicht.«

»Kinderkriegen ist die natürlichste Sache der Welt.« Die Frau stöhnte, als eine Wehe ihren Körper zu zerreißen drohte. »Ich weiß, wie das geht, also verschwinden Sie.« Eine neue Wehe zerrte an ihrem Leib.

»Die Wehen kommen sehr schnell, legen Sie sich hin, und versuchen Sie tief und ruhig zu atmen.« Lena zog den Arztkittel an, öffnete ihren Koffer und streifte Gummihandschuhe über. »Wo gibt es Wasser, wo kann ich es heiß machen, wo haben Sie frische Wäsche? Und vor allem – wo ist ein Lichtschalter?«

»Verschwinden Sie«, stöhnte die Frau, »hier gibt es kein Wasser und keinen Strom und keine Wäsche. Hier gibt es nur mich und mein Leben, wie ich es mir eingerichtet habe«, stöhnte die Schwangere. »Brauchen die Frauen der Naturvölker etwa Wasser und Licht, wenn sie im Urwald oder in der Wüste gebären? Ich bin wie s...« Ihre Stimme versagte, sie biss sich auf die Lippen, und dann schrie sie doch.

Lena zog die Bettdecke vorsichtig weg um zu sehen, wie weit die Geburt fortgeschritten war. Dann drückte sie die verkrampfte Frau auf das Bett zurück. »Legen Sie sich hin, winkeln Sie die Beine an. Der Geburtskanal ist weit geöffnet, es wird nicht mehr lange dauern, und hören Sie auf zu schimpfen. Sie brauchen Ihre Luft zum Atmen. Und wenn ich sage ›pressen‹, dann wird gepresst und weiter nichts.«

In der Tür erschien der Wildhüter. Vorsichtig steckte er den Kopf durch den Spalt, schob einen Wassereimer herein und verschwand wieder. Lena befeuchtete ein Tuch, rieb damit den Körper der Schwangeren ab und reinigte den Unterleib. Bei allem Ärger über die halsstarrige Frau stellte sie fest, dass der Raum, das Bett, die Wäsche sowie der Körper der Frau überaus sauber und gepflegt waren. Sie ging zu einem Wäscheregal, holte frische Tücher und deckte die Frau damit zu. Dabei kontrollierte sie ständig die Stärke der Wehen, den Blutdruck und die Lage des Kindes.

»Alles wird gut gehen«, versuchte sie die Frau zu beruhigen.

»Sag ich doch«, konterte die mit schmerzverzerrter Stimme.

Und dann ging doch nicht alles gut. Statt des Köpfchens kam ein Arm durch den Geburtskanal, und das Kind steckte mit verdrehter Schulter in der Scheide fest.

Lena rief den Ranger. »Kommen Sie herein, ich brauche Sie, mit gewaschenen Händen, bitte!« Als er zögernd in der Tür stand, fügte sie hinzu: »Ziehen Sie die Uniformjacke aus und Gummihandschuhe an. Die sind in meinem Koffer.«

»Was um Himmels willen wollen Sie von mir?«

»Hilfe und ein bisschen von Ihrer Kraft. Sie müssen die Frau festhalten.«

Trotz ihrer Schmerzen versuchte die schwangere Frau aufzustehen: »Raus, gehen Sie raus, lassen Sie mich alleine«, keuchte sie und wand sich aus dem Bett.

Die Ärztin und der Wildhüter sprangen hinzu und fingen

sie auf. »Still liegen«, befahl Lena und sagte zum Ranger gewandt: »Und Sie stellen sich neben das Bett und halten die Frau fest. Einen Arm schlingen Sie um ihre Kniekehlen und ziehen die Beine so hoch wie möglich, damit ich sehe, was ich mache, mit dem anderen Arm drücken Sie die Schultern nach unten.«

»Was haben Sie vor?«, stotterte der Mann.

»Ich muss versuchen, das Kind zu drehen, damit der Kopf nach vorn kommt.«

»Um Gottes willen, und das alles hier in diesem Cottage? Kann man sie nicht in ein Krankenhaus bringen?«

»Dazu ist es viel zu spät. Keine Angst, ich kenne so einen Eingriff.«

Lena zog frische Handschuhe an, desinfizierte sie und rieb sie mit einer Creme ein. Sie deckte ein steriles Tuch über den Leib der Frau, forderte sie auf, ruhig zu atmen und das Pressen einzustellen und schob ihre Hand in die Scheide. Mit wenigen Griffen drängte sie das Ärmchen zurück, drehte die Schulter in die richtige Lage und hielt bei der nächsten Presswehe das Köpfchen in der Hand. »Wir haben es geschafft«, rief sie glücklich, »der Körper kommt. Ich gratuliere Ihnen zu einem kleinen Mädchen.« Und selbst etwas erschöpft fügte sie hinzu: »Ein prächtiges Kind haben Sie da geboren.« Sie trennte die Nabelschnur durch, wickelte das Baby in ein Handtuch und reichte es der Mutter. Dann fing sie mit einer Papiermanschette die Nachgeburt auf.

Erschöpft ließ der Wildhüter die Beine der Frau los und richtete sich blass und verstört wieder auf. Aber Lena brauchte ihn noch. »Ich muss heißes Wasser haben, und danach entsorgen Sie bitte das hier.« Ohne Rücksicht auf seine

Blässe drückte sie ihm das Päckchen mit der Nachgeburt in die Hand. Und während der Ranger im Nebenraum Feuer machte und einen Kessel mit Wasser aufsetzte, wusch Lena die Frau. »Für Sie habe ich nur kaltes Brunnenwasser, tut mir leid, aber Ihr Baby waschen wir mit warmem Wasser, es soll ja nicht gleich zu Tode erschrecken.«

Die Mutter lächelte ihr Kind unter Tränen an. »Allein hätte ich es wohl nicht geschafft?«, fragte sie leise.

»Nein, vor allem Ihr Baby hätte das nicht geschafft. Aber nun ist ja alles gut.«

»Danke!«, schluchzte die Frau und ließ sich umbetten. Dann gab sie ihr Kind ab, damit es gebadet, gemessen, gewogen und gewickelt werden konnte. Alles musste seine Ordnung haben.

Von der Tür aus sah Lena dem Ranger nach, wie er mit einem Spaten bewaffnet zum Waldrand ging, um die Nachgeburt zu vergraben. Fröhlich rief sie ihm nach: »Sie können sich dann auch wieder den Ziegen widmen.«

Es war beinahe fünf Uhr, als sie sich auf den Weg zum Schäfer machte. Die Mutter saß inzwischen auf der Bank vor der Hütte und wiegte ihr Kind in den Armen.

»Wohin fahren Sie?«, rief ihr der Ranger nach, als sie zum Wagen ging.

»Zum Schäfer in den Wald, ich habe sein Mittagessen im Auto.«

»Der ist jetzt nicht mehr im Wald. Die Mittagsrast ist längst vorbei, die Herde ist wieder unterwegs.«

Lena zögerte und ging ein paar Schritte zurück. »Wo finde ich ihn denn jetzt?«

»Er wird in westliche Richtung weitergezogen sein. Fahren Sie den Juniperwalk runter, vielleicht sehen Sie ihn unterwegs.«

Kapitel 29

Lena sah die Herde schon von Weitem. Da sie aber nicht quer über die Heide fahren konnte, stellte sie den Wagen im Schutz einiger Wacholderbüsche ab, nahm den Picknickkorb und lief zu Fuß hinter dem Schäfer her. Die Hunde sahen sie zuerst. Als sie die junge Frau verbellten, drehte sich Marc Winter um, rief die Hunde zurück und winkte. »Ich hatte mein Mittagsessen schon abgeschrieben«, rief er ihr fröhlich zu.

»Ich bin aufgehalten worden. Dabei habe ich selbst einen Bärenhunger. Können wir hier irgendwo essen?«

»Drüben bei den Birken gibt es eine windgeschützte Mulde, da setzen wir uns hin.« Sie gingen zusammen über die Heide. »Pass auf, Doktor, dass du nicht in ein Kaninchenloch trittst und dir den Fuß verstauchst. Hier gibt es riesige Karnickelkolonien.«

In der Vertiefung angekommen, breitete er sein Regencape aus. »Bitte, setz dich, es ist zwar kein feines englisches Plaid, aber man sitzt ganz gut darauf. Die stachelige Heide dringt nicht durch.«

Lena setzte sich und packte den Korb aus. Amy hatte Brathähnchen und Gurken, frisches Brot und Mayonnaise, hartgekochte Eier, ein Schälchen Senfsoße und frische Aprikosen eingepackt; dazu Teller, Besteck, Servietten, Gläser und eine Thermosflasche mit Eistee. Der Schäfer sah ihr zu. »Das sieht ja großartig aus. Und die Sachen haben sogar die lange Wartezeit überstanden. Wer oder was hat dich denn aufgehalten, wenn man fragen darf?«

»Du darfst fragen, Schäfer, aber ich werde dir nicht alles erzählen.«

»Ein Arztgeheimnis?«

»Zum Teil, aber zuerst war der Wildhüter daran schuld, der versuchte nämlich mit Geschrei und Flüchen zwei Ziegen zu melken.«

»Wo gibt es denn so etwas?«

»Im Garten von Colleen. Ich war auf dem Weg zu dir und hörte das herzerweichende Gemecker. Das hat mich neugierig gemacht, und ich bin ausgestiegen.«

»Aha. Und dann?«

»Dann fängt mein Geheimnis an.«

»Hat Colleen ihr Baby bekommen?«

Verblüfft sah Lena den Mann an. »Wusstest du davon?«

Der Schäfer starrte gedankenverloren eine Weile über die Heide. »Ja, ich wusste es.« Dann fragte er leise: »Ist alles gut gegangen?«

Und als Lena nickte, erklärte er: »Ich bin der Vater.«

Überrascht sah Lena ihn an. Der alte Schäfer und Colleen, das kann doch nicht wahr sein, dachte sie, und keiner hat etwas gewusst, sonst hätte sich die Nachricht von dem Verhältnis wie ein Lauffeuer in den Dörfern verbreitet. Sie sah ihn beruhigend an. »Es ist alles gut gegangen, Colleen sitzt schon wieder in der Sonne, hat das Baby in ein Tragetuch gehüllt und genießt ihr neues Leben als Mutter.«

»Ich werde sie heute Abend, wenn die Herde im Pferch ist und keine Leute mehr unterwegs sind, besuchen.«

Lena studierte das Gesicht des Schäfers. Eigentlich sieht er recht gut aus mit seinen 60 Jahren, dachte sie, und Männer in seinem Alter sind durchaus noch in der Lage, Kinder zu zeugen. Aber Colleen – kein Mensch hatte gewusst, dass sie in anderen Umständen war. Die Frauen im Dorf hätten das doch merken müssen.

Der Schäfer beobachtete die Ärztin. »Du wunderst dich?«

»Ich bewundere Colleen, der man anscheinend nichts angesehen hat, obwohl sie hier zu Hause ist und ein Babybauch sich nicht neun Monate lang verbergen lässt.«

»Sie trägt immer sehr weite, lockere Kleider. ›Ich liebe meine Zelte‹, hat sie mir einmal gesagt, ›man kann Gut und Böse darunter verstecken.‹ Als sie kam, damals aus Irland, waren es helle, lustige Kleider mit bunten Bordüren und vielen Volants. Aber langsam wurden die Farben dumpfer und dunkler. Colleen wurde älter, und sie hat das sogar noch betont, weil sie als Heilerin ernst genommen werden wollte. In den letzten Jahren trug sie nur noch graue oder schwarze Kleider, und mit den hellen Farben legte sie auch ihre Jugend und ihre Fröhlichkeit ab.«

»Wie lange kennst du sie denn schon?«

»Von Anfang an. Ich habe ihr zu dem Cottage verholfen, ich kümmere mich um sie.«

»Und keiner weiß das?«

»Nein, wozu? Wir sind seit zwanzig Jahren gute Freunde mit einem platonischen Verhältnis, den Wunsch nach einem Kind hatte Colleen erst jetzt. ›Meine biologische Uhr tickt‹, sagte sie einmal, und danach habe ich sie zum ersten Mal in den Arm genommen.«

»Und wie wird es nun weitergehen?«

»Wie bisher. Ich kümmere mich in aller Stille um sie. Lebensmittel bekommt sie von den Bauern, weil sie kaum Geld annimmt, ich sorge für das Futter ihrer Tiere und mache abends die grobe Gartenarbeit, und im Winter, wenn ich Zeit habe, repariere ich ihr Cottage, halte den Brunnen eisfrei und hacke Holz, mit dem sie dann ein ganzes Jahr auskommt.«

»Ein bescheidenes Leben.«

»Sie will es so, und sie ist es so gewohnt.«

»Aus Irland?«

»Sie ist bei ihren Großeltern unter einfachsten Bedingungen aufgewachsen. Von ihnen hat sie auch die Kenntnisse über Naturheilkunde, und sie ist sehr belesen. Wann immer ich medizinische Zeitungen oder Bücher über Homöopathie auftreiben kann, bringe ich sie ihr mit.«

»Ich hatte mir ihr Cottage dunkel, muffig und verstaubt vorgestellt.«

»Colleen ist der sauberste Mensch, den ich kenne. Wie bist du überhaupt zu ihr gekommen? Was hat dich veranlasst, ausgerechnet heute bei ihr zu halten?«

»Ich sagte es schon: schreiende Ziegen und ein fluchender Ranger, und der sagte dann, dass drinnen eine Frau ein Kind bekommt und ihn rausgeschmissen hat. Da bin ich natürlich hineingegangen, und zum Schluss musste sogar der Wildhüter mit anpacken.«

»Meine Güte, warum denn?«

»Das Kind lag ein bisschen verdreht, und ich wollte es zurechtrücken. Da musste er Colleen festhalten.«

»Und das hat sie geduldet?«

»Sie hat geschrieen und geschimpft und zum Schluss geweint und eingesehen, dass es nicht anders geht.«

»Das mit den Ziegen hat sie klug gemacht.«

»Wieso?«

»Sie hat sie am Zaun angebunden, wo dichtes Futter steht. Und wenn sie nicht gemolken werden, meckern sie herzerweichend, und irgendjemand hört das mit Sicherheit.«

»Ich finde die ganze Geschichte trotzdem leichtsinnig und naiv. Konntest du sie nicht überreden, sich einem Arzt anzuvertrauen oder in ein Krankenhaus zu gehen? Sie hat sich ein Kind gewünscht und das Leben dieses Kindes gleichzeitig aufs Spiel gesetzt. In ihrem Alter ist eine erste Schwangerschaft immer ein Risiko.«

»Du kennst Colleen eben nicht. Da wo sie aufgewachsen ist, gab es keine Ärzte und Krankenhäuser, da mussten sich die Frauen selbst helfen.«

»Das hat sie angedeutet. Aber wäre ich nicht gekommen … sie hätten sterben können, beide.«

Nachdenklich und unsicher geworden, starrte der Mann vor sich hin.

Und nach einer Weile sagte er: »Ich habe keinen Hunger mehr. Ich bringe jetzt die Schafe weg und kümmere mich dann um Colleen. Könntest du inzwischen noch mal hinfahren und nach ihr sehen?«

»Das hätte ich sowieso gemacht.«

»Im Schuppen versteckt steht eine Wiege.«

»Gut, ich hole sie raus, aber ich glaube, die Mutter schläft lieber mit ihrem Kind im Arm im Bett.«

»Eigentlich wollte sie so eine Art Hängematte im Cottage haben, so sei es früher bei ihren Großeltern gewesen, aber das habe ich ihr ausgeredet wegen der Fliegen und so. Über eine Wiege kann sie einen Schleier legen, über eine Hängematte nicht. Das hat sie eingesehen.«

»Und dann hast du eine gebaut?«

»Nicht direkt, ich habe eine gebrauchte auf dem Flohmarkt in Barcaldine gefunden und die zurechtgemacht.«

»Die Frau kann glücklich sein, so einen Freund zu haben.«

»Sie gibt es mir hundertfach zurück.«

Erstaunt sah Lena ihn an.

»Doch, Doktor, du kannst mir glauben. Sie hilft meinen Schafen und mir, wenn es uns mal nicht gut geht. Sie versteht wirklich etwas von der natürlichen Heilerei. Und sie ist eine sehr liebevolle Frau, die immer Zeit für einen hat. Auch wenn man bloß mal reden will. Und das wissen auch die Leute in den Dörfern.«

Lena war nachdenklich geworden. Vielleicht sollte ich mir auch mehr Zeit zum Reden und zum Zuhören nehmen, dachte sie, vielleicht ist Geduld wichtiger als ein Stethoskop? Sie stand auf. »Ich mache mich mal auf den Weg, Schäfer. Den Picknickkorb nehme ich mit ins Cottage, deine Colleen wird auch Hunger haben, und dann esst ihr gemeinsam.«

Sie räumte die Lebensmittel wieder ein und sah den Schäfer nachdenklich an. »Ich muss spätestens morgen das Kind anmelden und die Geburtsurkunde ausfüllen. Kann ich dich als Vater eintragen?«

Betroffen sah Marc die Ärztin an. »Dieser Papierkram. Muss das sein?«

Lena lachte. »Natürlich, Schäfer. Das weißt du doch genau. Ohne so ein Stück Papier gäbe es dich nicht, mich nicht, euch nicht. Habt ihr euch schon einen Namen überlegt?«

»Nein. Aber ich glaube, Colleen wollte einen Namen ihrer Großeltern nehmen, je nachdem, ob es ein Junge oder ein Mädchen wird. Claire hieß die Großmutter und Jonas der Großvater.«

»Na, ja, das kann sie mir ja nachher sagen. Aber sie darf wissen, dass wir miteinander geredet haben?«

»Ja, natürlich. Mit dem Geheimnis ist es jetzt vorbei, der Ranger weiß ja auch Bescheid. Aber dass ich der Vater bin, das wird er nicht wissen.«

»Ich kann schweigen, wenn ihr das wollt.«

»Ich will, was Colleen will. Aber auf dem Amt wird es wohl bekannt.«

»Nicht, wenn ihr den Vater nicht angeben wollt.«

»Colleen soll das entscheiden.«

Am nächsten Morgen um zehn Uhr meldete Dr. Lena Mackingtosh zum großen Erstaunen des Standesbeamten von Broadfield Claire als neue Bürgerin der Gemeinde im Geburtsregister an. Auf der Urkunde standen Zeit und Ort und der Name der Mutter sowie »Vater unbekannt«. »Aber sie muss doch wissen, wer … mit wem sie … und überhaupt, so viele Männer gibt es hier ja nun auch nicht«, stotterte der Beamte.

»Es ist ihr Wunsch, und den müssen wir respektieren«, konterte die Ärztin und sah dem verlegenen Mann mitten ins Gesicht. »Männer im zeugungsfähigen Alter gibt es genug. Aber vielleicht stehen nicht alle zu ihren geheimen Unternehmungen. Soll ja vorkommen, nicht wahr?«

»Aber«, stotterte er verwirrt, »es geht doch auch um die Verantwortung. Ein Vater muss doch zur Verantwortung gezogen werden, wenn es mal Schwierigkeiten gibt.«

»Ich meine, das sollten wir den Eltern überlassen, nicht wahr?«

»Ja, schon, aber wenn kein Vater da ist, kann man nicht

von Eltern sprechen. Die Mutter, wenn sie allein erzieht, wird kommen und von der Gemeinde Hilfe erwarten – es wäre ja nicht das erste Mal.«

»Die Mutter wird keine Ansprüche stellen.«

»Ja, ja, heute vielleicht noch nicht, aber eines Tages … Kinder kosten sehr viel Geld.«

»Das weiß ich. Und wenn die Mutter eines Tages vielleicht in Not gerät, dann wird ihr die Gemeinde helfen müssen. So bestimmt es das Gesetz.«

»Wir müssen mit der Frau selbst sprechen.«

»Natürlich, aber vorläufig nicht. Sie wird sich melden, wenn sie gesundheitlich dazu in der Lage ist.« Lena nickte ihm zu. »Das wäre dann alles für heute. Guten Tag.«

Verärgert verließ Lena das Rathaus. Diese Bürokraten mit ihrem Papierkram, dachte sie und nickte Ellen zu, die die Tische vor dem Pub polierte. »Lena, komm rüber, ich habe gerade die Kaffeemaschine angestellt«, rief die Wirtin ihr zu.

Ja, warum eigentlich nicht. Einen Kaffee könnte ich gebrauchen. »Ich komme gern.« Lena lief über den Platz und beobachtete Ellen, die sich in ihrer Arbeit nicht unterbrechen ließ. Sie ist eine energische Frau geworden, dachte Lena, mit einer großen Nase und schmalen Lippen, mit dünner werdendem Haar und stählernen blauen Augen; die braucht man wohl, wenn man sich als Pub-Betreiberin hier durchsetzen will, sinnierte sie und reichte der Freundin die Hand. »Danke für die Einladung.«

»So früh schon im Rathaus?«, fragte Ellen vorsichtig. Sie wollte nicht als neugierig angesehen werden, beobachtete aber alles, was rund um das Rathaus passierte, sehr genau.

»Ja, ja, Papierkram gibt es immer.«

»Was Besonderes?«

»Schulkram, Impfungen und solche Sachen. Da muss man durch«, versuchte die Ärztin die Neugier abzuwiegeln. Ellen nickte. »Wem sagst du das? Ich habe auch dauernd mit Papierkram da drüben zu tun. Genehmigungen, Änderungen von Genehmigungen, jetzt haben sie mir vorgeschrieben, wie weit ich meine Tische vor dem Haus aufstellen darf. Und mit Sonnenschirmen darf ich keine Reklame machen. Bisher hat mir die Zigarettenfirma jedes Jahr neue hingestellt. Und nun heißt es ›Rauchen bedeutet den Tod‹, und ich darf die Schirme nicht mehr benutzen.«

»Aber da ist etwas Wahres dran, Ellen.«

»Papperlapapp, kein Mensch hat sich um die Reklame gekümmert, alle haben den Schatten genossen, und nun muss ich neue Schirme kaufen. Was das wieder kostet.« Verärgert ging sie in die Küche und holte den frischen Kaffee. »Hier, bitte sehr, spülen wir unseren Ärger gemeinsam runter. Übrigens, ich habe gehört, der Ranger hat bei Colleen Ziegen gemolken.«

»So? Wer hat denn das erzählt?«

»Ein paar Pfadfinder sind da wohl gestern am Cottage vorbeigekommen.«

»Na ja, warum nicht?«

»Ist aber komisch, die Frau lässt sonst niemand an ihr Vieh.«

»Vielleicht hatte sie eine Patientin in der Hütte, und die Ziegen konnten nicht warten.«

»Ne, glaube ich nicht. Ich wüsste im Moment niemand, der bei der Heilerin Hilfe sucht. Die kommen doch jetzt meist zu dir.«

»Na, dazu kann ich dann auch nichts sagen.«

»Dein Auto soll aber auch in der Nähe des Juniperwalks gesehen worden sein.«

Amüsiert und besorgt verfolgte Lena die wachsende Neugier und die fortschreitende Aufklärung der Ereignisse. »Ich war bei den Teichen und bin dann weiter zum Schäfer, da kommt man dran vorbei.«

»War was mit dem Schäfer?«

»Nein, nein, ich hatte ihm ein Picknick versprochen, weil er mir morgens Käse und Quark geschenkt hat.«

»Ja, ja, der Marc, ein netter Mann. Hilft, wo er kann.«

Lena trank ihren Kaffee aus. Es wurde Zeit, dass sie die Fragerei beendete. »Ich muss weiter, Ellen, danke, der Kaffee hat mich wieder munter gemacht.« Sie stand auf. »Bis zum nächsten Mal.«

»Ja, bis bald. Und lass dich vom Amt nicht unterkriegen, die Bürokraten haben ihre Nasen überall drin. Und wenn die was rausfinden wollen, dann schaffen sie das.«

Wie recht sie hat, dachte Lena und stieg in ihren Wagen.

Kapitel 30

Das Telefon klingelte kurz vor Mitternacht. Lena seufzte. Und jetzt noch ein Hausbesuch, dachte sie müde und ging wieder in ihr Sprechzimmer, denn sie hatte noch nicht auf den Nachtdienst umgeschaltet.

»Dr. Mackingtosh«, meldete sie sich so munter wie möglich. Zunächst hörte sie nur ein Rauschen. »Hallo? Wer ist denn da?«

Dann hörte sie eine leise Männerstimme, konnte aber nichts verstehen. »Hallo, bitte sprechen Sie etwas lauter, ich verstehe Sie nicht.«

Die Stimme kam wieder, immer noch sehr leise: »Ich bin es, Patrick«, glaubte sie zu hören.

»Patrick McDoneral?«

»Ja. Ich brauche deine Hilfe.«

»Wo bist du?«

»Im Schloss Archestown. Ich muss hier raus, aber allein kann ich es nicht.«

»Was ist mit deinen Augen?«

»Ich kann nichts sehen. Gar nichts.«

»Patrick, wie kann ich dir helfen?«

»Hol mich hier raus. Bitte.«

Lena war ratlos. Einen ganzen Monat hatte sie nichts von ihm gehört und nun dieser Hilfeschrei. Der Ranger war doch ein erwachsener Mann, der tun und lassen konnte, was er wollte, er lebte bei seinen Eltern, warum brauchte er ihre Hilfe? Aber dass er sie brauchte, war offensichtlich.

»Patrick, ich komme morgen gegen Abend. Wo treffe ich dich?«

»Neben dem Damm zur Zugbrücke ist eine Hütte mit einem Schuppen. Stell dein Auto da hinein und komm in die Hütte. Bitte, Lena.«

»Ja, bis morgen, Patrick.«

Auf der anderen Seite wurde das Telefon abgeschaltet. Lena stellte den Hörer in die Station und schaltete den Nachtdienst ein, mit dem sie vom Bett aus telefonieren konnte.

Ratlos sah sie sich in der Praxis um. Was hat das denn zu bedeuten, dachte sie und erinnerte sich an die dominante Mutter des Rangers und an den Vater, der nicht ein freundliches Wort für seinen Sohn fand, als sie ihm zum Geburtstag gratulierten.

Patrick wollte schon nach dem schrecklichen Feuer nicht vom Krankenhaus in Glasgow nach Northumberland verlegt werden, wie mir Daniel erzählt hatte. Aber seine Mutter hat es durchgesetzt und den verletzten, blinden Mann gegen seinen Willen und gegen den Rat der Ärzte einfach mitgenommen. Eine seltsame Familie ist das. Eine Familie, in der das Prestige anscheinend höher bewertet wird als der gesunde Menschenverstand und familiäre Liebe.

Und nun ist er blind und diesen Eltern ausgeliefert. Schrecklich, dass die Spezialisten seine Augen nicht retten konnten. Was wird denn aus einem Ranger, der nichts mehr sieht? Gott, der arme Kerl. Und nun bittet er mich um Hilfe. Aber was kann ich tun? Er ist ein blinder Mann, das darf ich nicht vergessen.

Müde ging Lena zu Bett. Der Tag war lang und anstrengend gewesen, und nun noch dieser Hilferuf. Sie stellte den

Wecker auf vier Uhr. Dann kann ich bei Sonnenaufgang starten, überlegte sie und fuhr in Gedanken an die Küste unten im Südosten.

Fünf Stunden später war sie unterwegs. Sie hatte ein Schild an die Praxistür gehängt und darauf mitgeteilt, dass sie für zwei Tage dienstlich unterwegs sei, hatte auf einem Zettel Amy gebeten, sich um Sandy und das Haus zu kümmern, kurz gefrühstückt und war abgefahren.

Nördlich von Alnwick hatte sie sich dann verirrt. Sie wollte, wie Patrick vor ein paar Wochen, die Abkürzung an der Küste entlang nehmen, kam aber plötzlich auf den schmalen Straßen nicht weiter und musste zurückfahren und dann von Alnwick auf der Hauptstraße bis Belford fahren, um von dort auf die Küstenstraße und nach Archestown zu kommen.

Endlich tauchte in der Dämmerung der Schlosskomplex auf, riesig, bedrohlich, grau wie der diesige Himmel und abweisend. Diesmal sah sie das Schloss von der richtigen Seite aus und fühlte sich allein von seinem Anblick schon bedroht. Langsam fuhr sie die lange Allee entlang. Dann sah sie kurz vor der Zufahrt zum Damm den alten grauen Bretterschuppen, von dem Patrick gesprochen hatte, und dahinter, von Bäumen und Sträuchern verborgen, die Hütte.

Sie stellte den Motor ab und ließ den Wagen in den Schuppen rollen. Leise, um niemanden auf ihr Kommen aufmerksam zu machen, schloss sie die Wagentür und ging zum Eingang der Hütte. Ein alter Mann öffnete, bevor sie klopfen konnte.

»Miss Mackingtosh?«

»Ja.«

»Kommen Sie herein.«

Der Mann ließ sie eintreten und schloss die Tür wieder. »Kommen Sie mit.« Er führte sie in einen Raum, in dem Patrick McDoneral in einem Rollstuhl und mit einer Binde um die Augen saß.

»Hallo, Patrick.«

»Danke, Lena, dass du gekommen bist.«

»Wie geht es dir?«

»Etwas besser, als es aussieht.«

»Was meinst du damit?«

»Ich kann laufen, aber ich habe es niemandem gezeigt. Meine Beine sind voller Narben, aber die sind verheilt, nur habe ich es keinem gesagt.«

»Dann bist du gar nicht auf den Rollstuhl angewiesen?«

»Ich kann wieder laufen, wenn auch nur mit Krücken und unter Schmerzen, aber die werden mit jedem Tag weniger.«

»Und warum dann der Rollstuhl?«

»Ich spiele den Kranken, den Verletzten, den Unbeweglichen, damit man mich in Ruhe lässt.«

»Aber hast du keinen Arzt, der deinen Zustand kennt?«

»Den habe ich schon vor zwei Wochen abgelehnt.«

»Und warum das Spiel?«

»Weil ich heiraten sollte.«

»Was? Verletzt, ohne etwas sehen zu können, sollst du heiraten?«

»Ja, Lena, in unseren Kreisen kommt es nicht auf Glück und Liebe an oder auf Gesundheit, sondern auf Geld, auf das Ansehen und auf den Einfluss und auf die Macht, und die hat ein Earl auch ohne Beine und ohne Augen. Es gibt eine überaus wohlhabende Familie mit zwei heiratsfähigen Töchtern in Edinburgh, die unbedingt in die gräflichen Kreise innerhalb der High Society einheiraten sollen. Mein Vater bekäme den lange gewünschten Posten im Parlament, meine Mutter die ersehnte Anerkennung in Regierungskreisen und ich …«

»Und du?«

»Ich müsste nur den Sohn und Erben zeugen, mehr würde von mir nicht verlangt. Und dazu braucht man keine Beine und keine Augen.«

»Patrick.«

»Tut mit leid, Lena, dass ich so drastisch bin und so hart. Aber so sieht meine Zukunft aus, wenn ich hier bliebe.«

»Aber du könntest dich wehren.«

»Und dann? Ich habe dieses Haus nie geliebt, aber dann wäre ich daran gebunden. Meine Eltern wollen den Nachwuchs, und es gibt nichts, was sie daran hindern könnte.«

»Patrick, ich kann das nicht glauben. Wir leben doch nicht im Mittelalter.«

»Schau dir das Schloss an, und dann sag mir, ist das das Mittelalter oder nicht?«

»Es macht mir Angst, das stimmt. Ich könnte hier nicht leben.«

»Und genau deshalb will ich fort.«

»Aber man wird dich suchen.«

»Selbstverständlich, aber außerhalb des Schlosses gibt es Rechte und Gesetze, nur drinnen gibt es sie nicht.«

»Du meinst, ich soll dich einfach mitnehmen.«

»Ich bitte dich darum, Lena.«

»Und wie stellst du dir das vor? Wir haben Northumberland noch nicht verlassen, und man wird nach dir suchen und von Entführung sprechen.«

»Wenn wir jetzt fahren, sind wir morgen früh in Benderloch.«

»Patrick, ist das wirklich dein Wunsch? Du gibst hier alles auf, auch die Rechte, die dir als Sohn des Earl zustehen.«

»Diese Rechte wollte ich noch nie. Ich bin Ranger geworden, das ist es, was ich wollte.«

»Du wirst diesen Beruf nicht mehr ausüben können.«

»Ich werde etwas Ähnliches finden. Lena, bitte.«

»Gut. Fahren wir. Was brauchst du, was willst du mitnehmen?«

»Nichts. Bring mich zu deinem Wagen, und wir können starten.«

»Und der alte Mann draußen vor der Tür?«

»Mein einziger Freund, der alte Schäfer, er wird den Rollstuhl und einen Brief von mir heimlich ins Schloss zurückbringen, und ich bin dann eben weg.«

»Du machst es dir sehr einfach, Patrick. Du solltest die Auseinandersetzung mit deinen Eltern suchen.«

»Aber nicht als hilfloser, blinder Krüppel. Einer Auseinandersetzung mit meinen Eltern und ihren Rechtsanwälten bin ich noch nicht gewachsen. Die Betonung liegt aber auf ›noch nicht‹!«

»Dann komm.«

Und ohne einen Ton des Schmerzes stand Patrick auf, tastete nach zwei Krücken, die neben dem Stuhl standen und humpelte los. Mit Entsetzen sah Lena, wie schwer dem Mann das Laufen fiel und wie sehr er sich anstrengen musste, um nicht laut zu klagen. »Kannst du mich bitte führen?«

Lena lief an seine Seite, öffnete die Türen, führte ihn um die Hütte herum zum Schuppen und assistierte ihm beim Einsteigen. Sie legte die Krücken auf die Rückbank, half ihm, die bandagierten Beine in den Wagen zu heben und schloss die Beifahrertür. »Willst du dem alten Mann nicht auf Wiedersehen sagen?«

»Das haben wir erledigt, bevor du gekommen bist.«

»Du warst deiner Sache sehr sicher.«

»Ich wusste, dass du mich nicht im Stich lässt.«

Lena startete, fuhr rückwärts aus dem Schuppen und folgte seinen Anweisungen. Erst eine ganze Weile später schaltete sie die Scheinwerfer ein und fuhr dann zügig über den Highway nach Norden.

Die nächtliche Fahrt erforderte ihre ganze Aufmerksamkeit. Patrick neben ihr war eingeschlafen. Sie hatte ihm die Rückenlehne zurückgestellt, sodass er beinahe liegen und die Beine ausstrecken konnte.

Was soll bloß werden, wenn ich zu Hause ankomme, dachte sie immer wieder. Hofft er auf ein Versteck oder eine Unterkunft bei mir? Unser Gästezimmer liegt im Dachgeschoss neben dem Schlafzimmer meiner Eltern, in dem ich jetzt wohne, unmöglich, ihn dort hinaufzubekommnen. Und tagsüber? Darf oder kann er sich in der Öffentlichkeit sehen lassen? Was werden die Bauern sagen, das gibt sicher Gerede. Oder will er, wenn wir am Benderloch angekommen sind, irgendwo in einem Hotel wohnen? Er hat doch keinerlei Gepäck, was will er anziehen? Himmel, stöhnte sie innerlich, ein Berg von Fragen und keinerlei Antworten. Hat er Geld, hat er irgendwo Freunde, hat er irgendwelche

Rechte aufgrund seiner Arbeit als staatlicher Ranger? Was ist mit dem Försterhaus, in dem längst ein anderer Wildhüter wohnt? Und vor allem, was will er als blinder Mann machen? Wovon will er leben, wenn die Eltern ihm keinen Unterhalt zahlen?

Sie seufzte. Gut, eine Weile kann er bei mir wohnen, er muss in der Wohnstube auf dem Sofa schlafen, man kann die Armlehnen herunterklappen, dann ist es lang genug. Aber das ist doch nur ein Notbehelf.

Ich muss Sergeant Marloff um Rat fragen und notfalls um Hilfe bitten, wenn ich allein nicht fertig werde. Robert Marloff ist ein netter, hilfsbereiter und ehrlicher Mann, dem kann man vertrauen. Ebenso wie dem Schäfer. Immerhin habe ich zwei Freunde, die uns nicht im Stich lassen werden.

Dann dachte Lena an ihre Praxis, die jetzt so in Anspruch genommen wurde, dass sie oft nicht wusste, wie sie ihre Zeit einteilen sollte. Ich kann unmöglich nebenbei einen blinden Mann betreuen, überlegte sie. Er kennt sich in Broadfield nicht aus, er kann keinen Schritt allein machen, er ist total auf mich angewiesen. Amys Mann könnte mir dabei helfen, aber der ist unzuverlässig. Wenn der in die Nähe des Pubs kommt, vergisst er seine Pflichten und ist nicht mehr ansprechbar.

Himmel, was habe ich mir da aufgeladen, dachte sie bestürzt. Trotzdem, wehrte sie die ängstlichen Gedanken sofort ab, er ist mein Freund geworden, er hat mir auch geholfen, wenn ich nicht weiterwusste, er hat mich ins Vertrauen gezogen, als es um die Probleme mit seinen Eltern ging, ich kann und ich werde ihn nicht im Stich lassen. Wir werden einen Weg finden.

Über der Nordsee ging die Sonne auf, als sie durch Dundee fuhr und dann nach Westen abbog, um über Perth und am Loch Lomond vorbei zum Benderloch zu fahren.

Kapitel 31

Auf der letzten Strecke des Weges, die Lena beinahe auswendig kannte, nahm sie sich hin und wieder die Zeit, den Mann neben sich zu betrachten. Er besaß einen kräftigen, sportlichen Körper und mehr Wissen über das Land und die Natur, als die meisten Männer je erwerben konnten. Er war hochgewachsen, hatte ein von Sonne und Wind ausgeblichenes Haar und ein gebräuntes Gesicht. Sein Lächeln, daran erinnerte sich Lena genau, war ein bisschen schief, was ihm einen leicht spöttischen Ausdruck verlieh. Er sprach leise, dennoch schien er von einem eisernen Willen erfüllt. Früher, so hatte sie ihn jedenfalls in Erinnerung, machte er den Eindruck eines energischen Mannes, der sich nicht gern herumkommandieren ließ, heute war davon allerdings nichts mehr zu spüren. Na ja, dachte Lena, wie soll auch ein blinder Mann Energie aufbringen und einen eisernen Willen haben?

Lena kreuzte bei Connel den Loch Etive und fühlte sich nun am Rande des Benderlochs schon fast wie zu Hause. Sie liebte die Hügel und die Weite dieser Gegend und die intensive Stille, die den Druck von ihrem jetzt so hektischen Leben nahm. Hier am Ufer des Lochs und in den großen Buchten lag die Reinheit und unberührte Schönheit, die eine Atmosphäre der Ruhe versprach, eine Ruhe, die sie jetzt so dringend brauchte.

Patrick McDoneral, als hätte er ihre Gedanken gespürt, tastete nach ihrem Arm und legte dann seine Hand darauf, als wolle er sie beruhigen. »Du musst keine Angst haben,

Lena, ich falle dir nicht zur Last. Lass mich ein oder zwei Tage ausruhen, dann setze ich mich mit dem Naturschutzverband von Glasgow in Verbindung, und dann wird man mir weiterhelfen.«

»Was hast du vor? Woran denkst du?«

»Es gibt Arbeiten, die auch ein Blinder verrichten kann. Büroarbeiten, Verwaltungsfunktionen, Lehraufgaben, irgendjemand wird schon etwas für mich finden. Die Hauptsache ist für mich die Selbstständigkeit, die Unabhängigkeit und die Freiheit.«

»Ich weiß. Aber lass dir Zeit mit der Suche. Du kannst bei mir wohnen, wir werden uns schon einrichten.«

»Danke. Ich wusste, dass du mir helfen würdest, aber ich will deine Unterstützung nicht überstrapazieren. Ich müsste nur noch meine persönlichen Sachen aus dem Forester's House holen, in dem jetzt ein anderer Ranger lebt, und irgendwann muss ich mich um meine Hunde und das Pferd kümmern, aber das hat Zeit.«

Sie hatten Broadfield erreicht, und Lena musste sich auf den Verkehr und die kurvenreiche Straße hinauf zur *Paso Fernando* konzentrieren. Patrick nahm seine Hand zurück, und Lena hatte plötzlich das Gefühl, dass auf ihrem Arm etwas Wichtiges fehlte. Körperliche Kontakte hatte es bisher zwischen ihnen, abgesehen von dem einen oder anderen Händedruck bei Begrüßungen, nicht gegeben.

Und nun war da plötzlich eine winzige Vertrautheit, die fast selbstverständlich war.

Sie hatten die Farm erreicht. Lena hielt vor dem Arzthaus und stellte den Motor ab. Sie stieg aus, lief um den Wagen herum und half dem Ranger aus dem Auto. Langsam führte sie ihn über den Gartenweg zum Haus, öffnete die Tür und brachte ihn in die Wohnstube.

Sie führte ihn zu einem Sessel und half ihm beim Hinsetzen. Als sie in die Küche gehen wollte, um ein Frühstück vorzubereiten, sah sie mit Erstaunen, dass unten im Stall die Alpakaherde eingezogen war. Was hat das denn zu bedeuten, fragte sie sich erschrocken und ging sofort hinüber, um mit Tom zu sprechen.

»Nun, Dr. Mackingtosh, die Weiden da oben sind kahl gefressen, die Tiere haben kein Futter mehr gefunden. Und als wir herunterkamen, waren die Moore mit all ihren Gräsern und Kräutern verbrannt. Nun wusste ich nicht wohin mit der Herde, weil auch eine Menge neuer Jungtiere dazugekommen sind.«

»Sie haben das ganz richtig gemacht, Tom. Wir lassen die Tiere heute und morgen im Stall, damit sie sich von dem langen Weg erholen können, und dann sehen wir weiter.«

»Ich würde mich auch gern etwas erholen, Miss. Ich war jetzt viele Monate nicht zu Hause, ich müsste mal nach meiner Familie sehen, wenn's recht ist.«

»Natürlich, Tom. Bitte bleiben Sie noch ein paar Tage, bis ich Ersatz für Sie gefunden habe, dann können Sie zu Ihrer Familie fahren. Haben die Tiere Futter und Wasser bekommen?«

»Selbstverständlich, Miss, aber viel Heu ist da noch nicht auf dem Boden.«

»Ich muss mich um Futter kümmern, ich weiß, aber zuerst muss ich jetzt ins Haus und nach meinen Patienten sehen. Ich komme am Nachmittag zurück, und dann besprechen wir alles.« Mit Entzücken beobachtete Lena diese wunderschönen Tiere, die, im Stall zur Ruhe gekommen, friedlich fraßen, während die Fohlen fröhlich herumsprangen. Mein Gott, dachte Lena, ich kann sie nicht behalten. Die Herde wird immer größer, ich kann mich nicht um sie kümmern, und ich kann sie nicht unterhalten. Jetzt sind es fast zweihundert Tiere, woher nehme ich das Futter, bald wird der Stall zu klein, und wenn Tom keine Zeit mehr hat, woher nehme ich einen verantwortungsvollen Pfleger?

Lena eilte zum Haus zurück. Himmel, dachte sie, langsam reicht es. Patienten, die auf mich warten, der Ranger, der ohne mich keinen Schritt gehen kann, und jetzt auch noch die Herde im Stall und kein Futter im Schuppen, das kann ja heiter werden.

Mittlerweile war Amy angekommen und hatte Sandy mitgebracht. Der Hund hatte den fremden Gast sofort gewittert und sich mit Vergnügen von ihm kraulen lassen. Als Lena nun ins Haus kam, lag die Hündin zu Füßen des Rangers und klopfte vor Freude mit der Rute auf den Teppich. Aufstehen und die kraulende Hand verlassen wollte sie aber nicht.

Lena setzte sich kurz zu Patrick. »Amy macht dir jetzt ein Frühstück und bringt es dir her. Wenn du einen Wunsch hast, sag es ihr, sie führt dich ins Bad und hilft dir auch sonst, ich spreche gleich mit ihr.«

»Ich habe die Alpakas gehört, ist die Herde wieder hier?«

»Sie finden oben in den Bergen kein Futter mehr, und hier unten ist das Moor, in dem sie sonst um diese Jahreszeit grasen, abgebrannt. Sie brauchen Futter, und ich weiß nicht, woher ich es nehmen soll.«

»Ich habe Verbindungen, wenn du mir später das Telefon

gibst und für mich die Nummern wählst, kann ich mit den Bauern reden.«

»Das wäre wunderbar. Aber, um ehrlich zu sein, die Herde wird mir zu groß, ich überlege, ob ich mich von ihr trennen soll.«

»Wie schade.«

»Ja, es würde mir sehr schwerfallen, die Tier sind das Vermächtnis meiner Mutter, die sie so lange und so liebevoll aufgezogen hat.«

Am späten Nachmittag zog der Schäfer mit seinen Schafen hinter der Farm vorbei. Wie immer machte er eine kurze Rast hinter dem Arzthaus, und als er Lena sah, kam er in den Garten und schaute sie sorgenvoll an.

»Du packst dir eine große Verantwortung auf«, waren seine ersten Worte, als er sie sah.

»Ich konnte nicht anders, woher weißt du es?«

»Es ist das Gesprächsthema Nummer eins im Dorf.«

»Sollte ich ablehnen, als er mich um Hilfe bat?«

»Das kann ich nicht beurteilen, Lena, aber leicht wird es nicht sein, einen blinden Mann zu betreuen.«

»Es ist ja nur vorübergehend. Wir suchen schon nach einer Lösung.«

»Ich habe mit Colleen darüber und über seine Verletzungen gesprochen. Sie meint, du solltest mal mit ihm bei ihr vorbeikommen.«

»Glaubt sie helfen zu können? Schäfer, die besten Spezialisten haben sich um ihn gekümmert.«

»Du kennst Colleen und ihre Methoden nicht.«

»Nein, die kenne ich nicht.«

»Du hast ihr und dem Baby das Leben gerettet, sie würde sich gern revanchieren.«

»Aber sie kennt den Ranger doch kaum.«

»Aber sie kennt Vögel und deren Kot und viele Mittel dagegen. Versuch es wenigstens mal.«

Nachdenklich sah Lena hinter dem Schäfer her, als er mit seiner Herde weiterzog. Schaden kann es auf keinen Fall, dachte sie und schloss die Praxis, als der letzte Patient gegangen war.

Lena ging in die Wohnstube. Der Ranger saß auf dem Sofa, das Amy zu einem Bett umfunktioniert und mit frischer Wäsche bezogen hatte. Lena erschrak, als sie sah, wie hilflos und vereinsamt dieser große Mann dort saß.

»Komm, Patrick, wir machen noch einen kleinen Ausflug«, sagte sie so forsch wie möglich.

»Jetzt noch? Ist es nicht schon dunkel?«

»Nein, Patrick, die Sonne steht zwar im Westen, aber sie scheint noch, und es ist auch nur ein kleiner Ausflug.«

»Und was willst du mit mir unternehmen?«

»Du kennst doch Colleen, die Heilerin in den Hügeln. Der Schäfer meint, sie könnte eventuell deinen Augen helfen.«

»Ach Gott, Lena, ich glaube nicht mehr daran.«

»Aber wir sollten es versuchen. Komm, sei nicht feige, in einer Stunde wissen wir mehr.«

»Ich wollte eigentlich hier auf meine Sachen warten. Der Mann deiner Haushälterin hat mir heute Nachmittag versprochen, meine privaten Sachen aus dem Forester's House zu holen, damit ich mich endlich umziehen kann.«

»Er kann sie hier abstellen, ich sage Amy Bescheid.«

»Ja, dann komme ich mit.« Er grinste. »Feige will ich ja nun wirklich nicht sein.«

Lena reichte ihm die Hand und half ihm beim Aufstehen. Dann führte sie ihn zum Auto, half ihm hinein und startete. Die Wege, für den öffentlichen Verkehr gesperrt, waren zum Teil vom Feuer verwüstet, aber der Range Rover mit seinem großen Rädern hatte keine Probleme, sie zu bewältigen. Nach einer Stunde und einem Umweg durch einen Teil der Eulenwälder, hatten sie das kleine Cottage am Juniperwalk erreicht. Friedlich lag es inmitten des Gartens, nur wenn der Wind etwas von Norden kam, wehte er den Brandgeruch der verkohlten Wälder und Moorflächen herüber.

Lena half dem Ranger beim Aussteigen, führte ihn zur Gartenbank und bat ihn, hier zu warten, weil sie Colleen nicht mit einem fremden Gast überfallen wollte.

»Ich sah dich schon kommen«, begrüßte Colleen mit dem Baby auf dem Arm die Ärztin. »Du bist nicht allein?«

»Ich habe den Wildhüter mitgebracht. Dein Schäfer hat gesagt, wir sollten dich besuchen.«

»Ist recht so. Kommt rein.« Colleen drückte dem fremden Mann das Baby in den Arm. »Hier, halten Sie mal mein Kind«, sagte sie und führte ihn zu einem Stuhl, auf den er sich setzen sollte. Sie füllte warmes Wasser in eine Schüssel, die Lena halten musste, streute Kräuter hinein, nahm mit einem Spachtel verschiedene Cremes aus verschiedenen Gläsern und verrührte alles zu einer graugrünen Masse, die grässlich aussah und herrlich duftete. Dann nahm sie dem Ranger die Augenbinde ab, kontrollierte die verklebten Lider und begann mit den Fingerspitzen die Masse daraufzureiben. Zuerst zuckte der Ranger bei jeder Bewegung zusammen, dann hatte er sich an diese Art von Massage gewöhnt. Als Colleen sagte: »Genug für heute«, lehnte er sich erschöpft aber schmerzfrei zurück. Er konnte zwar noch immer nichts sehen, aber der Druck war fort, und zum ersten Mal seit Wochen hatte er das Gefühl einer ungeheuren Erleichterung.

»Morgen kommt ihr wieder. Es kann lange dauern, aber wir schaffen das.« Sie nahm dem Wildhüter das Kind ab und nickte Lena zu. »Das ist keine Hexerei«, versicherte sie lachend, »alles pure Natur, denn Gottes wunderbare Schöpfung hat für jedes Gift ein Gegenmittel und für jede Sorge eine Lösung, man muss sie nur kennen.«

Lena fuhr an jedem Nachmittag, sobald die Praxis geschlossen war, mit dem Ranger zur Heilerin. Sie hatte längst alle Vorurteile über diese natürlichen Heilverfahren aufgegeben und versuchte, möglichst viel von der Frau zu lernen. Patrick McDoneral war dankbar und froh über die Erfolge, die er deutlich spüren konnte. Die Augenlider ließen sich wieder bewegen, und er konnte sie selbst öffnen. Noch verschwamm die Welt um ihn herum, aber das dichte Grau, das er zuerst sah, verwandelte sich in eine helles Grau, in dem jetzt auch bunte Stellen erkennbar waren. Er hatte alle Pläne, sich in Glasgow um Büroarbeiten zu bemühen, aufgegeben, und konzentrierte sich ganz auf die kleinen Erfolge bei der Heilerin. Er war Lena unendlich dankbar, dass sie ihm das Wohnen in ihrem Haus gestattete und kannte sich inzwischen so gut aus, dass er sich allein in allen Räumen bewegen und sogar die Treppe hinauf in das Gästezimmer bewältigen konnte.

Als er Licht und Schatten unterscheiden konnte, begann er die Umgebung des Hauses zu erkunden, und als er allein zum Stall gehen konnte, verbrachte er viele Stunden bei den Alpakas und den beiden Border Collies. Als Tom von seinem kurzen Urlaub zurückkam, bat er diesen, ihm die Tiere, ihre Eigenheiten, die Fütterung und die Pflege zu erklären.

Lena war sehr froh über diese Entwicklung. Sie hatte mit Philipp Bruneel über den Verkauf der Herde gesprochen, aber der hatte ihr dringend davon abgeraten, denn die Jahreszeit sei ungünstig, und er wüsste auch keinen Züchter, der zum Herbst hin an einer Herde interessiert sei. »Im Frühjahr, wenn die Weidezeit beginnt und reichlich Futter zur Verfügung steht, ist es viel günstiger, eine Herde zu verkaufen. Dann haben die Tiere ein dichtes Winterfell und machen einen exzellenten Eindruck«, erklärte er und versprach ihr, sich dann um den Verkauf zu kümmern.

Oft, wenn Lena und Patrick abends von der Behandlung bei der Heilerin zurückkamen, gingen sie Hand in Hand hinunter zur Hausweide und zum Laufstall, um den Tieren zuzuschauen. Aus einer Unerlässlichkeit, die aus der Blindheit geboren war, war eine liebenswerte Selbstverständlichkeit geworden. Wenn sie dann bei Nacht zurück zum Haus gingen, erzählte Patrick von seinen früheren Streifzügen durch die nächtlichen Eulenwälder, machte Lena auf die Stimmen der Nacht aufmerksam und legte auch schon mal seinen Arm um ihre Schultern und lehnte seinen Kopf an ihr Haar. Lena genoss die stillen, zurückhaltenden Zärtlichkeiten, und obwohl sie den Mann an ihrer Seite führen musste, fühlte sie sich in seiner Nähe absolut geborgen.

Kapitel 32

In den Highlands war der Spätsommer eingezogen. Die Heide blühte und verwandelte weite Teile des Landes in ein violettes Blütenmeer. Nur dort, wo die Wald- und Moorbrände gewütet hatten, lag eine verkrustete, schwarze Ascheschicht auf dem Land.

Patrick war zufrieden. Sein Sehvermögen besserte sich, und die Narben der Brandwunden an den Beinen und an den Händen verblichen langsam. Er fühlte sich in Broadfield wohl. Das ruhige Leben im Arzthaus, die stressfreien Tage und Nächte trugen viel zu seiner Erholung bei. Er wusste, dass er den Beruf des Wildhüters nicht mehr ausüben konnte, denn richtig klar und deutlich sehen, so wie früher, würde er nie mehr können, aber dass er überhaupt sehen, hell und dunkel unterscheiden, Umrisse klar erkennen und auch die Farben wieder gut wahrnehmen konnte, machte ihn zufrieden. Sein reserviertes Verhalten Lena gegenüber hatte sich in eine herzliche Freundschaft verwandelt, und manchmal dachte er daran, diese Freundschaft zu einer lebenslangen Beziehung zu erweitern. Aber er hatte Angst davor, Lena an sich zu binden. Er hatte Angst vor ihrer Antwort, Angst, Mitleid statt Zuneigung zu bekommen und Angst vor einer Absage. Was habe ich denn schon zu bieten, fragte er sich manches Mal, wenn er schlaflos in seinem Bett lag und an die Zukunft dachte. Ich bin nicht mehr blind, aber ich bin stark behindert. Welche Frau möchte sich an einen Mann binden, der dauernd auf ihre Unterstützung angewiesen ist?

Ich habe keinen Beruf mehr, kein Einkommen, kein Zuhause und keine Zukunftschancen.

Eines Tages war Lena gekommen und hatte ihm angeboten, sein Pferd und die Hunde nach Broadfield zu holen und in einem Stallanbau unterzubringen. Da Shaica sich nicht mit den Border Collies und Lenas Hündin Sandy vertrug, musste sie mit ihrem neuen Wurf in einem abgelegenen Verschlag untergebracht werden, während Jogas und Basco von Tom zu Hütehunden ausgebildet wurden. Patrick lächelte bei der Erinnerung an die wilden, verwöhnten Burschen, die seinen Bettvorleger über alles liebten und plötzlich im Stroh des Stalles übernachten mussten.

Mit Tom verband den Ranger eine echte Kameradschaft, wie sie schon immer zwischen dem Ranger und seinen Arbeitern geherrscht hatte. Sie gründete sich auf Vertrauen und gegenseitigen Respekt. Patrick achtete den alten Mann, der so gut mit den Tieren umgehen konnte, lernte von ihm und erfuhr so ganz nebenbei, dass Tom zum Winter hin seine Arbeit auf Lenas Farm beenden würde. Ihn zog es zu seiner Familie weiter nördlich in den Highlands, wo er seinen Lebensabend verbringen wollte.

Eines Tages fragte der Hirte Tom den studierten Wildhüter Patrick klar heraus: »Willst du nicht hierbleiben und meine Arbeit übernehmen?«

Patrick, zunächst überrascht und auch verärgert über das primitive Angebot, das dieser Hirte ihm als Sohn eines Earl machte, ließ den Gedanken aber doch in seinem Kopf kreisen und überlegte lange, wie er mit dieser Idee umgehen sollte. Schließlich kam er zu der Überzeugung, dass das Angebot gar nicht so schlecht war. Mein Gott, dachte er, ich hätte eine

Aufgabe, die mir sogar Spaß machen würde, ich könnte mich nützlich machen, und ich könnte hier bleiben. Ja, und Lena würde die Herde ihrer Mutter, die ihr natürlich am Herzen liegt, behalten. Ich kenne die Tiere inzwischen, ich kann sie unterscheiden, und mit den Border Collies komme ich auch zurecht. Nein, so schlecht ist die Idee gar nicht, der alte Tom hat manchmal recht gute Einfälle. Ich kenne Bauern, die uns Futter liefern können, ich habe Kontakte zu Tierärzten und anderen Züchtern – Himmel, die Sache beginnt mir Freude zu machen.

Als er am Abend mit Lena auf der Gartenbank bei einem Glas Rotwein saß und in den sternenreichen Himmel schaute, wo immer wieder Sternschuppen die Dunkelheit durchkreuzten, fing er ganz behutsam ein Gespräch an.

»Ich muss mich um meine Zukunft kümmern.«

»Lass dir Zeit, Patrick.«

»Das sagst du schon seit vielen Wochen, Lena. Ich finde, ich habe meine Zukunft inzwischen erreicht, ich muss mich darum kümmern.«

»Gefällt es dir nicht mehr bei uns?«

»Natürlich gefällt es mir hier. Aber ich bin wieder einigermaßen gesund, ich brauche Arbeiten und Aufgaben, irgendwie muss ich mein Leben neu ordnen.«

»Und das kannst du nicht, indem du hier bist? Ach, Patrick, ich habe mich an dich gewöhnt, du würdest mir wirklich sehr fehlen.«

Patrick zögerte mit der Antwort. Wenn er nur eine liebgewordene Gewohnheit war, dann konnte er kaum hoffen, seine Zukunft hier aufzubauen. Vielleicht hatte die Frau an seiner Seite auch ganz andere persönliche Pläne. Die Alpakaherde wurde ihr schon längst zur Belastung, auch finanziell, und dann die Praxis mit den vielen Patienten, die sie oft nicht zur Ruhe kommen ließen und Tag und Nacht ihre Bereitschaft forderten. Und dann die häufigen Telefonate mit alten Kollegen in Glasgow – vielleicht plante sie sogar eine Rückkehr in die Großstadt?

Er musste sehr vorsichtig mit seinen Wünschen umgehen.

»Lena, deine Gastfreundschaft ist wirklich einmalig, aber irgendwann muss ich auch wieder selbstständig werden.«

»Du bist ein Freund, kein Gast.«

»Danke, Lena, ich freue mich, dass du das so siehst, aber ich könnte mir vorstellen, dass du auch Pläne für deine Zukunft hast, und ich könnte mir denken, dass die etwas mit Glasgow zu tun haben. Du bist hier sehr allein.«

»Patrick, ich bin nicht allein, ich habe doch dich.«

Er nahm ihre Hand und strich behutsam darüber. »Wenn das so ist, dann bleibe ich gern. Ich hätte dann sogar eine Idee für eine gemeinsame Zukunft.«

»Lass hören.«

»Ich würde gern die Alpakazucht übernehmen. Tom will zurück zu seiner Familie, ich habe viel von ihm gelernt, und die Arbeit würde mir Spaß machen.«

»Das wäre ja wunderbar.« Lena sah ihn strahlend an. »Das ist die beste Idee, die ich mir vorstellen kann.«

Patrick schwieg eine Weile, schließlich sagte er leise und nachdenklich: »Weißt du, Lena, ich bin kein Mensch, der von Emotionen überwältigt wird. Aber dieser Unfall mit dem Feuer hat mich an den Rand meiner Kräfte gebracht. Zum ersten Mal ist mir deutlich geworden, was für ein isolierter, einsamer Mensch ich im Grunde bin. Durch meine

Schuld natürlich, denn ich habe immer die Einsamkeit und die Isolation gesucht. Und ich habe nie gelernt, mit Gefühlen umzugehen. In den vergangenen Wochen ist mir klar geworden, wie dumm das von mir war. Ich habe eine Familie, aber sie rangiert nur am Rande meines Bewusstseins, ich hatte einen Beruf, eine Arbeit, die mir Spaß machte, aber ich habe sie nicht genutzt, um Kontakte zu schließen oder um Freundschaften zu knüpfen, und nun stelle ich fest, da ist niemand, der wirklich zu mir gehört – niemand außer dir. Lena, ich würde sehr gern bei dir bleiben.«

Lena schwieg betroffen. So ein Geständnis hatte sie von dem introvertierten, verschlossenen Mann nicht erwartet. Sie fühlte mit ihm und ahnte, wie schwer ihm diese offenen Worte gefallen sein mussten. Er, der angehende Earl von Archestown, ganz gleich, ob er es sein wollte oder nicht, hatte Fehler und Irrtümer zugegeben, die ihn selbst zutiefst betroffen machten.

Sie nahm seine Hand und strich behutsam über die Narben, die sie bedeckten. »Ich wünsche mir schon lange so eine starke Hand an meiner Seite. Und ein Mann, der seine Gefühle wie Seifenblasen vor sich her auf den Lippen trägt, ist mir zuwider. Ich mag dich, Patrick, so wie du bist.«

Sie konnte den Glanz in seinen Augen in der Dunkelheit nicht sehen, aber sie fühlte die Freude, die ihn erfüllte, als er seinen Arm um ihre Schulter legte, sie an sich zog und ihre Lippen berührte, zuerst mit den Fingerspitzen und dann mit seinem Mund. Und plötzlich erwachte die Nacht zu einem zärtlichen Leben, in dem die kleinen goldenen Espenblätter unsichtbar im Windhauch wogten, Grillen zirpten und eine Nachtigall ihr Liedchen trällerte. Lange saßen Lena und

Patrick Arm in Arm auf der nächtlichen Bank im Garten und genossen das Zusammensein. Frieden und Harmonie waren im Arzthaus eingekehrt.

Ein Frieden, der am nächsten Morgen durch den Postboten jäh zerstört wurde. Patricks Mutter hatte ein Telegramm geschickt:

Erwarte deine sofortige Rückkehr. Vater mit Herzinfarkt im Hospital. Dein Verschulden.
Mutter

Und da war sie wieder, die Verschlossenheit, die Isolation, die Verbitterung, die Einsamkeit. Aber Lena machte da nicht mit. Sie setzte sich zu ihm und erklärte: »Wir werden hinfahren, Patrick. Wir werden uns nicht mit Schuld beladen lassen. Du musst ein für alle Mal deine Zukunft und deine Pläne offenlegen, und wenn sie nicht akzeptiert werden, dann musst du es auf eine endgültige Trennung ankommen lassen. Schweigen hilft uns nicht weiter. Wir fahren gemeinsam nach Archestown, und wir treten gemeinsam auf.«

»Verdammt noch mal, warum lassen sie mich nicht in Ruhe, warum mischen sie sich in mein Leben ein, warum versuchen sie immer wieder, mein Leben in ihre Hände zu nehmen?«

»Weil du dich nicht klar genug ausdrückst. Du gehst einer Diskussion aus dem Weg, du flüchtest, anstatt zu kämpfen. Du musst klare Worte finden, damit sie dich verstehen.«

»Vor einem Herzinfarktpatienten in einer Klink?«

»Vor einem Patienten, der sich nicht scheut, dir die Schuld an seinem Leiden zu geben.«

»Meine Mutter ist der Herr im Haus. Sie ist die dominierende Person im Schloss, mein Vater richtet sich nach ihren Wünschen.«

»Dann musst du mit deiner Mutter reden – ganz klar und ganz eindeutig, damit sie dich auch wirklich versteht. Aber vor allen Dingen musst du dir deiner Sache ganz sicher sein, Patrick.«

»Mit dir an meiner Seite gibt es keine Zweifel. Lena, unsere Zukunft bringt niemand mehr ins Wanken.«

»Dann lass uns fahren. Aber das Wochenende muss reichen, meine Patienten haben kein Verständnis für einen Grafen, der keiner sein will.« Lachend umarmte sie den Mann.

Kapitel 33

Lena und Patrick fuhren sehr früh ab. Der Tag versprach schön zu werden, obwohl die Sonne sich noch hinter dem Horizont versteckte. Aber es war hell genug, um rasch Benderloch und die Eulenwälder hinter sich zu lassen. Patrick saß mit geschlossenen Augen neben Lena, als diese plötzlich hielt. »Was ist los?«, wollte er wissen und sah sich um, obwohl er nicht viel erkennen konnte. Morgens hatte er immer die größten Probleme mit seinen Augen. Lena griff in die Seitentasche ihrer Tür und holte ein Fernglas heraus.

»Patrick«, flüsterte sie, »Patrick, ich glaube, ich träume.«

»Dann träum ruhig weiter, solange der Wagen stillsteht, habe ich nichts dagegen«, erwiderte er lachend und lehnte sich wieder zurück in seinen Sitz.

»Patrick, ich sehe am Himmel drei Vögel.«

»Das soll vorkommen, Lena.«

»Patrick, ich sehe einen Uhu und zwei Jungvögel über dem oberen Eulenwald kreisen.«

»Was?« Mit einem Ruck setzte sich Patrick auf. »Wo? Gib mir das Fernglas.« Und nach einem Augenblick mit dem Glas vor den Augen sagte er: »Verdammt, wo? Ich sehe nur grauen Himmel.«

»Sie fliegen in Richtung Creach Bheinn rauf zu den Gipfeln.«

»Ein ausgewachsener Vogel und zwei Jungtiere?«

»Ja, die zwei sind kleiner als der Große, und ihre Federohren sind noch nicht ausgewachsen. Aber sie gehören zusammen, sie umkreisen sich, obwohl die beiden kleineren das Kreisen noch nicht richtig beherrschen. Sie sacken immer wieder ab.«

»Mein Gott, dass ich das nicht sehen kann«, stöhnte Patrick und suchte nach seinem Handy. »Bitte wähle für mich die Nummer der Aufzuchtstation.«

Lena legte das Fernglas zur Seite und wählte die Nummer. Wenig später war die Verbindung hergestellt.

»Hier ist Patrick McDoneral, der frühere Ranger vom Benderloch. Wir sehen hier hinter den Eulenwäldern einen Uhu mit zwei Jungtieren. Was bedeutet das?«

»Die Vögel, die Sie gerettet haben, sind flügge geworden, Mr. McDoneral. Sie sind seit zwei Tagen fort. Die Mutter hat sie abgeholt«, er lachte, »dieser alte Uhu hat sie nicht einen Augenblick aus den Augen gelassen, ständig hockte er hier in der Nähe auf einem der Bäume und beobachtete seine Brut. Und vor zwei Tagen hat er sie abgeholt. Danke, Ranger, für die großartige Rettung.«

»Und Sie haben das großartig mit der Aufzucht gemacht. Ich kann sie zwar nicht sehen, daran ist der Kot des alten Uhus schuld, aber man sagt mir, dass sie sehr schön ihre Kreise ziehen und schon ziemlich sicher sind.«

»Das freut mich zu hören, von hier aus sind sie nicht mehr zu beobachten. Tut mit leid mit Ihren Augen, Mr. McDoneral, aber der alte Uhu hat nicht kapiert, dass Sie seine Brut retten wollten.«

»Na ja, inzwischen kann ich wieder etwas sehen, aber auf die Entfernung ist das nicht mehr möglich. Trotzdem, ich freue mich, dass wir die Jungvögel retten konnten.«

Die beiden Männer verabschiedeten sich, Lena legte das

Fernglas zurück, denn die Vögel waren hinter den Bergen verschwunden, und startete.

»Das war ein wunderbarer Tagesanfang«, sagte sie fröhlich, »ein gutes Omen für den restlichen Tag.«

»Da bin ich nicht so sicher«, entgegnete Patrick und legte seine Hand auf ihren Arm, »aber wenn du es glaubst, dann bin ich auch deiner Meinung.«

Sie erreichten Schloss Archestown am frühen Nachmittag. Das Anwesen machte einen verlassenen Eindruck. Der große Innenhof, den Lena vollgeparkt mit Autos in Erinnerung hatte, war leer, die Fenster im Erdgeschoss und die Türen durch dunkelgrüne Holzläden verschlossen. Von den vielen Bediensteten, die damals den Hof belebten, war nicht ein einziger zu sehen. Lena sah sich etwas hilflos um. »Ist es immer so leer hier?«

»Na ja, wenn nicht gerade irgendwelche Feste gefeiert werden, ist es hier verdammt einsam.« Patrick löste den Sicherheitsgurt und stieg aus. »Komm, ich weiß ja, wo es langgeht.« Er half Lena aus dem Wagen und ging mit ihr Hand in Hand über den großen Schlosshof.

Er öffnete eine kleine Tür, die etwas verborgen hinter einer Mauer voller Efeuranken lag. Sie führte ein paar Stufen hinab mitten in die Wirtschaftsräume. Aus einem Raum hörte man Stimmen. Patrick klopfte und öffnete die Tür. Um einen großen Tisch versammelt saßen die Köchin, die Haushälterin, der Butler und zwei Zimmermädchen und putzten Silber. Als sie Patrick sahen, sprangen alle gleichzeitig auf und begrüßten ihn fröhlich. Lena spürte sofort, dass er bei der Dienerschaft sehr beliebt war.

Ganz ungezwungen setzte er sich mit an den Tisch und

zog Lena auf den Stuhl neben sich. »Erzählt, was ist los hier in Archestown.«

»Na ja«, erklärte der Butler, »der Earl liegt im Krankenhaus von Berwick. Er fühlte sich nicht wohl, und als Schmerzen hinzukamen, hat ihn die Lady sofort dorthin bringen lassen.«

»Und wo ist meine Mutter?«

»Sie ist oben in ihrem Salon. Ich werde Sie sofort anmelden, Mister Patrick.«

»Ist nicht nötig, wir gehen gleich hinauf.«

»Aber Sie wissen doch, welchen Wert die Lady auf die Etikette legt«, bemerkte die Haushälterin und unterstützte den Butler in seinem Bemühen, so korrekt wie möglich zu agieren.

»Na schön, Leo, sagen Sie Bescheid, wir warten in der Halle.«

Er reichte Lena die Hand, um ihr beim Aufstehen zu helfen und versicherte den anderen gegenüber: »Wir sprechen uns noch. Ich will schließlich wissen, wie es Ihnen allen geht.«

»Sollen wir Ihre Zimmer herrichten und ein Essen servieren?«

»Nein, das ist nicht nötig, wir bleiben nicht lange. Ich will meinen Vater in Berwick besuchen und meiner Mutter nur guten Tag sagen, damit sie sich nicht übergangen fühlt.«

Patrick führte Lena durch ein paar Räume im Souterrain, dann erreichten sie die Treppe nach oben. Gleich darauf standen sie in der Halle, die Lena von der Geburtstagsfeier her kannte. Aber heute war sie leer und dunkel und kalt trotz der sommerlichen Wärme vor der Tür. Lena schüttelte sich ein wenig, und Patrick sagte sofort: »So ist es immer hier, kalt, unfreundlich und düster.«

Der Butler kam zurück ins Erdgeschoss. »Die Lady lässt bitten.« Dann führte er sie nach oben. Lena war nicht nur beeindruckt, sondern fast erschrocken von der Größe des Hauses mit seinen vielen Treppen und Fluren und Emporen. Und für einen Augenblick fragte sie sich, ob sie in ihrer augenblicklichen Kleidung den Damensalon betreten durften. Schließlich hatten sie sich dann doch entgegen ihrer ersten Überlegungen für die Fahrt bequeme Jeans, T-Shirts und Schuhe angezogen, die kaum für einen Empfang bei einer Schlossherrin geeignet waren.

Der Butler meldete sie an und schloss die Tür dann hinter ihnen. Lena war bestürzt über die kalte Steifheit, die hier herrschte.

Die Lady saß an einem riesigen Schreibtisch, trug eine Brille und sah ihren Sohn über die Gläser hinweg an. »Ich wusste nicht, dass du einen Gast mitbringst, wir haben interne familiäre Gespräche zu führen.«

Patrick ließ sich nicht beeindrucken. »Guten Tag, Mutter. Ich hoffe, es geht dir gut trotz Vaters plötzlicher Erkrankung. Wie geht es ihm?« Und ohne eine Antwort abzuwarten fuhr er fort: »Dr. Mackingtosh kennst du ja von unserem letzten Besuch auf Archestown. Als meine zukünftige Ehefrau zähle ich Dr. Mackingtosh zur Familie.«

Die Lady nahm die Brille ab, musterte Lena ziemlich ungeniert und erklärte: »Wer zur Familie gehört, bestimme ich.«

Aber Patrick ließ sich in keiner Weise beeindrucken. »Entweder du akzeptierst meine Begleitung, oder das Gespräch ist hiermit beendet.«

Die Lady schob die Brille wieder zurück auf den Nasenrücken und sagte kühl: »Dann ziehe ich eine Beendigung des Gespräches vor.« Damit nahm sie ihre Papiere wieder zur Hand und begann darin Anmerkungen zu notieren.

Patrick drehte sich ohne ein weiteres Wort um, nahm Lenas Arm und sagte: »Komm, meine Liebe, wir haben noch mehr zu erledigen.« Draußen vor der Tür bat er: »Entschuldige meine Mutter, aber wenn etwas nicht nach ihrem Willen geht, ist sie unausstehlich. Wir fahren jetzt nach Berwick und besuchen meinen Vater. Ohne meine dominante Mutter in der Nähe ist er ganz erträglich.«

Sie erreichten Berwick am späten Nachmittag. Patrick kannte die Stadt im nördlichsten Zipfel von Northumberland und konnte Lena sicher zu dem großen Hospital am nördlichen Ende der Stadt dirigieren.

Nach der Anmeldung wurden Patrick und Lena in ein kleines Besucherzimmer gebeten, und gleich darauf wurde der Earl in einem Rollstuhl zu ihnen gefahren.

Charles, Earl of Archestown, freute sich über den Besuch, das sah man ihm an. Als der Krankenpfleger den Raum verlassen hatte, sagte er fröhlich: »Der Infarkt war die einzige Möglichkeit, das Schloss zu verlassen.« Dann reichte er Lena die Hand. »Herzlich willkommen, auch wenn ich Ihnen hier keinen Komfort anbieten kann.«

»Spielst du etwa nur den Kranken?«, fragte Patrick vorwurfsvoll.

»Nein, nein, so ein perfekter Schauspieler bin ich dann doch nicht, mein Arzt hat ein bisschen nachgeholfen bei der Glaubwürdigkeit. Ich musste einfach mal raus aus dem Kasten.«

»Aber du hast uns allen einen gehörigen Schrecken eingejagt. Wie geht es dir wirklich?«

»Nun ja, etwas Ruhe ist angesagt. War ein bisschen viel in letzter Zeit. Deine Mutter ist eine sehr ehrgeizige Frau, und was sie selbst nicht erreichen kann – schließlich ist sie zu ihrem Kummer eben nur eine Frau –, das muss dann jemand anderes schaffen. Und da du nicht verfügbar bist, bin ich das eben.«

»Mutter ist manchmal unerträglich.« Patrick erzählte von dem kurzen Besuch im Schloss und stellte ihm endlich Lena vor, die sich bisher im Hintergrund gehalten hatte.

»Nett, dass Sie mitgekommen sind und sich um meinen Sohn kümmern. War wohl nicht leicht, mit den verletzten Augen?«

Patrick erzählte ihm von der Behandlung und von den gemeinsamen Plänen mit Lena. Der Earl hörte still zu. Schließlich unterbrach er seinen Sohn. »Dir ist aber bewusst, dass du eines Tages Archestown übernehmen musst?«

»Ja, das weiß ich, aber bis dahin möchte ich mein Leben so leben, wie es mir gefällt.«

Der Earl sah seinen Sohn prüfend an. »Bist du wirklich glücklich?«

»Jetzt ja. Mit dieser Frau an meiner Seite wird alles gut.«

»Schön, wenn man das sagen kann. Du hast ein komfortables Leben gegen die Einsamkeit jenseits der Eulenwälder getauscht, ich hatte damals nicht den Mut zum eigenen Willen. Trotzdem, irgendwann wirst du zurückkommen müssen. Du hast Pflichten, die dir niemand abnehmen kann.«

»Das weiß ich, und du kannst mit mir rechnen. Aber bis dahin bestehe ich auf meinen Freiheiten.«

»Lord Winnester in Edinburgh ist mein langjähriger Anwalt. Wende dich mit allen Fragen an ihn, er arbeitet vollkommen in meinem Sinn. Mit ihm habe ich vor ein paar Monaten mein Testament erarbeitet. Du bist nach meinem Tod mein einziger Erbe, Patrick, kann ich mich darauf verlassen, dass du dieses Erbe antrittst und nach meinem Willen verwaltest?«

»Ich weiß, worin meine Pflicht besteht. Aber was ist mit Mutter, angenommen, sie überlebt dich?«

»Für sie ist selbstverständlich gesorgt. Aber sie wird Archestown verlassen und zu ihrer Familie nach Glasgow zurückkehren. Das ist besprochen.«

»Und damit war sie einverstanden?«

»Sie hat keine andere Wahl. Ich weiß, wie schwer ein Leben an ihrer Seite ist, und ich möchte das niemandem zumuten.« Er reichte Lena die Hand. »Sie an der Seite meines Sohnes zu wissen, beruhigt mich ungemein. Da sollten Steine, die auf dem Weg liegen, beizeiten weggeräumt werden.« Er sah seinen Sohn fragend an. »Wo und wie wirst du, werdet ihr, leben?«

Patrick erzählte ihm von Lenas Farm *Paso Fernando*, von ihrer Arztpraxis und der Alpakaherde, die er übernehmen würde, von der Schönheit der Gegend und von den guten Beziehungen zu seinen früheren Mitarbeitern. »Ich bin dort zu Hause. Ich bin dort nicht der angehende Earl und nicht der vermögende Schlossherr, ich bin ein Freund und Kollege, und darauf bin ich stolz, Vater.«

»Nun ja«, erwiderte der Earl lächelnd, »eine Alpakaherde kann man sehr tiergerecht verfrachten und verschicken, ein Schloss mit einer Grafschaft natürlich nicht.« Er räusperte sich. »Kann ich wenigstens mit einer wunderschönen Hochzeit auf Archestown rechnen, Patrick?«

»Nein, Vater. Broadfield ist zwar nur ein kleines Dorf, aber es hat eine sehr ansprechende Kapelle, dort werden wir heiraten, obwohl …«, er zögerte und sah Lena lächelnd an, »obwohl, wir haben das noch nicht einmal selbst besprochen.« Fragend sah er Lena an. »Wäre das auch dein Wunsch?«

Der Earl grinste. »Mir kommt es vor, als hättet ihr so manches noch nicht besprochen.«

»Die Ereignisse der letzten Wochen haben sich ein wenig überschlagen, aber im Grunde sind wir einer Meinung, ohne darüber zu diskutieren«, erwiderte Lena und sah Patrick an. »Ich liebe die kleine Kapelle, ich bin darin getauft worden. Es ist ein schöner Gedanke, darin auch zu heiraten. Dürften wir mit Ihrem Erscheinen rechnen, Earl?«

»Wenn meine Gesundheit es zulässt, bin ich an eurer Seite.«

»Es würde uns sehr freuen«, antwortete Lena lächelnd, dankbar dafür, dass wenigstens der Vater seinen Sohn bei diesem wichtigen Schritt begleiten würde.

Ein Krankenpfleger betrat das Besuchszimmer und erklärte: »Die Visite steht an, ich muss das Gespräch leider beenden, Sir.«

Der Earl nickte. »Wir haben alles besprochen. Fahrt ihr heute noch zurück?«

»Nein, Vater. Wir übernachten in Berwick und besuchen dich morgen Vormittag noch einmal. Es war das netteste Gespräch, das wir zwei jemals hatten, Ich möchte es morgen noch ein bisschen weiterführen, wenn es dir recht ist.«

Der Earl nickte. »Schön, ich freue mich darauf.«

Kapitel 34

Patrick und Lena stiegen im Hotel Atlantic ab, dem besten Haus in Berwick mit einem wunderschönen Blick auf die Nordsee. Zuerst sah man etwas skeptisch auf das Paar in Jeans und T-Shirts mit zwei Reisetaschen, die nicht einmal prall gefüllt waren. Als Patrick allerdings seinen Namen nannte, floss man über vor Ergebenheit und Eifer. Sie bekamen, wie es hieß, die schönste Suite, Obst, Champagner und Pralinen, die zum Service gehörten.

Lena fühlte sich etwas benommen, nicht nur, weil sie soviel Aufmerksamkeit und Unterwürfigkeit nicht gewohnt war, sondern auch, weil sie Patrick von dieser Seite noch nicht kennengelernt hatte. Außerdem bewohnten sie eine Suite gemeinsam, was bedeutete, dass man auch zusammen schlafen würde – was im Arzthaus bisher nicht der Fall gewesen war.

Als sie geduscht und sich für das Dinner umgezogen hatten, öffnete Patrick die Champagnerflasche, füllte zwei Gläser, reichte ihr eines und sah Lena ernst an. »Lena, es tut mir leid, dass bei uns beiden die Reihenfolge immer verkehrt ist. Als ich dich im Wald zum ersten Mal sah, hilflos, schmutzig, verwirrt und verirrt, wusste ich, du bist die Frau, die ich mein ganzes erwachsenes Leben lang gesucht habe. Aber ich war wütend, gekränkt und unhöflich, weil du so unverschämt plötzlich in mein Leben gekommen bist. Dennoch, ich konnte dich nicht vergessen, und so habe ich dich, wütend wie ich war, beobachtet, wann immer ich konnte und mich geärgert und verwünscht und geschämt, weil meine Neugier mir immer nur Schmerzen bereitete. Ich sah dich mit anderen Männern lachend spazieren gehen, du warst überaus höflich zu einem banalen Schäfer, mit dem du sogar gemeinsam gefrühstückt hast, du hast nicht einmal an mich gedacht, das spürte ich immer, wenn du selbstständig deine Entschlüsse getroffen hast und deine Wege gegangen bist.

Ich war für dich ein Nichts, ich existierte für dich überhaupt nicht, und du hast mich nie gebraucht, das war für mich das Schlimmste. Ich hätte dich so gern aus den tiefsten Gräben des Lebens gezogen, aber du hast mir keine Gelegenheit mehr gegeben. Da musste ich etwas tun, weil ich Angst hatte, dich zu verlieren, bevor ich dich besessen hatte. Verzeih mir, dass ich die Initiative ergriffen und dich mit zu meinen Eltern geschleppt habe, damals zu diesem Geburtstag, der dann so ein dramatisches Ende genommen hat. Und immer warst du die Stärkere. Genau wie heute. Ich hätte dich fragen müssen, ob du meine Frau werden willst, aber nein, ich habe über unsere Ehe gesprochen, bevor ich mit dir darüber geredet habe, ich habe unsere Zukunft beschrieben, bevor ich dich danach gefragt habe, ich bin ein bornierter Dummkopf, der immer alles besser weiß, bevor eine Sache aktuell wird. Verzeih mir, dass ich dich jetzt mit dieser unnützen, endlos langen Rede eindecke, anstatt dich in die Arme zu nehmen und einfach zu küssen, es läuft eben alles falsch herum bei mir, kannst du mir trotzdem verzeihen?«

Lena hatte sprachlos und hilflos dieser langen Rede zugehört. Da stand dieser menschenscheue, vierzigjährige Mann vor ihr und entschuldigte sich für Nichtigkeiten, die sie längst vergessen hatte.

Langsam ging sie einen Schritt auf ihn zu, nahm ihm das Glas aus der Hand, stellte beide Gläser auf den Tisch und legte ihm die Hände auf die Schultern. »Du bist wirklich ein Dummkopf, denn sonst hättest du gespürt, dass du die Liebe meines Lebens bist. Patrick, eine Liebe, die nicht vom Himmel gefallen ist und die uns nicht wie ein Blitz getroffen hat. Eine Liebe, Patrick, die gewachsen ist mit Höhen und Tiefen, mit einem Auf und Ab der Tränen und der Schmerzen und der Hilflosigkeit, aber auch mit der Freude der Gewissheit, zusammenzugehören. Und das ist das Wichtigste im Leben, diese Gewissheit. Und nun küss mich endlich, ich musste lange genug darauf warten.«

Die Bewohner der schönsten Suite des Hotels Atlantic in Berwick verzichteten an diesem Abend auf das Dinner. Und auch auf den schönen Blick über die Nordsee direkt vor den Fenstern, denn es gab speziellere Dinge, die den Hunger stillten und angenehmere Objekte, die den Blick erfreuten.

Und immer wieder zwischendurch gab es Pläne für die Zukunft, Gedanken an die Gegenwart und Erinnerungen an die Vergangenheit. Aber die Gegenwart siegte und mit ihr die Liebe, die diese Nacht beherrschte.

Patrick zögerte nicht länger. Seine Arme umfingen Lena, und seine Lippen verrieten sein Begehren. Ein süßes, unwiderstehliches Verlangen durchzuckte Lenas Körper, und eine angespannte nervöse Lebendigkeit durchströmte ihren Leib. Sie reagierte und hob ihm ihr Gesicht entgegen. In seinen Augen spiegelte sich eine Mischung aus Begehren und mühsamer Selbstbeherrschung, und Lena öffnete ihren Mund und überließ es ihm, ihre weichen, vollen Lippen zu erkunden, die nach einem Augenblick des Zögerns nachgaben und leidenschaftlich, fast ungestüm antworteten.

Patrick nahm Lena in die Arme und trug sie zum Bett. Schnell, beinahe hektisch entledigten sie sich ihrer Kleidung, denn jede Stelle ihres Körpers verlangte nach gegenseitiger Berührung, und als sie endlich nebeneinander lagen, gab es nur noch die Zärtlichkeiten ihrer Hände, den köstlichen Duft, den Atem des anderen und die Gewissheit, zusammenzugehören.

Patrick war ein wundervoller Liebhaber, zärtlich und wild und sanft, und Lena spürte, wie sie sich in seiner Nähe entspannte. Er besaß einen kräftigen Körper, und er setzte ihn ein, um ihr zu gefallen, und dabei strahlte er eine ruhige Zufriedenheit aus, die sich sofort auf sie übertrug.

Noch nie hatte sie soviel Sanftheit und Rücksichtnahme erfahren. Seine Leidenschaft hinderte ihn nicht daran, sich Zeit zu lassen. Sie fühlte seinen Mund und seine Hände, die mit unendlicher Behutsamkeit über ihren Körper glitten, bis sie erbebte, und sie gab ihm zurück, was er ihr schenkte, und die Welt um sie herum versank, während sie sich voller Zärtlichkeit liebten.

Langsam gewann Lena die Fröhlichkeit wieder, die sie nach Enttäuschungen für immer verloren geglaubt hatte, und die Erregung des Beisammenseins erfüllte sie mit großer Dankbarkeit.

Der Morgen begrüßte Patrick und Lena mit Sonnenschein und einem feinen Glanz, der über der Nordsee lag. Die Farben waren so gedämpft und blass, dass sie beinahe transparent wirkten, und der Himmel schimmerte in zartem Grau wie ein Opal. Obwohl sie eine schlaflose Nacht hinter sich hatten, erlebten die beiden Liebenden einen fröhlichen Morgen, der von einem guten Frühstück und dem ganz neuen Gefühl einer Zweisamkeit geprägt war.

Nach dem Frühstück fuhren sie noch einmal in die Klinik, luden den Earl zu ihrer Hochzeit und zu einem unbegrenzten Besuch ein und fuhren dann auf kürzestem Weg zurück nach Broadfield.

Jenseits der Eulenwälder beobachteten sie wieder die drei Uhus, die jetzt mit großer Sicherheit ihre Kreise zogen. »Sie üben noch bei Tageslicht«, erklärte Patrick, »später sind sie nur nachts unterwegs, dann werden wir sie nicht mehr sehen können.«

Sie erreichten *Paso Fernando* am späten Nachmittag.

Auf den Weiden in Stallnähe grasten die Alpakas unter der Aufsicht von Tom und vier gehorsamen Hirtenhunden. Patrick lachte verhalten, als er seine Pointer so brav zu Füßen des alten Mannes liegen sah. Als die den Land Rover kommen hörten, standen sie auf und sahen erwartungsvoll zum Wohnhaus hinüber. Aber ein Befehl des Mannes genügte, und sie legten sich wieder hin, obwohl ihre Ruten vor Aufregung klopften. Patrick nickte zufrieden. »Der Mann hat Talent für Hunde, ich habe sie nie so fügsam erlebt. Schade, dass er uns verlässt, auch ich hätte noch viel von ihm lernen können.«

Auch Amy hatte die Ankunft bemerkt. Mit Sandy an ihrer Seite kam sie nach draußen, um die Ärztin und den Ranger zu begrüßen. Sie spürte sofort die Veränderung, die zwischen Lena und Patrick eingetreten war, und als sie mit Lena für einen Augenblick allein war, fragte sie leise: »Soll ich das Schlafzimmer für zwei Personen herrichten?«

»Ja, Amy, wir bitten darum.«

Der Alltag ließ nicht lange auf sich warten. Lena hatte wieder ein Wartezimmer voller Patienten und Patrick einen Stall voller Alpakas, die gehegt und gepflegt werden wollten. Der Zehenschneider musste wieder bestellt werden, der Scherer wurde erwartet, und Bauern aus der Umgebung lieferten Heu und Stroh für den Winter, bis der Boden und die Tenne voller Futter waren. Die Tage waren arbeitsreich für Lena und Patrick, aber die Abende gehörten ihnen. Sie planten ihre kleine Hochzeit in der Kapelle, besprachen mit dem Pfarrer die Zeremonie und verschickten ein paar Einladungen an engste Freunde.

Kapitel 35

Die Hochzeit von Lena Mackingtosh und Patrick McDoneral wurde nur im kleinen Kreis gefeiert. Die kaum verheilten Verletzungen Patricks und seine noch immer vorhandenen Augenprobleme ließen keine große Lust für ein rauschendes Fest aufkommen. Außerdem fühlten sich beide, Lena wie Patrick, noch fremd in Broadfield, und ihr Bekanntenkreis war sehr eingeschränkt. Aus Glasgow waren Daniel Finerfield und seine Freundin gekommen, Robert Marloff hatte es sich nicht nehmen lassen, dabei zu sein, Mr. Bruneel, der Vorsitzende vom Alpaka-Züchterverband kam, und der Earl war ohne seine Gattin angereist.

Die wenigen anwesenden Dorfbewohner – die meisten waren um diese Jahreszeit zu Erntearbeiten im Land unterwegs –, bildeten ein kleines Spalier, und zwei Enkelkinder des Bürgermeisters streuten ein paar Astern auf den Weg vom Auto zum Altar. Lena trug ein schlichtes weißes Kostüm und der Ranger einen schwarzen Anzug. Ellen vom Pub ließ es sich nicht nehmen, das Hochzeitsessen für die Freundin zu servieren.

Für Lena und Patrick bedeutete die Zeremonie mit allem Drum und Dran wenig. Sie war eigentlich nur eine Unterbrechung des Alltags, an den sie sich inzwischen gewöhnt hatten. Und eigentlich war Lena über diese Entwicklung ihres Lebens tief enttäuscht. Ihre Träume von romantischen Stunden mit Patrick, die Hochzeit als Höhepunkt der Liebe und als ein einmaliges Ereignis waren im Trott der Alltäglichkeit verschwunden. Auch das Erlebnis der ersten gemeinsamen Nacht hatte sich nicht wiederholt. Patrick war in seine menschenscheue Introvertiertheit zurückgekehrt, und Lena musste um jede gemeinsame Stunde kämpfen. Ich hätte es wissen müssen, dachte sie manchmal verzweifelt, ich hätte wissen müssen, dass ein Mann in seinem Alter sich nicht mehr ändert. Er ist die Einsamkeit gewöhnt, er liebt das Alleinsein, er braucht seine Distanziertheit – mich braucht er ganz bestimmt nicht.

War die Alpakaherde in Stallnähe, gab es Mahlzeiten zu zweit, aber oft war Patrick tagelang mit den Tieren unterwegs, dann gab es nur per Handy Kurznachrichten und Informationen über das gegenseitige Ergehen.

Lena hatte sich ihre Ehe anders vorgestellt, aber sie wusste nicht, wie sie die Situation ändern sollte. Sie wollte nicht um mehr Liebe und um mehr Gemeinsamkeiten betteln – auch sie hatte ihren Stolz und litt persönlich am meisten darunter.

Lena hatte sich angewöhnt, am späten Nachmittag, wenn die Patienten versorgt waren und keine Hausbesuche anstanden, mit Sandy zu Colleen in das alte Cottage am Juniperwalk zu gehen. Die beiden Frauen verstanden sich gut, und Colleen spürte genau, dass Lena Hilfe und Unterstützung brauchte.

»Schön, dass du da bist, komm herein, Claire hat einen großen Fortschritt gemacht, sie ist zum ersten Mal allein aufgestanden. Komm, schau es dir an.«

Lena band wie immer Sandy vor der Hütte an einen Pfosten, denn sie wollte nicht, dass der große, lebhafte Hund das kleine Mädchen umwarf, und folgte der Freundin ins Haus. Claire hatte sich an einem Tischbein hochgezogen und strahlte die beiden Frauen an. Lena kniete neben sie und streichelte ihren kleinen Kopf. »Fein machst du das, mein Schatz. Und so groß bist du schon.«

Dabei spürte sie ein leichtes Ziehen in ihrem Unterleib und richtete sich verwundert auf.

»Was ist los?«, wollte Colleen sofort wissen.

»Ich habe keine Ahnung, irgendetwas zieht da in meinem Bauch.«

Colleen lachte sie fröhlich an. »Ja, weißt du denn nicht, dass du ein Baby bekommst?«

»Was?«

»Ja, natürlich, das sieht man doch sofort.«

»Na hör mal, ich bin Ärztin, ich muss doch wissen, was in meinem Körper passiert.«

Colleen lachte laut. »Genau das ist es, was mich amüsiert. Da gibt es diese approbierten Herrschaften, und dann wissen sie nicht, was in ihnen vor sich geht. Du bekommst ein Kind, das wusste ich sofort, als ich dich nach deiner Reise wiedergesehen habe.«

Lena starrte die Freundin sprachlos an. »Also weißt du, es gab nur eine einzige Nacht, und die liegt acht Wochen zurück.«

»Dann wird es aber höchste Zeit, dass du merkst, dass du schwanger bist.«

»Na ja, ein bisschen aufgefallen ist mir schon, dass ich keine Blutungen hatte, aber das habe ich auf die Aufregungen der letzten Wochen geschoben – und auch auf die Enttäuschung, dass Patrick sich so zurückzieht.«

»Na, dann weißt du doch wenigstens den genauen Zeitpunkt. Nicht jede werdende Mutter kann das genau sagen.«

Noch immer verblüfft, aber langsam vertraut mit dem Wissen, sah Lena die Freundin an. »Und woher weißt du das nun?«

»Das sehe ich in deinen Augen, Lena. Eine werdende Mutter bekommt ganz andere Augen.«

»So ein Unsinn.«

»Nein, das ist kein Unsinn, wer sich da auskennt, weiß es sofort. Man hat einen ganz neuen Ausdruck; strahlend, selbstbewusst, siegessicher, ganz neu eben.«

»Also weißt du, das glaube ich nun wirklich nicht.« Lena konnte sich noch nicht über die Schwangerschaft freuen, zu viele Fragen wollten erst beantwortet werden.

»Lass es, wenn du es nicht glauben kannst, ich weiß, was ich sehe.«

»Und warum hast du es mir nicht gleich gesagt?«

»Na hör mal, solche Intimitäten gehen doch nur die eigene Person an. Da kann man sich doch nicht einmischen. Lena, ich gratuliere dir, und nun geh nach Hause und sag es deinem Mann.«

»Ich habe keine Ahnung, wie er mit dieser Neuigkeit umgehen wird.«

»Hast du etwa Angst davor? Lena, ein Kind zerbricht Dämme und baut Brücken, du glaubst gar nicht, wozu so ein winziges Wesen fähig ist. Glaub mir, alles wird gut.«

Lena, erschrocken und verblüfft über die Sicherheit, mit der die Heilerin über sie Bescheid wusste, verabschiedete sich und lief mit Sandy nach Hause. Die Freude an dieser Neuigkeit wuchs wirklich nur langsam.

Lena wusste, dass Patrick an diesem Tag auf der Farm war. Die Sommerfohlen sollten verkauft werden, und er hatte mit einigen Züchtern Besichtigungen vereinbart.

Lena war verunsichert. Die große Glückseligkeit wollte nicht eintreten, denn sie war besorgt und hatte sogar Angst vor Patricks Reaktion, wenn er von ihrer Schwangerschaft erfuhr. Wollte er überhaupt Kinder, mochte er sie? Oder störten sie seine Vereinsamung?

Reiß dich zusammen, sagte sie sich immer wieder, reiß dich zusammen, freu dich. Ganz gleich wie Patrick reagiert, du bekommst ein Baby, ein wunderschönes kleines Baby, und das wird dein Leben in ganz neue Bahnen lenken. Hör auf zu grübeln, freu dich endlich, forderte sie sich immer wieder erneut auf, aber die Sorge vor der Reaktion des geliebten Mannes wurde nicht weniger.

Zu Hause angekommen, bereitete sie das Abendessen mit besonderer Liebe zu, deckte den Tisch mit dem feinsten Geschirr und holte einen Strauß frischer Dahlien aus dem Garten.

Aber Patrick ließ auf sich warten, und als er dann schließlich mit Verspätung kam, war das Essen vertrocknet, die Kerze heruntergebrannt, das Eis im Sektkübel geschmolzen, der Champagner warm und Lena auf dem Sofa eingeschlafen.

Etwas verwundert besah Patrick die verlorene Pracht. Aber sie wusste doch, dass ich Kunden habe, dachte er. Und wozu überhaupt das Ganze? Die Preise für die Fohlen sind gefallen, das ist doch kein Grund zum Feiern, und Geburtstag haben wir auch nicht, überlegte er. Oder hatte Lena etwas zu Feiern? Gibt es Gedenktage an ihre Eltern oder eine gute Nachricht, die die Post gebracht hat?

Nachdenklich setzte er sich auf seinen Platz am Tisch. Eine ruhige Zufriedenheit durchströmte ihn. Ich bin zu Hause, dachte er, und alles ist gut so, wie es ist. Lenas Ausgeglichenheit, ihr Verständnis, ihr Humor und ihre Zuverlässigkeit tun mir gut. Sie ist da, wenn ich sie brauche, und sie lässt mir meine Ruhe, wenn ich allein sein will. Was aber hat dieser festlich gedeckte Tisch mitten in der Woche zu bedeuten?

Er stand auf, ging zum Sofa und sah auf die schlafende Lena hinab. Dann setzte er sich vorsichtig neben sie, strich ihr das Haar aus der Stirn und eine getrocknete Träne von der Wange. Was hat die Träne zu bedeuten? Hat sie geweint? Aber warum denn, überlegte er.

Dann beugte er sich zu ihr, nahm sie in die Arme, küsste die leblosen Lippen und fragte leise: »Was ist los, Lena, hast du geweint? Bist du traurig, weil ich wieder einmal unpünktlich war?«

Lena wurde langsam wach, wollte sich aufrichten, spürte dann aber Patricks Arme um sich und schmiegte sich glücklich hinein. Lächelnd sah sie ihn an. »Ich bin nicht traurig, es war eine Freudenträne, die du weggewischt hast.«

»Und worüber freust du dich so, dass dir die Tränen kommen, obwohl ich dir wieder einmal den Abend verdorben und dich allein gelassen habe?«

Lena sah ihn fröhlich an. »Die Zeit des Alleinseins ist für mich vorbei.«

»Wieso? Hast du andere Freunde oder gar Verehrer gefunden? Die haben mich früher schon sehr geärgert.«

»Du willst andeuten, dass du eifersüchtig bist?«

»Andeuten? Ich bin eifersüchtig. Ich will dich für mich und nicht mit anderen teilen.«

»Dann lass mich nicht so oft allein.«

»Es tut mir leid, aber du kennst mich doch. Ich bin kein Mann der lauten Worte und der strapazierten Gefühle.«

»Ich will aber einen Mann, der auch mal sagt, dass er mich liebt, der mich öfter so in die Arme nimmt wie heute Abend, auch ohne ein schlechtes Gewissen wegen eines vertrockneten Bratens und einer abgebrannten Kerze auf dem Tisch und einer Träne in meinem Gesicht.«

Jetzt lächelte Patrick auch. »Verrätst du mir endlich, wer dir Gesellschaft leisten wird?«

»Patrick, ich erwarte dein Kind. Es lebt schon heute zusammen mit mir.«

»Ein Kind? Lena? Mein Kind?«

»Ja, Patrick, es ist zwar noch winzig klein, aber es ist da.«

»Mein Gott, Lena, ich liebe dich. Ich werde verrückt vor Freude, ich bin ganz außer mir, Lena.«

Er nahm sie in die Arme, küsste sie und strich zärtlich über ihren Leib, der noch so gar nichts verriet. »Ein Kind, Lena, mein Kind, meine Wurzeln, meine Keime, meine Quellen, mein Gott, mein Kind.«

»Unser Kind, mein lieber Patrick. Wenn man dich hört, dann hört man den Ranger, den Mann der von Wurzeln und Keimen und Quellen redet. Wir sind nicht jenseits der Eulenwälder, die wieder aufgeforstet werden müssen, wir sind hier, bei uns, in uns, und mittendrin wird unser Kind heranwachsen, jetzt noch nicht sichtbar, noch nicht spürbar, aber ganz bald sind wir zu dritt, und dann werden wir sehen, wie sich unsere klitzekleinen Wurzeln entwickeln und ob der Samen ein guter war, den wir ihnen mitgegeben haben.«

Patrick nahm Lena in die Arme. »Verzeihst du mir meinen Egoismus, meinen Wunsch nach dem Alleinsein, diese verdammte Menschenscheu, die mich so einsam macht?«

»Da gibt es nichts zu verzeihen, Patrick, da gibt es nur den wunderbaren Halt und die Sicherheit durch das Zusammensein. In Zukunft gehen wir Hand in Hand, und ganz bald sind da zwei kleine Hände zwischen uns, die ganz einfach sagen: Hier geht es lang.«

Die Autorin

Christa Canetta ist das Pseudonym der Autorin Christa Kanitz. Sie studierte Psychologie und lebte zeitweilig in der Schweiz und Italien, arbeitete als Journalistin für den Südwestfunk und bei den Lübecker Nachrichten, bis sie sich schließlich in Hamburg niederließ. Seit 2001 schreibt sie historische Romane und Liebesromane.

Das Leuchten der schottischen Wälder